光尘
LUXOPUS

WONDERSCAPE

幻境逃生

[英] 詹妮弗·贝尔 著

北橘 译

畅想幻境，创造奇迹。

图书在版编目（CIP）数据

幻境逃生 /（英）詹妮弗·贝尔著；北橘译. -- 北京：北京联合出版公司，2022.9
 ISBN 978-7-5596-6236-1

Ⅰ.①幻… Ⅱ.①詹…②北… Ⅲ.①儿童小说—长篇小说—英国—现代 Ⅳ.① I561.84

中国版本图书馆 CIP 数据核字（2022）第 116882 号

北京市版权局著作权合同登记 图字：01-2022-3485
Text © 2020 Jennifer Bell
Published by arrangement with Walker Books Limited, London SE11 5HJ.
All rights reserved. No part of this book may be reproduced, transmitted, broadcast or stored in an information retrieval system in any form or by any means, graphic, electronic or mechanical, including photocopying, taping and recording, without prior written permission from the publisher.

幻境逃生
Wonderscape

作　　者：	[英]詹妮弗·贝尔
译　　者：	北　橘
出 品 人：	赵红仕
责任编辑：	徐　鹏
策划编辑：	李秋玥
特约监制：	孙淑慧
出版统筹：	慕云五　马海宽

北京联合出版公司出版
（北京市西城区德外大街 83 号楼 9 层　100088）
北京联合天畅文化传播公司发行
文畅阁印刷有限公司印刷　新华书店经销
字数 204 千字　880 毫米 ×1230 毫米　1/32　10.75 印张
2022 年 9 月第 1 版　2022 年 9 月第 1 次印刷
ISBN 978-7-5596-6236-1
定价：39.80 元

版权所有，侵权必究
未经许可，不得以任何方式复制或抄袭本书部分或全部内容
本书若有质量问题，请与本公司图书销售中心联系调换。电话：（010）64258472-800

献给未来的英雄

目 录

第一章　突如其来的爆炸　/　001

第二章　误入秘境　/　013

第三章　原则号　/　026

第四章　初闯关卡　/　038

第五章　舰长牛顿　/　043

第六章　《幻境》　/　052

第七章　三兄妹　/　064

第八章　武士的竞逐　/　075

第九章　业余车手　/　099

第十章　女武士巴御前　/　110

第十一章　小云的真实身份　/　123

第十二章　英雄的悲伤　/　138

第十三章　逃出生天　/　148

第十四章　冒险家乐园　/　161

第十五章　总部基地　/　178

第十六章　M-73　/　187

第十七章　冒险家现身　/　201

第十八章　警告信　/　212

第十九章　猎豹的森林　/　218

第二十章　农舍　/　231

第二十一章　绿带运动　/　243

第二十二章　巫师的世界　/　254

第二十三章　大发明家　/　268

目 录

第二十四章　医生的城堡　/　282

第二十五章　真相败露　/　296

第二十六章　绝地反击　/　311

第二十七章　最后的十二分钟　/　322

第二十八章　回家　/　327

第一章

突如其来的爆炸

上课要迟到啦！亚瑟急匆匆地从家里奔出来，往学校跑去。就在这时，那些小矮人雕像突然爆炸了！

当时他刚飞奔过邻居家的房子，拐上和平点庄园的小路，跑到一座破旧的27号乡村小屋附近。就在这儿，毫无征兆地传来一声巨响，砰！一群五颜六色的"导弹"呼啸着，从27号的前院里飞了出来，炸向四面八方。

"怎么——？！"亚瑟赶紧用校服挡住脸，躲到了27号小屋的花园篱笆后面，透过缝隙向里面看去。

爆炸就发生在那儿。不知道为什么，小屋的主人在花园里放置了大量的小矮人雕像。它们一个个面色红润，咧着嘴傻笑。有的坐在毒蘑菇上面，有的推着手推车，还有的在池塘里钓鱼。但现在，这些小矮人竟然一个接一个地爆炸了。亚瑟猜测这些小矮人可能是什么不太管用的驱虫设备。还没等他有机会思考，突然又传来惊天动地的一声巨响——轰隆！更大的爆炸发生了，巨大的气浪冲击着耳朵，震得他的耳膜一阵生疼。

房子的玻璃窗也被震碎了，哗啦啦地往下掉。前门被气浪掀开，在草坪上连翻了几个跟斗。

没时间躲开了！一道冲击波像一个高速摆动的拳击沙袋，猛地撞上了亚瑟的前胸，差点把他的五脏六腑都打出来。他痛得喘不过气来，像只断线的风筝一样向后飞去，直接翻滚到了大街上。他的背包里不知道装了什么硬东西，直愣愣地戳在肋骨上，疼得他龇牙咧嘴。

他狠狠地摔到了地上，半边脸压住了冰凉的下水道井盖，嘴里泛出一股血的味道。"呃——"他痛苦地呻吟着，觉得下巴那里一抽一抽地疼。他慢慢地抬起手，揉了揉下巴。还好，至少他没缺胳膊少腿，四肢还都能动。

尽管耳朵里嗡嗡作响，他还是站了起来。周围的车道全都空着，邻居们应该都去上班了。他用衬衫的下摆擦掉了手掌上的泥，走近两步看向 27 号小屋。和其他小屋一样，它的砖墙是红色的，房顶的瓦片上长满了苔藓。但这栋房子一侧有很高的篱笆，另一侧又有条阴暗的小巷，将它与周围的房子隔了开来。

好奇怪啊！虽然经历了一场爆炸，但房子里没有火光，也没有浓烟冒出来。亚瑟试图回忆上学期的科学课是否讲过冲击波。他在学校最喜欢的科目就是科学，如果学过他应该记得。

"你好！"一个礼貌的声音在耳边响起，惊得亚瑟跳了起来。

"你也看到了吧？"

说话的是一个高个子女孩，蓝绿色的头发编了辫子，正站在旁边的小巷子里向亚瑟挥手。同样穿着校服，她却背着真皮斜挎包，穿着蕾丝短袜配牛津鞋。亚瑟一下就认出了她，却不明白她为什么会在这里。塞西莉·玛达基才不会住在和平点庄园这样的乡下呢，那些时髦的孩子都不住这儿。

"你还好吧？"塞西莉边问边向他走来，"刚才到底怎么回事？"

"呃——"亚瑟两只脚紧张地在人行道上蹭来蹭去。和陌生人说话总是让他局促不安，以前他可从没和塞西莉说过话。塞西莉转向篱笆，灰色的百褶裙从她的膝盖上方旋转飘起。她爸妈是城里的明星发型师，或许这就是为什么她总是顶着各种与众不同的发型——上周她顶着粉色的莫西干头来的学校。

"我说，你还好吧？"她又问了一遍，并在他身边停了下来。"你刚才摔倒了。"

"你看到了？"

"没有，但你的脸上印着一个反了的'污'字，和下面这个一模一样。"她指着路边的下水道井盖。

真是够丢人的。亚瑟匆匆地抹了两把脸。

"看起来你没受伤，"塞西莉说完，又上下打量了他一番，"你确定自己没什么问题？"

亚瑟挺直了腰板，好让身上这件二手校服看起来更为合身。他身材中等，但比班上大多数孩子要瘦得多，所以这件校服穿在身上空荡荡的，再怎么挺腰板都没用。他头一回希望自己能和其他孩子一样，在新学年穿上崭新的校服。他浑身都有些不自在。"我没事。"他看向身后那栋房子，"我不知道刚才里面发生了什么。或许是某种东西爆炸了？"

"这是显而易见的嘛！"旁边响起了第三个声音。

一个身材娇小的女孩从几个硕大的垃圾箱后面冒了出来。她身上的校服溅满了油污，穿着一双很拉风的马丁靴，乌黑的头发扎成高高的马尾辫，浓密的刘海儿遮住了半张脸。"27号小屋已经被人遗弃了，"她一边把膝盖处的泥土擦干净，一边简洁干练地说道，"很有可能是水管爆了，引起了爆炸。"

"被遗弃？"亚瑟在地理课上见过这个女孩几次，但不知道她是谁，她总是一个人坐在教室后排。"你打哪儿听说的？"

"我不用听说，我家的花园刚好就和这户花园挨着。"她走进花园，翻看着那些幸存的小矮人雕像。她淡褐色的眼睛上涂着黑色眼影，显得她的眼神格外坚定。"这栋房子从没亮过灯，花园乱得像丛林。自从去年夏天我们搬进来，它就一直是这个样子。我不知道在那之前，它空了多久了。"

亚瑟又仔细地看了看这栋小屋。草坪上杂草丛生，门阶上满是污垢。他回忆了一下，的确没见里面有过人……

"你叫任，对吗？"塞西莉盯着女孩的脸问道，"威廉姆斯·任？上学期我带你参观过学校，就在你转学过来的第一天。"

任双臂交叉抱在胸前，面无表情地说道："是的。你是塞西莉。"

威廉姆斯·任？那个新来的女孩……

亚瑟想起来了。他曾听到过两个跟她有关的传言：一是，她因为骑着摩托车冲进食堂被上一所学校开除了；二是，为了庆祝十三岁生日，她在指关节上做了几个刺青。他偷偷地瞥了一眼她的手指，想一探究竟。她的指甲被咬得很短，黑色的指甲油有些脱落。果不其然，指关节的皮肤上有四个深棕色的刺青——黑桃、红桃、方片、梅花。

"你叫什么名字？"任转向亚瑟，问道。

他紧张地咧嘴一笑："亚瑟·吉莱斯皮，我和你一起上过地理课。"今天可真够"幸运"的，他竟然和学校里最吓人的两个姑娘混到了一起。亚瑟一向不喜欢和同学们交往，通常情况下，他会尽量避开其他人，做一个独行侠。这样就不会有人对着自己的二手校服指指点点，自己也就不会出丑了。

"好吧，"塞西莉一边拉开包上的拉链一边说道，"既然其他大人都不在，只能我们来报警了。"她从包里掏出戴着动漫手机壳的手机，在屏幕上点了几下。她刚举起手机，27号小屋里就传出了一声凄惨的嚎叫。

亚瑟紧张了起来，这叫声听起来像是一只小狗。他问任："你在这栋房子附近见到过小动物吗？"

"今天早上还有只白色的小狗在花园里撒欢呢，"任皱起了眉头说，"我猜是某位邻居的宠物。你觉得是它在叫吗？莫非它在这次爆炸中受伤了？"

塞西莉把电话放了下来："正在转接中……"她没再说下去，因为那可怜的嚎叫声又响起来了。"一定是有谁困在里面了！快，我们得赶紧去救它！"没有一丝犹豫，她推开花园的大门，就冲了进去。花园里到处是小矮人雕像的碎片。

"停下！"亚瑟紧紧地跟在后面喊道，"你不能进去，太危险了。要是再来一次爆炸怎么办？"

"所以咱们才要快点嘛。"

"可是……"那只小狗又叫了起来，听起来更加虚弱了。这叫声让他心烦意乱，没法充耳不闻。他回身看向任："你来吗？"

任气冲冲地哼了一声，跟在他俩后面也冲进了花园。

塞西莉一边穿过草地，一边对着手机大声讲着什么。她的口气是那么沉稳自信，让亚瑟想起了自己的班主任。"是的，我们都还好……不是，好吧……对此我们并不确定……好的，谢谢你。"她把手机放回包里。"警察有我们的定位。他们很快就会过来。"

也不知道警察有没有建议她离那栋建筑远点儿，在安全的地方待着。或许吧。亚瑟环顾四周,看看是否有邻居跑出家门看热闹。他看到远处有个上了年纪的男人,正和一个穿着睡衣的孕妇说着什么。两个人都指着27号小屋,但没走上前来。

"你住的地方离这里有多远啊?"塞西莉一边跳开障碍物一边向前门跑去。

亚瑟紧跟在塞西莉后面,尽量不去看那些炸掉了脑袋的小矮人残骸。"就在旁边那条路的尽头,跟这里的大房子不一样。"他瞥了她一眼,心想这个女孩子怎么会在这儿。"我以前没在附近见过你。我以为你住在城市的另一头呢。"

塞西莉叹了口气:"对,我是住在那边,但是我阿姨住这儿。我爸妈出差的时候,就会让我待在她家。"她匆匆地冲进了黑乎乎的门洞,那里本来有扇门,但已经被炸飞了,亚瑟和任跟在后面冲了进去。

27号小屋的门厅看上去极为老旧,像是上世纪70年代的装修风格。墙上贴着橙黄相间的壁纸,一台布满蜘蛛网的竹吊扇在房顶嘎嘎作响。空气中弥漫着一股发霉和腐烂的气息,窗户似乎几十年都没打开过了。

"哈喽?"塞西莉大声喊道,"有人吗?"

除了小狗的呜咽,没有任何回应。

亚瑟绕过一个倒掉的衣帽架,发现脚下有很多碎玻璃,一踩上去就噼里啪啦乱响。地毯上落了厚厚一层灰尘,几乎看不清原本的绿色。"看起来你的判断是对的，"他对任说，"这里的确好多年没有住过人了。"

任把手插到裤兜里，瞪了他一眼。

他们穿过走廊来到前厅，拐了个弯，找到了通往二楼的硬木楼梯，上面也满是灰尘。小狗还在哀嚎，听起来声音大了一些。亚瑟开始担心他们能否帮到它。如果这只小狗伤得很重，他们需要叫兽医过来。

"这个可怜的小家伙一定疼得很厉害，"塞西莉一边爬楼梯一边说，"咱们最好快点。"

脚下的楼梯发出咯吱咯吱的声音，似乎在提醒亚瑟，刚才的爆炸让这栋建筑遭受了损伤。他开始担心，万一下一秒房顶塌了该怎么办。有那么一刹那，他心里产生了一股想要转身逃离的冲动。

等他们上到二楼，还是没有看到小狗的踪影。这层有三扇门，其中两扇和楼下走廊的门一样，第三扇门半开着，看起来却完全不同。它是用苍白、多节的浮木制成的，上面包着一层厚厚的藤壶壳，就像是从一艘古老的船板上直接切下来的。

但这还不是最让人感到怪异的地方。

突然，亚瑟脖子后面的汗毛猛地竖了起来，因为他看到那扇半开的门后面，竟然冒出了一股宝蓝色的烟雾，打着旋儿慢慢散开。伴随着烟雾，一股奇特的能量也溢了出来，似乎在召唤着让他走进去。

"那是什么？"任的声音有些颤抖，出卖了她的紧张情绪。

还没等有人回答，门后传来一声小狗的哀鸣。塞西莉的眉毛拧了起来："那只小狗就在门后，它需要我们的帮助。"她侧过身子，抓住门边猛地一推。

一股冰冷的、带着咸味的空气涌了出来，激得亚瑟的皮肤一阵刺痛。里面光线暗淡，隐隐约约能看到几步外摆着一张桌子，上面放着一支又粗又短的蜡烛和一摞很旧的淡黄皮质封面笔记本。落满灰尘的地板上随意地堆着一摞摞的书，一些粗笨的家具在阴影中若隐若现。不知道从哪儿吹出来的风在房间里盘旋，或许里面有通风孔。

"它就在那儿！"塞西莉指向一小团呜呜咽咽的白色物体。那是只白色小狗，被倒下的书架压住了，正在拼命挣扎着。"咱们得把书架抬起来。"她一边说，一边冲了过去。

任怒视着亚瑟，好像是亚瑟把小狗困在了这里。"你看着门，别让它关上了。"她嘟囔着，不情愿地跟着塞西莉走了进去。

亚瑟走进门内。那团宝蓝色的烟雾打着旋儿，闪着不祥的光芒。他突然感觉自己的大脑一片空白，猛地疼了一下，就像吞下几大口冰激凌那样，但这种感觉很快消失了。他在地板上搜罗了一圈，找了一本看起来最厚最重的书，小心地把它堵在门口，这样门就不会关上了。

"亚瑟,你来抬这个角,"塞西莉抓住书架的顶端命令道,"我数一、二、三,咱们一起用力。"

他赶紧来到指定的位置,屈起膝盖准备用力。任就站在他对面。

"开始吧。"塞西莉说道,"一、二……"

亚瑟咬紧牙关。

"……三!"

他们一起向上用力。书架上面还有几本书,这时滑了下来,扑通扑通地掉到了地板上。塞西莉弯下腰往下面瞧去,想看看小狗的情况。"再抬高一点……"

突然,小狗尖叫一声,像出膛的炮弹一样冲了出来,一头撞到亚瑟的腿上。亚瑟用尽了全身的力气才保持住自己的姿势,没有松手让书架砸到所有人的脚指头。最后,他们三个小心地把书架放下来。这时小狗已经冲到了那道浮木门旁边,转身正对着他们。它有一双支棱起来的小耳朵,一条短短粗粗的小尾巴,一头蓬松凌乱的白色卷毛,在黑色的眼睛上方堆成两个拱形,让它看起来总是一副好奇宝宝的样子。

塞西莉蹲下身,对着小狗张开双臂:"别害怕,我们不会伤害你。"

小狗惊疑不定地低吠着,好像在说"我可不确定"。渐渐地,它蹭了过来,用小黑鼻子嗅嗅她的手指头。

"它身上有伤吗？"亚瑟问道。他注意到小狗的脖子上戴着一个红色的项圈。小狗没瘸没拐，身上也没有明显的外伤。或许它根本就不需要兽医帮忙。他们大概只要把这个小家伙移交给警察，说不定还能在第一节课间休息前赶到学校……

"我觉得没那么简单，"塞西莉回答道，"它还是个小狗崽呢，实在是太小了。"她耐心地等着，直到小狗彻底放松下来，才把它抱进怀里。

亚瑟检查着它的项圈，发现上面有一块刻着字的金属小圆片，旁边还挂着一个拇指大小的黑曜石棱镜。小圆片上刻着"小云，西高地小猎犬，雄性"。在这些字下面还有一个奇怪的符号，由三个形状组成：一个等边三角形里嵌套着一个正六边形，正六边形的中央是一个小小的加号。亚瑟注意到，那个棱镜还有一个六边形的底座，上面刻着两个首字母：HW。

"这么说这个小绒球是男孩。"任挠着小狗的头说道。这是亚瑟迄今为止，看她表现出的最友好的举动。"很高兴见到你，小云。"

小云叫了几声，小脑袋对着这三张面孔转来转去，摇着小尾巴。

"来吧，"塞西莉脸上露出满意的笑容，"咱们得走了，警察很快就要过来了。"

他们转身准备离开，亚瑟内心一阵轻松。总的来说，他对自己的表现还算满意。不仅成功地救出了小云，而且他在任和塞西莉面前基本上也没出什么洋相，如果不算他摔在人行道上给脸印上个"污"字那回事的话。

当他意识到空气在呼啸时，已经太晚了。他扫了一眼那道浮木门，刚才放在门框处的那本书竟然凭空消失了，而蓝色的烟雾旋转得更快了。

就在心跳的瞬间，桌上的蜡烛闪烁着亮了起来。伴随着巨大的咔嗒声，门砰地关上了。

接着整个门都消失了，彻彻底底地消失了。

第二章

误入秘境

塞西莉把小云放到桌子上,瞪着那支燃烧的蜡烛。"这……这到底是怎么回事?"她结结巴巴地问道。

亚瑟冲了过去,几秒钟前那里还是一道浮木做的房门,现在却是一面严严实实的墙壁。他用手摸着木制的护墙板,不敢相信自己的眼睛。"我不明白。门怎么可能凭空消失?"他咬着牙骂自己,当初就不该只用本书抵住门,而是要用更重的东西,比如说一件家具。任和塞西莉八成要怪他。

"地板上没有什么隐藏的装置,我也看不出这里有什么圈套,"任跪在亚瑟的脚边仔细观察后站了起来,她长长的马尾辫往后一甩,怒视着亚瑟,"我不知道刚才那扇门去哪儿了,但如果我们想要脱身,就得找另一个出口。"

任听上去又担心又恼火,这让亚瑟更加焦虑。他忍着胃里沉甸甸的感受,向房间四周望去。当然了,这里不可能只有一个出入口……他发现了更多的书架,还有一张小小的木头床和一张梳妆台。没有第二扇门。有那么一刹那，他似乎听到了某处传来了号角声，水手们通常会吹着载歌载舞的那种号角声。"你们听到了吗？"他问两个女孩。

塞西莉不以为然地皱了皱鼻子。显然，她压根儿不熟悉号角的声音。"这个地方，显然跟我们最初以为的不一样，它没被遗弃。我最好还是再给警察打个电话吧。"她从包里摸出手机，突然定住了，"不太对劲，我的手机开不了机了。你俩能不能试试你们的？"

任从口袋里掏出自己的手机："我的也开不了。"

亚瑟的不安感越来越强烈。他把帆布包从肩头甩下来，瞥了一眼自己那部破旧的二手三星手机。他摁下开机键，但屏幕上还是一片漆黑，没有任何动静。"一定是有什么东西让手机都瘫痪了。"他紧张地意识到了这点，"到底怎么回事？"

咚的一声闷响，小云从桌上跳了下来，蹿到了房间的另一边，那儿的墙上挂着一块厚重的帆布窗帘。小云咬住窗帘的一角，扭动着屁股使劲往下拽。布料啪嗒一声掉在了地板上，露出了一扇铁门，锁孔里插着一把银色的钥匙，闪闪发光。

"好孩子！"塞西莉欢呼一声，冲过去试着转动门把手，但门纹丝不动。"锁是不是坏了？"她一边说，一边把钥匙转来转去，但还是无济于事。她用肩膀撞向铁门，试图用暴力把它推开。

突然，地板摇晃起来。

"啊！"亚瑟张开双臂，试图保持平衡。任滑到了桌子边上。

第二章　误入秘境

"这又是怎么了？"塞西莉死死地抓住门框大喊道。黑暗中似乎有无数的东西吱吱嘎嘎地乱响，她的眼睛也顺着声音的方向转来转去。

这种感觉，就像是整个房间都被放到了跷跷板上。亚瑟怀疑是不是这栋房子的另一处角落也发生了爆炸，可他并没有听到爆炸的声音。他试图抓住什么来稳住自己，他的指尖碰到了一个小柜子。透过玻璃柜门，他看到了几个墨水瓶、一罐羽毛笔和几个灯笼。"来，拿着这个。"他把一个灯笼递给任，又把另一个放在桌子上推给了塞西莉，"我们得看看到底发生了什么事儿。"

他们用桌上的蜡烛依次点亮手中的灯笼，然后将灯笼高举过头顶。阴影被驱散了，一个不规则的楔形房间出现了，墙上还有好几扇木框窗户，都被帆布窗帘挡着。架子上摆着很多式样古老的科学实验设备，有沙漏、黄铜做的天平以及装在皮套里的显微镜。

塞西莉惊恐地扫视着周围的环境："这到底是什么鬼地方？为什么有一股子鱼腥味？"她攥紧拳头，用力地敲打着那扇铁门，"哈喽，有人能听到吗？我们困在里面啦！"

亚瑟抽抽鼻子，闻到了一股难闻的海腥味，但这还不是最让他担心的。他盯住那些帆布窗帘。按照房间的布局，那应该是几道内墙，不应该有窗户。

他摇摇晃晃地走过地板，把窗帘猛地拉开。玻璃窗外是一片橘黄色的天空，一直延伸到了地平线之上，一轮红日正冉冉升起。他一开始还不明白外面闪烁的黑色条纹是什么，接着真相像那些爆炸的小矮人一般击中了他：那是海浪。

"我想不通，"他惊愕得有些结巴，"外面是大海。"

"你说什么？"塞西莉也来到窗前，把脸贴上了玻璃窗往外看，"怎么可能？这不是真的！"她扭动把手，推开了玻璃窗。巨浪的轰鸣声和海鸥的叫声，伴随着一股冰冷的水汽飘落进来，落在了亚瑟的脸上。

这是真的。好吧。

"看，"塞西莉低声说道，"我们在大海上航行呢。"

他们探出头往左边看去，这是一艘 30 多米长的巨大木船。船体两侧布满了黑洞洞的炮口，顶上是一张粗绳网，就挂在甲板的边缘。船头悬挂着一个金光闪闪的浮雕符号——等边三角形、正六边形，中间一个十字架——和小云项圈上挂的那个符号一模一样。"我们是在船尾的一个船舱里。"亚瑟说。船身上用华丽的黑色字母写着一行大字，那应该是船的名字吧。"我们是在'原则号'上。"

任提着灯笼，摇摇晃晃地从另一扇窗户那里走了过来。"但是……不可能啊！一分钟前我们还在和平点庄园的一栋房子里。这怎么可能啊？"

亚瑟摇摇头，徒劳地想要找到答案。今天一大早他刚睡醒的时候，太阳就已经升起来了，但现在那个太阳刚露出头来，正是拂晓时分。他跌跌撞撞地冲向那张桌子，从下面拖出一把椅子，然后一屁股坐了下去。

一连串的问号在他的脑海里浮现，他晕晕乎乎的。他怀疑他们三个是不是吸入了致幻剂，但这不能解释为什么他们在同一时间经历着同样的幻觉。

"你觉得我们是不是……从走进那扇怪里怪气的门开始，就已经从 27 号小屋来到了'原则号'这艘船上了？"塞西莉咬着下嘴唇，猜测道。

那些打着旋儿散开的烟雾让亚瑟想起他最喜欢的电脑游戏——《传送门 2》。在那款游戏里，角色们使用传送的方式来实现快速移动。"我猜那扇门就是个传送装置，把两个地方连接了起来，"他说，"但传送门只存在于游戏中，现实中不应该存在啊。"

他开始猜测，此时自己和两个女孩被困在了一款 VR 游戏中。但他能感受到海浪涌来溅在皮肤上的清凉，尝到空气中弥漫的海水的苦涩咸腥味。就他所知，目前最先进的 VR 游戏装置都没法做到这一点。而且，他们只是走进了 27 号小屋，又怎么会进入 VR 游戏呢？整件事都太疯狂了。

他们还想进一步讨论，"原则号"突然来了个大转弯，所有人都被抛向右舷。小云惊慌失措地"汪汪"叫了两声，踩着几本书滑过地板，好像在冲浪。几件科学实验设备从架子上滑落下来，摔在了地板上。那堆皮封面的笔记本也从桌子上滑下来，刚好被亚瑟接住了。

"肯定有人在驾驶着这艘船，"任做出了判断，"如果我们能想办法引起他们的注意，说不定会得到帮助。我可以试着从一扇窗户爬出去，爬到甲板上？"

亚瑟扬起了眉毛。任可以开着摩托车从学校食堂里飞驰而过，但在大海上顺着窗户翻上甲板就是另外一回事了。他爬到窗户那儿，检查"原则号"的船体。船身漆得油光水滑，上面还有浪花留下的印痕，看起来又湿又滑，而且视线所及之处，根本没有落脚点。"那样太危险了，"他把窗户拉下来关好，"我们得想点别的办法。"

任把视线转向那扇铁门："那好吧，塞西莉，你有小发卡吗？"

趁着塞西莉在包里翻腾的工夫，任小心地来到门前。

"还有几只。你用它干吗？"

"我妈妈的兴趣爱好就是开锁。"任一边蹲下来查看锁孔一边解释。她从后面的裤兜里拿出一个多功能钥匙圈，上面挂着一个开瓶器、一把螺丝刀还有一支激光笔，然后开始摆弄起那把锁。"她参加了一些开锁大赛，比赛在最短的时间内把锁打开。她教过我一些，如果这把锁不是坏得太厉害，我应该能对付。"

亚瑟以前从没听说过开锁比赛这件事，他在心里记下了，下次有机会一定要在网上查一查。

"有点古怪啊。"任嘟囔道。她把耳朵贴在门上，慢慢地转动着那把银色小钥匙，然后用指尖擦干净锁面。"这把锁没坏，它其实是密码锁。你们看，锁孔周围刻着 0 到 9 这九个数字。只要你按正确的顺序转动钥匙，就能打开这扇门。"

"那我们只要找到正确的密码就好了。"亚瑟总结道，试图让自己冷静下来认真思考。好了，只要找到密码，这一切就都结束了。他们只需要冲出去，找到船上的负责人，让他帮忙，把他们三个送回 27 号小屋。他们不可能在很远的地方。"你能破解吗？"

"我可以试试，"任说，"你们俩也四处找找线索，看能否找到一些带数字的东西。虽然机会渺茫，但我想那个设置密码的人担心自己忘掉了，说不定会把它写下来。"

任开始了跟那把密码锁的搏斗，中间穿插着无数次让亚瑟他们"小点声！"的提醒。亚瑟和塞西莉开始在书架上、抽屉里和橱柜中搜查，不放过每一本笔记、每一张小纸片。这让他们顾不上聊天了，房间里一片安静。小云低着头在地板上嗅来嗅去，每当发现食物的渣子，小尾巴就晃来晃去。

检查完书架上所有的书之后（很诡异的是，每本书都是空白的），亚瑟又把注意力放到了桌上的半打笔记本上。他把它们归拢到一起，发现上面有编号，从 1 到 6。笔记本里每一页都写得满满当当，字体很工整，出自一个人之手。他把编号为 1 的笔记本随意翻到中间，里面的文字有点难懂，他花了好大力气理解这些文字：

……吾等或已知晓，运动或快或慢。以时间为维度观看，事物改变位置的刹那，或所有刹那相连，即为运动……

作者似乎讲的是物理，但亚瑟被眼前发生的一切弄得头晕目眩，根本就看不下去。他把书倒过来晃了晃，以防里面藏着什么东西。什么也没掉下来，但他发现笔记本中间有一页被折了起来。他又查看其他的笔记本，发现每一本都有一页折起来，有的对折，有的只是折了一个角。

"这家伙看起来是个大人物。"塞西莉突然说道。

亚瑟抬起头来，看到塞西莉举着灯笼，正在看墙上的一幅肖像画。那是一个头发灰白的男士，穿了一件海军蓝的绸缎外套，还镶着金纽扣。他的脸颊瘦削，有个突出的鹰钩鼻，还有个凹陷的下巴。

塞西莉摸了摸画框的底部，却因为扬起的灰尘咳嗽起来。"上面写着，W. 圣 - 海洋舰长。有人听说过这个名字吗？"

亚瑟端详着油画。舰长的脸看起来有些熟悉，但他不知道为什么。

"听起来是个男的，"任嘴巴里叼着几只发卡，嘟嘟嚷嚷地说道，"还是没办法打开。"她无力地垂下肩，把发卡从嘴巴里拿了出来。"我能听出来这套装置有六个齿轮，这意味着密码中有六个数字。但我搞不定这么复杂的密码锁。抱歉。"

亚瑟正要丢下手里的笔记本，突然意识到自己手里翻开的刚好是处折页，折痕的一角看起来像个箭头，正指向文本中一个特定的单词"5"。

他用手指轻轻敲打着桌面，陷入了沉思。六个笔记本。

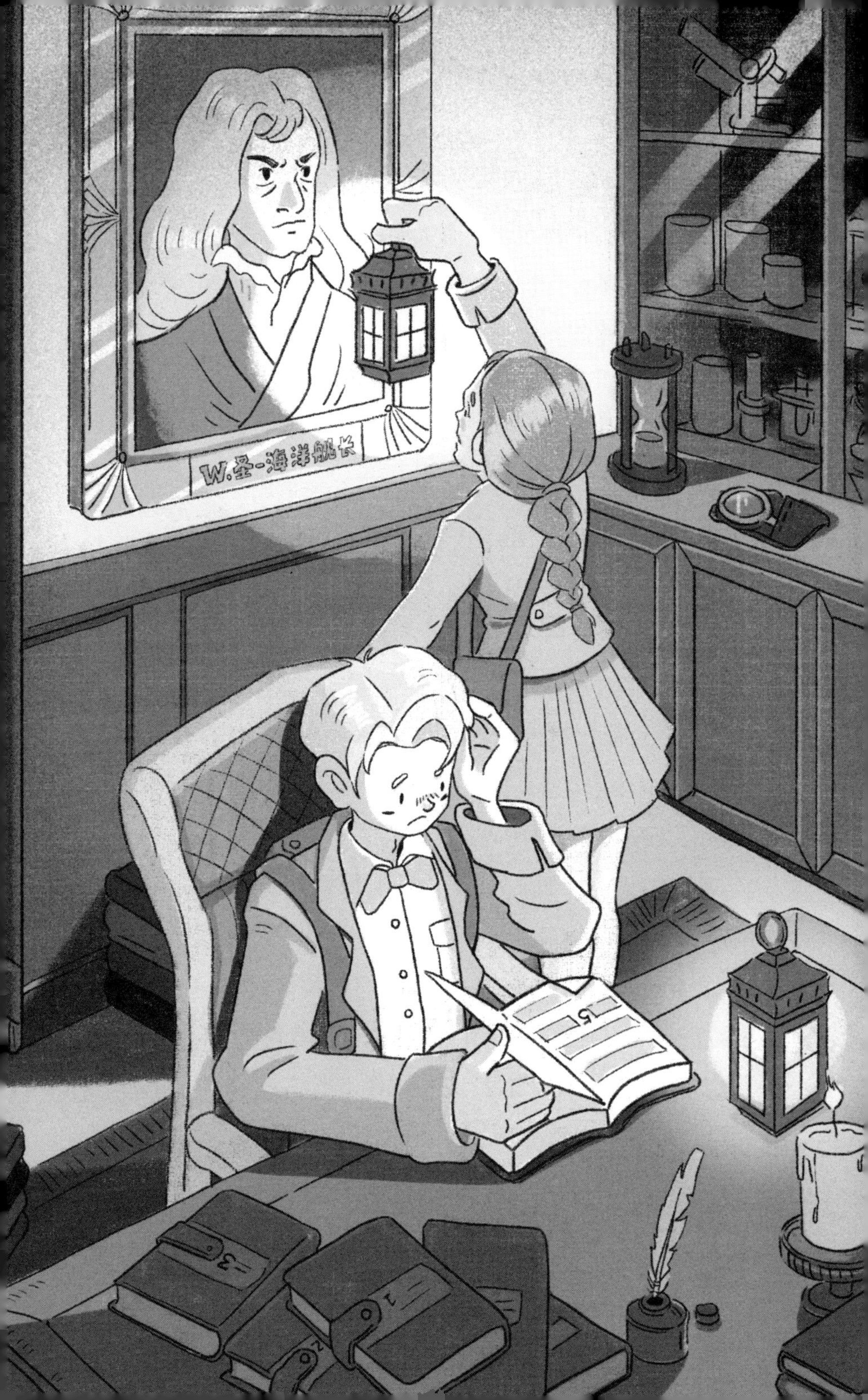
W.圣-海洋舰长

密码有六位数字。

他的脑海中浮现出一个大胆的假设，于是从背包里摸出一支笔，还有一个练习本，然后抓起其他笔记本，草草记下每一页折叠角上标明的单词。他兴奋不已，按照顺序读了出来：

第一本——4

第二本——2

第三本——0

第四本——3

第五本——5

第六本——4

"我可能找到线索了！"他把练习本亮给任和塞西莉，"这些笔记本中有些页折了起来，标出了一个序列，刚好是六位数，很有可能就是密码。"

"哇，好吧。如果只是给自己留个线索，这人弄得可真够复杂的。"塞西莉说。她又若有所思地环视了一下房间。"你们知道吗，这里让我想起去年过生日时和朋友们一起玩的密室逃脱游戏。你被关到一个房间里，屋里有各种道具和线索，你得解开一个又一个谜题，才能逃脱出来。"

任砰的一下靠在了门上。"怎么着，你是说，我们进到了某种游戏中？"她垮着脸说，"在……和平点庄园？"

"听起来的确不太可能，"塞西莉回答道，"但如果这是个游戏，我们就能顺利逃脱，试试密码吧！"

亚瑟也来到门前，一个个地读出练习本上的数字，任按照数字转动那把银色小钥匙。转完最后一个数字，什么也没发生。

"好吧，"任说道，"这密码算是'非常'管用……"

就在这时，铁门发出一阵低沉的嗡嗡声，一股血红的气体从锁孔里喷了出来。每个人都吓了一跳。

"那是什么东西？"塞西莉问道。

红色的气体在空中扭结成形，是一个三角形—六边形—十字架的标志。"我也不知道，"亚瑟回答道，"看上去和'原则号'船头的标志一样，还有小云项圈上的标志，也是这样的。"

正当他们好奇地猜测时，这个神秘的符号又变了。它扭动起来，旋转起来，分解成一个个字符。几秒钟后，一串文字成形，就悬浮在他们仨正对面的半空中。

WONDERSCAPE

幻境逃生

第 33 王国：舰长的旅程

战利品：150 尘币，幻境技能和王国秘钥

畅享幻境，创造奇迹

赫瓦龙

"赫瓦龙到底是什么东西，或者说是什么人？"塞西莉问

道,"还有,你们觉得《幻境逃生》(后面简称《幻境》)是不是这个游戏的名字?之前我可从没听说过。"

亚瑟伸出手指,靠近这团气体挥了挥。它又冷又湿,像一团雪。"我也没听过,不过这团红色的东西打破了所有的自然规律。它是一种气体,按道理说不应该保持特定的形状啊。"

"那它是怎么形成文字的呢?"任问。

亚瑟还没来得及回答,那团气体就消散了,一个沾满茶渍的小纸卷出现在同样的位置上。没等它落在地上,亚瑟一把抓住,展开,和其他两个人一起看。里面有六行字,字体和亚瑟之前在笔记本中看到的一模一样:

横渡暴风雨里的海洋,

和那个写下运动定律的人一起。

加入我们的团队吧,

但你得先找到没有重量的梯子。

然后穿过决定命运走向的关卡,

在那里冰会坠落、火会爆炸。

"这是个谜题,"亚瑟一边思索一边慢慢说道,"你是对的,塞西莉。从一开始这就像个游戏,甚至提到了战利品。但是……我还是不明白这是怎么发生的。"

任小心翼翼地看了纸卷一眼,准备去拧门把手。"锁已经打开了。我要开门吗?"

门后面没有一丝声响。亚瑟一只手紧紧抓住纸卷,试图让自己不要那么紧张。他的内心就像缠在一起的意面那样纠结。

"不管发生什么事,"塞西莉谨慎地说,"我们都没法从这个船舱回到和平点庄园。对这个困住我们的游戏,我们需要了解更多。"她把小云从地板上抱起来,给了它一个大大的拥抱,似乎是在给它打气。可这个拥抱实在是太用力了,小狗拼命扭动着身体,想要挣脱出来。这到底是谁给谁打气呢?

任深吸一大口气,然后拧动门把手。门,推开了。

第三章

原则号

吱呀一声,铁门开了,从门后冒出一阵刺骨的冷风。亚瑟曾猜想过门后是怎样一个世界,万万没想到是另一个密室。

"这是什么地方?"塞西莉一边走进那个狭窄的木制房间,一边问道,"一个步入式衣橱?"

圆形的空间勉强容得下他们三人一狗,小云被挤着了,不高兴地叫了起来。亚瑟站在靠外的一边,仰着头向上看去。十米高处有个洞口,阳光从外面照了进来。透过洞口,可以看到一根黑色的桅杆映衬着蓝天。"我猜上面就是甲板了。"亚瑟边说边努力抑制住心中的怀疑。只是站在这里胡思乱想是不会有任何进展的,他们必须聚焦在有把握的事情上。"我们要想办法爬上去。"

塞西莉怀疑地看了整个房间一圈。"我不是什么攀爬专家,但我们至少得有东西能抓着往上爬吧?这里的墙刷得十分光滑。或许我们可以把外套系起来变成绳子之类的?"

亚瑟开始思考各种可行方案。他们不能从之前的密室里把家具拖出来，这里根本放不下。塞西莉对于墙的判断也没错。唯一值得注意的是，木头做的墙壁上，有一边刻着一个个茶杯大小的圆圈。他尝试着用手指在圆圈上碰了一下，意识到可以按下去。他按了一下，圆圈翻转过去，露出一面扁平的小圆镜。

"那个谜语提到了一架梯子，"任提醒他们，"如果我们真的在一个游戏里，这就是线索。"

亚瑟打开纸卷，又大声念了一遍："加入我们的团队吧，但你得先找到没有重量的梯子……"

"但是什么样的梯子没有重量呢？"塞西莉问道，"飘浮在空中的？"

亚瑟拨动着墙上的镜子，思考着。什么东西没有重量呢？真是个棘手的问题。从科学意义上讲，重量与作用在物体上的力相关，通常情况下是重力。

"是空气吗？"塞西莉建议道，"它可是一点重量都没有。"

任皱起了眉头："你想让我们用空气做的梯子？"

塞西莉脸红了："好吧，不是空气。"

亚瑟手里转动的镜子捕捉到了一束阳光，在对面墙壁上反射出一道舞动的光芒，如暗夜中的萤火。这让亚瑟灵光一动："用这些镜子，我们可以做一架光之梯。"他弯下腰，慢慢地旋转最低的那面镜子，它反射出一道光，正打在对面的墙壁上。一开始那道光并不平，他慢慢地旋转角度，直到那道光和地面平行。

他刚刚调整到位,就听到塞西莉尖叫一声跳了起来,连手里的小云都差点丢出去。"什么东西在戳我的腿!"

"让我看看。"任一边说一边挤到她身边。

在换位置时,亚瑟瞥到一根粗铁棒从墙上伸了出来,刚好与光束的高度相同。"你们看,刚才可没这个,"他指给两个女孩看,"也许咱们得先建造一架光之梯,这样真正的梯子才会出现?"

亚瑟把带有谜题的纸卷塞回他的背包。三个人挤在一起,开始调整镜子的角度。亚瑟觉得有些尴尬,因为离两个女孩子实在是太近了。任时时刻刻在生气,而塞西莉和在学校时一样吓人。不管现在困住他们的是什么,他只希望在逃脱之前,这两个人能对他好一点。

"嘿,你踩到我的脚了,"塞西莉怒气冲冲地对任吼道,"看着点脚下。"

"你也侵犯了我的空间。"任气冲冲地回道。

亚瑟的胳膊肘也不知道撞到了谁。"对不起!"他急忙道歉。

每当一束光平行地落到对面的墙上,一根铁棒就会从墙壁里伸出来,通往甲板的梯子就增加一道横档。为了够到更高处的镜子,尽管整架梯子还没完全搭成,他们就爬了上去。

"这到底是什么游戏,用了传送门这么先进的技术,却没人听说过?"爬到一半的时候,塞西莉问道。她把小云夹在腋下,腾出左手去够旁边的镜子,调整角度,直到一根新的铁棒伸了出来。

"我不知道。"亚瑟回答。此时他刚刚踩上梯子最下面的一根横档,正努力保持着平衡。《幻境》,游戏的名字再次闪过他的脑海。"或许游戏玩家们属于一个秘密组织,你得是组织成员才能玩?"

任正好站在他俩中间,怒气冲冲地说:"可这个秘密组织为什么在和平点庄园设了入口?没道理啊。"

塞西莉最先到达梯子的顶端,紧接着是任。亚瑟跟着爬上去的时候,听到她俩都倒吸了口冷气。

然后,他的腿软了。

开阔的海面此时已经变成了一道峡湾,海水拍打着船舷,波涛汹涌。两边巨大的山脉耸峙,对着峡湾的一面如被斧头劈开一样陡峭,从云端的雪峰中冲下来一道道瀑布,在黢黑的山体上划出一道道白色亮纹。"原则号"的甲板经过抛光,平滑如镜,上面放着木桶、亮晶晶的黄铜望远镜和卷成一大圈一大圈的缆绳。一串串紫罗兰色的旗子装饰着简洁的六边形图案,在三根黑色的桅杆之间飘扬。

船上有十几名晒得黢黑的船员,穿着几乎拖地的白色实验服。亚瑟一一扫过他们的脸,禁不住一哆嗦——他们长得一模一样。所有的男人都是大高个儿,颧骨棱角分明如刀削,鼻子又长又尖。所有的女人都有着一头火红的头发,扎成高高的马尾辫,还有一双扎眼的绿色眼睛。她们的皮肤晶莹剔透,完美无瑕,比起人类,更像是乐高玩具人的皮肤。

亚瑟惊得下巴都要掉下来了。这些人长得一模一样，好像克隆出来的似的，站在面前，就像是某部大片中的特效场景。

塞西莉把小云轻轻地放到甲板上。"哈喽，"她不确定地打了声招呼，"有人能帮帮我们吗？"

一名船员猛地转身看过来，亚瑟整个人都绷紧了。这名船员的实验服上别着一块名牌，上面写着：大副。他摆出一个敷衍勉强的微笑，然后冲了过来，速度快得像踩在一条传送带上。

事实也的确如此。

随着他的行进，实验服的下摆飞了起来。亚瑟发现那本来该是腿的地方，赫然出现了两只金属轮子，周围是一圈半透明的薄雾，在甲板上盘旋。他下巴的正中央还有一个闪闪发光的字母 T，就像一个发光的文身。

"他们是……机器人！"亚瑟几乎不敢相信自己的眼睛，难怪他们长得一模一样。

大副冲到距离他们一米远的地方停了下来，交叉起了双臂。亚瑟、任和塞西莉不约而同地倒退了一步。"欢迎上船，偷渡客们！"他粗声粗气地宣布道。和他的同伴们一样，他顶着一个不怎么好看的鲻鱼头[①]发型，乌黑油腻的头发贴在后

[①] 编者注：鲻鱼头（mullet haircut），是一种发型。这种发型把头顶和两鬓的头发剪短，后脑勺的头发留长，看上去像鲻鱼头。

脑勺上。"你们看到我们的舰长了吗？他不见了。"

亚瑟想到了塞西莉在船舱里发现的那幅油画。"呃——"意识到自己是在跟人工智能交流，他犹豫了一下，"你是说W.圣-海洋舰长吗？"

"是他，"大副回答道，"'原则号'已经偏离了航道，驶进了这个致命的峡湾。这里经常发生雪崩，没有舰长的号令，我们没办法安全地通过。除非你们能帮上忙？"

"我们？"亚瑟吓坏了，猛地把头向后一仰，"对不起，可我们压根儿就不知道怎么开船。我们才十三岁。"

"没有舰长的号令，我们没办法安全地通过，"大副坚持道，"'原则号'已经偏离了航道，驶进了这个致命的峡湾，这里经常发生雪崩。"

他继续说着，亚瑟觉得自己明白这是怎么回事了。他告诉两个女孩："他在重复刚才的话，估计他的程序就是这样设定的，让他不停地重复同样的信息。你们认为这也是游戏的一部分吗？"

一切看起来都万分疯狂，这背后一定有一个合理的解释。难道27号小屋是这个游戏的检测中心，但后面被遗弃了，而他们仨误打误撞地陷到了里面？

"冷静，冷静，咱们好好想想。谜题上说，穿过决定命运走向的关卡，"塞西莉回忆着说，"我猜它说的关卡就是这个经常发生雪崩的峡湾，但咱们也可以不参加游戏，直接回到和平点庄园，对吧？"但亚瑟和任都默不作声，这让她的脸上闪出一丝惊慌。

她咽了口唾沫，走到一个女船员身边，后者正在擦拭一个黄铜望远镜。亚瑟注意到她的下巴那里闪烁着一个 V，而不是像男船员那样是个 T。"对不起，请问我们怎么才能退出《幻境》这个游戏呢？我们不想玩了，我们只想回家。"塞西莉问道。

女船员扬了扬眉毛："我们无法处理您的请求。"

"你这是什么意思？"塞西莉吼道。

"我是说，我们无法处理您的请求。"女船员傲慢地重复道。

塞西莉把垂在身侧的拳头捏得紧紧的，重回到任和亚瑟身边。因为紧张，她的声音有些颤抖："现在怎么办？"

亚瑟开始担心学校的情况。老师一定会给爸爸打电话，问亚瑟为什么迟到，这会让爸爸很担心。他得尽快赶回去，好让爸爸知道自己没事。他望向前方，峡湾并不比一个足球场宽多少，一直向远处延伸，根本就没有回旋的余地。沉吟片刻他说："我们必须跟他们玩下去。你们俩谁知道怎么开船？"

塞西莉难为情地说："我一窍不通，只看过一部《加勒比海盗》，中间还睡着了。"

亚瑟扭头看向桅杆，上面没有帆，这意味着船并不是靠风力推动前进的。"这艘船一定有引擎，"他分析道，"我没有看到船舵，或许在哪儿有控制面板，我们可以用它来控制方向，躲开危险？"

"你认为咱们待的这艘船有多危险?"塞西莉紧张地问道,"这毕竟只是一场游戏。"

"要抱着最坏的打算。"任的脸色有些阴沉,她指着甲板上一条通向下面的楼梯井说,"我到下面去找引擎室。我妈是机械师,只要见到引擎我应该能认出来。"

"和那个爱开锁的妈妈是同一个人吗?"塞西莉问道。

"这和你有什么关系!"任厉声说道,然后冲到船头,消失在楼梯井里。

塞西莉惊讶地说:"哇,她比那些机器人还凶。"

亚瑟开始暗暗佩服任强大的内心。她既不害羞,也不容易被吓到,只说自己想说的话。但她显然也不清楚该怎么和别人交朋友,或许这就是为什么地理课上她总是一个人坐着吧。

就在这时,前方传来一声大吼:"雪崩,两点钟方向!"

在"原则号"右舷船头一百米处,一大团雪从山坡上滚落下来。巨大的雪团顺着悬崖坠落,发出震耳欲聋的轰鸣,亚瑟吓得两腿颤抖不止。

"快躲起来!"大副大吼一声,冲到木桶后面躲了起来。

亚瑟对着甲板看了一圈,抓住塞西莉的胳膊,把她拖到数捆绳子之间的空隙里。

"小云,快过来!"塞西莉急切地召唤道。

小云的耳朵一下子竖了起来,径直冲向他们。塞西莉抓住它的项圈,把它按在了大腿上。

船继续向前驶去,天空此时变成了白茫茫一片。雨水夹着雪花,间或还有冰雹,从空中砸下来,眼前的视线一片模糊。那些还没找到庇护所的船员奋力抓住索具,大片大片的雪花坠落到了甲板上。突然,就在船的左前方,一块汽车大小的冰凌落了下来,震得船猛地一歪。

亚瑟紧紧地缩在一堆绳子中间,下巴控制不住地哆嗦着。他可不想变成人形冰棍。但他的脚指头已经冻僵了,外套也湿了,袖子上结了一层白白的薄霜。他伸出手,颤巍巍地拂去头上越积越厚的雪,眯起眼睛望向前方。就在不远处,风暴的旋涡又生成了。一大块冰凌带着风声,正对着桅杆砸落下来。

像慢镜头一样,亚瑟眼睁睁地看着被击倒的桅杆穿过若隐若现的薄雾向着他们砸来。他的心脏像被一只大手攥住了,紧张得喘不过气来。有人大吼着要他们当心,但他和塞西莉根本就没时间逃出去。他紧紧地护住自己,感觉塞西莉在抓着他的肩膀,等待着桅杆随时砸落下来……

但它并没有撞到甲板。

几秒钟过去了,塞西莉松开了手。"亚瑟,"她的声音还有些虚弱,"快看。"

他爬了起来,腿软得跟海草一样。眼前的一幕解释了他俩为什么还活着:大副带着其他船员,有男有女,接住了坠落的桅杆!他们吃力地把桅杆抬到甲板的边上。亚瑟长舒了一口气,他们暂时还活着。可这究竟是什么地方啊?这些体验太真实了,不像是游戏。

此时,一片片蓝天穿透迷雾显现了出来,雪花落得分外温柔。船随着波浪一起一伏地前行。"险情解除!"大副喊道。

船员们立刻拿起手中的笔和记录簿,开始评估刚才那场袭击给船带来的伤害。小云从塞西莉的手上挣脱出来,抖起了身上的水。

"这太疯狂了,"塞西莉一边拧干裙子上的水一边说,"我们差点就挂掉了!这究竟是什么游戏?"

亚瑟摇摇头:"我也不知道。"眼前的一切已经远远超过了理解范围,他无从解释。不管这是一款什么游戏,他只想早点结束,越快越好。

"你准备好听取汇报了吗?"大副滑了过来,问道。

亚瑟不确定他指的什么。"呃,当然?"

"好的,船体仍然完好无损,"大副说,"但左舷螺旋桨已经不能正常运转。还有,如您所见,前桅已折断。此次雪崩强度为六级,我们已驶过一半的峡湾。"

"很好。"亚瑟咽了口唾沫。他们还有一半的路要走,他敢用身家性命打赌,一场更猛烈的雪崩还在前面等着呢。

小云打了个哈欠,然后摇着小尾巴跑向船头。任从下面的甲板上冒出头来,两臂之间抱着一个东西,像一枚闪闪发光的黑色保龄球。

"我找到引擎室了。"她穿过甲板走来,还向那根倒掉的桅杆看了好几眼。她的手上沾着几处油渍，因为出汗皮肤亮晶晶的。"引擎上也有那个古怪的图案，就是一个三角形套一个正六边形再套一个十字，它把这个东西当燃料来用。"她小心地把那个保龄球放到亚瑟手上。

亚瑟以为这个球很重，没想到出乎意料地轻。在球体里面，亮晶晶的银粉像跳舞的蚂蚁一样四处乱动，亚瑟微微一晃，那些银粉就改变了方向。

"当心，"任警告道，此时亚瑟正用手指转着这颗球，"这个东西轻轻一撞就会爆炸。"

"什么？"他停下了手上的动作。

"引擎室里有个房间，装满了这种小球，"任接着说道，"机组人员把它们装进燃烧室，让它们撞击箱体内侧，这时它们就会爆炸，产生驱动引擎的能量。"

"那你为什么要带到这儿来？"亚瑟抗议道，"万一我失手了，就会在甲板上炸个洞！"

她耸耸肩："我也没想到你会这么笨啊。不管怎么说，我找到了'原则号'的控制系统。"

"我们有没有可能开着这条船躲开危险？"塞西莉问道。

"说可以也可以，说不行也不行。"任回答道，"这艘船被设置成自动驾驶模式。它的控制系统要靠舰长的指纹激活。他不在，咱们就别想用它了。"她把小云抱在怀里，露出一个恍惚的微笑。小狗伸出粉色的舌头，差点就舔到了她的脸。

"看起来好像我们也不应该去驾驶。"

亚瑟紧紧地抱着这个可能会威胁到生命安全的能量球，突然意识到，任恰好说到了点子上。"或许驾船逃离并非解决问题的上策。之前大副说过，请我们帮个忙，让船平安地通过这个峡湾，他可没提到驾驶这个词。"

"如果我们没办法驾驶这艘船远离雪崩，"塞西莉接着说道，"那我们该怎么阻止船被摧毁呢？"

"我们可以保护它。"亚瑟想，但他不知道该怎么保护。他想到了那根断了的桅杆。那是一大块冰砸下来的结果，而不是雪崩。在那里冰会坠落、火会爆炸。他想到"原则号"上装的火炮，突然灵感来了。"任，如果我们把这些能量球放进火炮里发射，结果会怎样？只要在冰凌撞上船之前把它们击碎，咱们就能活下去。"

任把小云放在地上："这个主意不算太糟，可以试试看。"

"雪崩！"一个声音尖叫道，"10点钟方向！"

亚瑟转头看向左舷。就在他们头顶上方两百米处，雪山的外壳上出现了一条巨大的裂缝。它塌了下来，成吨的冰凌轰鸣着向他们袭来。

没时间了。

第四章

初闯关卡

"搞定它!"亚瑟把那个能量球放回任的手中。

塞西莉看了一眼那奔涌而来的大块冰凌,吓得捂住了嘴巴。但她很快就回过神来,大声喊道:"全体船员注意!调好炮口,准备发射!我们要发射那个东西……"她指向任拿着的那个能量球,"击碎所有向我们袭来的冰凌。现在各就各位!"

船员们先是茫然地看了她一眼,接着用右手敬了个礼,然后迅速散开,执行她的命令。

亚瑟的嘴巴半天都合不拢。"你怎么知道他们会听你的?"他大声问道。

"我不知道。"她吼了回来,"我只是觉得该这样做。当心!"

雪崩直冲着他们而来。雪和冰碴四溅,包围了亚瑟,模糊了他的视线,从各个角度砸中他的身体。他们冲进了风暴的旋涡,凄厉的风声里,回荡着船员们发出的各种叫声。透过迷雾,亚瑟看到塞西莉一把捞起小云,退回到他们之前躲雪崩的几捆绳子之间。

"到这儿来！"大副生气地喊道。

亚瑟手忙脚乱地躲过一团雪，然后穿过泥泞的地板，来到木桶后面，那个大副机器人就躲在那儿。

蹲在大副旁边，亚瑟可以更好地观察到船体。炮台上不时闪过船员们的身影，他们正在装炮弹，并调整开炮方向。亚瑟从塞西莉身上得到灵感，他把手拢在嘴巴上，用尽力气喊道："对着大块冰发射！"

一个能量球呼啸着，以向上45度的角度离开船体，像一枚火箭般尖叫着腾空而起。亚瑟抬头看去，它正好击中一块坠落的冰凌。火球在天空炸裂，一股冲击波使得船身猛地向右舷方向倾斜。

亚瑟努力稳住身体平衡，希望的火苗在他内心升起。"瞄得更高些！开火再快些！"

一个又一个能量球射向天空，在绵绵落下的白雪间爆炸。亚瑟尽可能地喊出方位，问题在于，等到他肉眼看到的时候，冰块往往已经距离船体很近了。他听到塞西莉在船的另一侧给出同样的命令。

火球击中一个又一个目标，密集的雨点不停地敲打着甲板。渐渐地，炮声变得稀疏起来，热腾腾的蒸汽像迷雾一样笼罩着"原则号"。亚瑟热血上涌，几乎没听到塞西莉穿过雾气跑过来的脚步声。"亚瑟，快看！"塞西莉喊道。

他高兴地跳了起来。前面的水域变得宽阔起来,"原则号"开始在平静的海面上滑行。他们通过了这道关卡!任从下面的甲板跑上来,一拳击向空中。"我们成功了!"

　　尽管浑身被浇了个透心凉,亚瑟还是忍不住笑了起来。他们聚在一起,小云窝在塞西莉的怀里,浑身湿乎乎的,像一块吸饱了水的抹布。它摇动着小尾巴,用充满希望的眼神看着他们,像一个骄傲的小吉祥物。游戏肯定结束了,他们赢了。或许在他们的父母着急之前,他们就能回到和平点庄园,赶到学校。

　　"嗯哼,"大副清清他的喉咙,"你们准备好听取报告了吗?"在他身后,其他船员列成两队,像在接受检阅。

　　"来吧。"任对着亚瑟和塞西莉眨眨眼,说道。

　　"我们已经没有燃料了,只能漫无目的地漂来漂去。"大副严肃地说道,"但是我们的船已经安全地通过雪崩区,这意味着你们完成了这个王国的挑战。"

　　听到"挑战"这个词,亚瑟放松了。这证实他们的确是在游戏里。大副的话音刚落,一个足球大小的球体突然出现在半空,就在亚瑟面前盘旋,也是之前那种红色气体凝成的。"怎么又来了?"塞西莉警惕地说道,"这次它想让我们干什么?"

　　亚瑟伸出手去。他的指尖刚一接触到球体,那个球体就消散了。一个小小的六边形棱镜落在他的手心,形状和小云脖子上挂的那个一模一样,只不过是用白色石英岩做的,而不是黑曜石，末端也没有刻上首字母。他正想进一步检查，任用胳膊肘捅捅他的肋骨。"快看，出事了！"

一束阳光照射到了甲板上，像聚光灯一样向船尾方向移动。光圈中凭空出现了一个中等个头的男人，一头凌乱的灰白头发，一张瘦削的面孔。

亚瑟愣住了。这正是油画上的那个人：W. 圣－海洋舰长。

舰长轻轻掸去沾在他一尘不染的海军蓝外套上的几滴海水。在外套里面，他穿了一件白色褶皱衬衫，下面是一条羊毛短裤，白色长袜和黑色带扣袢的鞋子。"恭喜，流浪者们，"他庄重地说道，"你们成功地闯过了'舰长的航程'这一关。"

当他踱步过来时，亚瑟一下子想起来了，为什么这个人如此眼熟。他曾见过舰长的肖像，就在自然科学的课本上。

"太古怪了，"他把石英棱镜稳妥地放到衣兜里，对任和塞西莉嘟囔道，"这位舰长长得很像一位大科学家。"

"真的吗？"塞西莉耳语道，"谁啊？"

亚瑟正准备回答，突然意识到了什么。"W. 圣－海洋舰长[1]……"他嘟囔着，想着画像底部的那个名字。"这是个字谜！这些字母可以重新组合，拼出那位科学家的名字：艾萨克·牛顿教授。"

---

[1] W. 圣－海洋舰长的原文为"W. Saint-Ocean"，艾萨克·牛顿的原文为"Issac Newton"。

"有问题吗？"舰长停在他们三个面前，扬起了下巴，"我就是艾萨克·牛顿教授，那你们三个又是谁？"

亚瑟不确定舰长是否在开玩笑，还是他真以为自己就是那位教授。"我叫亚瑟，这是任，这是塞西莉。"他有些不确定地一一介绍，随后又补充道，"可您并不是真的艾萨克·牛顿，因为他已经死去好几百年了。"

"啊，"舰长意味深长地笑了笑，"这可不一定。"

第五章

舰长牛顿

"至少有一件事你说对了：几百年前我的确已经死了。"舰长说道，"当时的英国国王——乔治国王还给我办了个盛大的国葬。"他突然停下来，使劲拽着外套的底部，想把它抻平。亚瑟注意到，他的外套口袋鼓鼓囊囊的，露出淡黄色笔记本的一个角来。"但我还活着，就站在你们面前。"舰长又说道。

亚瑟的两道眉毛拧在了一起，就像"原则号"索具上的一个大疙瘩。舰长说的怎么可能是真的？他想表达什么意思？死后复生吗？

这件事越想越不对头，更多的问题从亚瑟的脑袋里冒了出来。就在过去的一个小时里，大脑中"真实"指南针的指针晃动得那么剧烈，他都不知道该相信什么了。既然他可以通过和平点庄园的一扇门，就来到了一艘船上，那么还有什么不能接受呢？比如说，眼前这个人的确就是艾萨克·牛顿？

"如果可以的话，我会向你们解释一切，"舰长小心地瞥了一眼他的大副，"但是在《幻境》里，你必须要保守这个秘密。现在，我猜你们都迫不及待地想要得到战利品了吧？"他瞟了一眼他们身上湿漉漉的校服，又仔细地看了一眼，"大副！"

那个机器人呼啸着冲了上来："长官？"

"这三个人都没穿幻境斗篷！你去查查，他们来自哪个王国？"

大副看向亚瑟、任和塞西莉。"我不知道，长官。"他从上衣口袋里掏出一本航海日志，翻开第一页，拿给牛顿看，"这是他们进入时走的幻境通道的坐标。"

"什么？"舰长的嗓门儿一下子拔得很高，"这不可能。"他围着三人缓慢地踱步，研究他们的特征，好像他们是培养皿中培养出的细菌。

与此同时，亚瑟也在仔细观察舰长。毫无疑问，这位舰长长得和牛顿一模一样，如果是他在用那些笔记本，上面那些奇怪的古英语就能说得通了。亚瑟不理解眼前的一切怎么可能发生，但他开始相信这一切是真的发生了。就像谜题的前两行说的那样：横渡暴风雨里的海洋，和那个写下运动定律的人一起。千真万确，这说的就是牛顿。这位科学家取得了很多成就，其中最著名的就是总结提出了运动定律。

舰长踱完了一圈，再次面对着他们，他的表情显得有些紧张。"你们不应该在这里。"他总结道。

"终于有人说出这句话了！终于找到了个明白人！"塞西莉走上前来，呼出了一团白气："求求您，您得帮我们回家。

为了救这只小狗,我们穿过了一扇可能是传送门的大门。"她把小云举得高高地给牛顿看,后者用爪子紧紧地抱住她的胳膊。"然后我们发现我们的手机都不能用了,我们莫名其妙就来到了这艘船上。现在我们想回家,我们还要去学校。"

"传送门……手机……"牛顿摩挲着下巴,匆匆地把这些词语记录在笔记本上。"我可以解释你们目前的境遇,但首先得请你们把这些湿衣服脱下来。这是为了你们自己的生命安全,跟我来。"

亚瑟不明白,除了可能会害得他们感冒,湿衣服怎么还能影响到他们的安全。不过跟着这个自称是艾萨克·牛顿的人就能让自己暖和起来,还能获得一个解释,这没什么不好。

牛顿领着亚瑟、任和塞西莉来到下面的甲板上,大副尾随在后面。"原则号"的舱室很窄,散发着汽油和海草的味道。他们顺着一道狭窄的走廊往前走,一个跟着一个。亚瑟得把胳膊肘往里收着,以免撞到旁边装饰着六边形图案的墙壁,之后他们爬下一个窄窄的楼梯井。这里大概是在船的中部,亚瑟隐约听到水手们在用低沉的嗓音唱着船歌号子。下到楼梯井底部后,又是一道长长的走廊,走廊上有六扇门,每扇门上都挂着手写的标签。亚瑟认出来,这些标签的字迹和笔记本上的一样,是牛顿的笔迹。

牛顿带着他们经过其中一扇门,上面贴着"第十八实验室"的标签。"正如你们看到的那样,毋庸置疑,'原则号'

不是一艘普通的船,它是一艘科学考察船。"塞西莉凑到亚瑟耳边轻声问道:"科学课我老是走神。他是靠什么出名的?"

"他是有史以来最伟大的科学家之一,"亚瑟低声回答道,"他发现了万有引力。"

"万有引力就是他发现的?"塞西莉盯着牛顿的后背,眼珠子都快掉下来了。

一想到这位科学家的伟大成就,亚瑟就觉得自己跟做梦一样,他不得不掐掐自己的大腿,好证实一切都是真的。真是奇妙啊,单凭一个人的睿智,就能改变整个人类理解宇宙的思维方式。没有牛顿的发现,其他科学家就没法研制出飞机,也没法研制火箭。大家现在估计还在靠发电报交流,因为卫星也发明不出来。

"我重新设计了这艘船,"牛顿继续说道,"好帮助我在《幻境》中航行,了解更多的关于自然和宇宙的知识。'原则号'看起来很简单,实际上像表芯一样复杂,是由仿生人精准制造出来的。"

"仿生人?"亚瑟问道。

牛顿指指大副。"高仿真人形机器的简称,在《幻境》里到处都是。有两种型号:T型号和V型号。"他停顿了一下,又补充道,"他们的脾气不太好,不用太在意。"

亚瑟看了一眼任和塞西莉,俩人都耸耸肩。在这堆值得在意的麻烦里,坏脾气的机器人基本排不上号。

第五章 舰长牛顿

牛顿走到走廊三分之二处停了下来，打开了一扇门，上面的标签写着"失物招领"。"我把那些玩家遗失的东西存放在这里，说不定它们会对我的研究有些帮助。在这儿，你们应该能找到合适的衣服。换好衣服后，来我的书房找我，就在右手边最后一道门。"亚瑟注意到，牛顿转身离开后便把笔记本从口袋里掏出来，翻到一张空白页，一边走一边在上面写着什么，大副就紧跟在他旁边。

"你真的认为他就是艾萨克·牛顿？"任一边打开房门一边问，"怎么可能是呢？牛顿早已经死了。"

亚瑟揉着他的太阳穴，走了进去。一切都是那么难以置信，让他头疼不已。"我也不知道是怎么回事，"他坦然承认，"但是舰长说得越多，我越感觉他说的是真的。不是因为他的外貌和行为方式像牛顿，而是他似乎拥有和牛顿一样的智慧和技能。"

"所以呢，他难道是某种僵尸？"任猜测道。

亚瑟气愤地瞪着她："不是，显然不是。只是发生了一些我们暂时没法理解的事情，就是这样。"

失物招领处有学校食堂那么大，放着的衣服足够装扮一支小型军队。一箱箱的毛衣，几个柜子的夹克衫和外套，数个抽屉里放着一卷卷摆好的皮带，一堆塞满了T恤的箱子，一排排连衣裙，甚至还有整整一个帽架的巴拿马草帽。空气中弥漫着洗涤剂和亚麻布的味道，像是在一家干洗店里。

"这地方真是不可思议，"塞西莉惊叹道，"谁能想到一个几百年前的科学家，竟然收藏了数量这么惊人的时装？"她摸着旁边的一条裙子，眉宇间皱起一道疑虑的纹路。"不是说……我们已经通关了，对吧？那为什么还要我们换衣服啊？"

"牛顿说这是为了我们自己的安全。"亚瑟有些焦虑地提醒道。他开始担心，为什么就没办法直接回到和平点庄园呢？"我觉得咱们只能按照他的话去做，听听下一步他怎么说。"他迅速地查看着房间的布局。所有的东西都用纸质标签仔细地分好了类别。据他的观察，鞋子是按照尺码分类的，衬衫按照颜色，裤子按照面料。而且牛顿写的是面料的化学式，而不是它们的通常叫法。亚瑟很肯定，那些短裤上标着的 $C_6H_7O_2(OH)_3$，就是大多数人说的棉制品。

亚瑟找到标着他的鞋子码数的鞋架。他从一排排的鞋子前走过，有人字拖、松糕鞋还有高跟鞋，最后他抓起了一双带气垫的运动鞋。

"这么多可选的衣服，我可能得耗上好久才能决定穿什么！"塞西莉站在一排灯芯绒连衣裙前，一边翻看一边说道。

"随便找件尺码适合的干衣服就行了吧？"任建议道。她在装裤子的箱子里翻了翻，找到一条黑色的工装裤，有很多口袋，很实用，就转去屏风后面换衣服了。

亚瑟把几箱书移到一边，走到一个标有 $C_{16}H_{10}N_2O_2$ 的箱子前，翻出了一条牛仔裤。裤兜里露出了一张彩色的纸片，亚瑟把它拽了出来。

看起来像是一张入场券。背景是一座被树木环绕的多穹顶银色建筑，上面印着激光的字母，写着：

赫瓦龙

《幻境》博览会 2469

1月25日，幻境穹顶，89王国

赫瓦龙公司创始人：米勒·赫兹，瓦莱丽娅·马尔菲和蒂伯龙·诺克斯光临现场。

10个全新王国今日揭晓！

另，现场会发表一项特别声明……

ADMIT 1   ADMIT 1

"不管《幻境》是什么游戏，肯定是大制作，"亚瑟把票拿给塞西莉看，"他们还专门为这款游戏举办了一场博览会。"亚瑟的爸爸去年曾带他去过一个动漫电影博览会。博览会的规模很大，展示了很多最新发行的作品，到处都是业内公司的摊位，很多著名的影星和艺术家们也大驾光临，还能看到那些未上市的新玩意儿，让他大饱眼福。

塞西莉摇摇头："我还是不明白，这么受欢迎的游戏是怎么保密的？还有，咱们是怎么从和平点庄园的那栋破房子糊里糊涂地进来的？还有，如果这里的衣服是之前那些玩家丢下的，那就说明在我们之前，已经有成千上万人登上过'原则号'了。"

亚瑟更迷糊了，于是把那张票放到了背包里，准备找时间再好好琢磨。他又在箱子里翻了翻，找到了一条大小合适的牛仔裤，于是把它甩到了胳膊上。

"你俩觉得咱们现在离开多远了？"任一边换衣服一边问道。

一开始亚瑟还不太明白她的意思，突然这个问题像利箭一样击中了他。"你是说，离和平点庄园有多远了吗？"他开始认真思考这个问题，胸口越来越闷。他们在一天内看到了两次日出，唯一的可能就是他们瞬间转移到了其他的时区。这意味着……

他砰的一声关上了箱盖，晃晃悠悠地瘫坐在上面。不管这个游戏是怎么回事，它都使用了某种未来科技。那个奇怪的入口一定把他们带到了地球上很远的地方，说不定这里已经不是地球了！他不敢再想下去了，他被自己的想法吓坏了……

"你还好吧？"塞西莉边问边脱掉湿外套，换上了一件皮夹克。

不好！但他不好意思告诉塞西莉。"我挺好的。"他说谎了。事实上，他的心跳快极了，仿佛随时要从胸口蹦出来。他们现在可能在离家几百英里开外的地方，还不知道该怎么回家。他离爸爸到底有多远啊……

塞西莉担心地看着他的脸："要是你觉得不舒服，可以试试深呼吸。"她先演示了一遍，用鼻孔慢慢地吸气，然后用嘴巴慢慢地呼出去。

第五章 舰长牛顿

亚瑟尽力模仿着她。一次，两次，他开始放松下来。一分钟后，那种压在胸口的紧张感消失了。"真是个好建议，"他咕哝了一句，"谢谢你。"

塞西莉微笑起来，转身继续欣赏手里那件衬衫。"我觉得咱们离家多远并不重要，"她对任说，"只要能找到一条回去的路就行了。艾萨克·牛顿是个天才。如果说有谁能帮到我们，那一定就是他了。"

亚瑟很欣赏塞西莉积极乐观的精神，发自内心地欣赏。问题在于：他们正在从一个能走路、会说话的艾萨克·牛顿那里寻求帮助，这恰恰表明他们卷入了一个多大的麻烦。

第六章

《幻境》

"你俩都换好衣服了？"任从屏风后面走出来问道。她穿着战斗靴和工装裤，上衣是一件长袖保暖运动衫，还加了一件带腰带的黑色马甲。苍白的皮肤、黑色的眼线、柔滑的头发和这一身简洁够酷的衣服组合在一起，看起来颇有些吸血鬼的样子。嗯，一个讲究实效的吸血鬼！

亚瑟把手伸进一箱T恤衫里，随手抓了一件："马上。"

几分钟后，他和塞西莉换好了衣服。塞西莉穿着破洞牛仔裤，一件复古的加州标志T恤和一件绿色羊绒开衫，外面套着皮夹克。她甚至给小云找到了一条遛狗绳，和它的宝石红色项圈很配。亚瑟穿了一条蓝色水洗牛仔裤、一双运动休闲鞋，上身搭配了一件样式简洁的T恤，外面套了件红色的针织套头衫，又加了件收腰的防水夹克。他平时不会穿这样的衣服，但现在这些衣服很干，而且意外地舒服。

他一边顺着狭窄的走廊往前走，一边紧张地摆弄着套头衫袖子上松垂下来的线头。他有种可怕的预感,牛顿答应会给他们一个解释,但这个解释绝对不会是他们想要听到的。让他不安的是,到现在为止都没人告诉他们该怎么回去,似乎并没有太简单的方法。

他们踏入牛顿书房的舱门,亚瑟惊讶地眨了眨眼睛。这里的空间比他预想的更大更明亮。水晶枝形吊灯镶嵌在天花板上,将光线洒在下面一圈舒适的真皮扶手椅、木制小方桌和实验室大长桌上。地板上铺着六角形图案的瓷砖,墙边摆满了书架,除了靠海的那边。那里装了一层厚玻璃,从地板一直延伸到天花板,可以看到外面翻腾奔涌的海水,漆黑如墨。

"教授!"亚瑟叫道,冒险走过一张放满化学实验设备的桌子。一支支试管被悬挂在架子上;本生灯正在噼噼啪啪地燃烧,发出如糖果般的粉红色火焰;旁边放着一个密封的橘黄色烧杯,里面装着半流体的黏稠物质,似乎在往杯壁上攀爬,要从烧杯中逃脱出来。

任说:"他不在这里。我们等等吧。"

塞西莉拿起一个放大镜,把放大镜正对着她的眼睛,那只眼睛看上去跟苹果一样大。"这都是些什么啊?"到处都是稀奇古怪的实验设备。桌面上有一只解剖到一半的仿生手,还有一堆沾着茶渍的文件、一把钳子和一顶烧焦的羊毛帽子。空气中弥漫着一股股化学药品的味道,甜中带着酸味儿。亚瑟走过一张桌子，上面摆着好几台显微镜。桌下的抽屉上贴着标签:《幻境新闻》存档，他很好奇里面装的是什么。

房间的中央是一个硕大的四方形架子，跟大书架一样又高又宽。"牛顿说'原则号'是一艘科学考察船，"亚瑟绕着架子转了一圈，提醒道，"这一定是他做研究的地方。"架子被漆成了纯黑色，比亚瑟以前见过的任何东西都要黑，好像把所有的光都吸进去了。

正在这时，研究室的门砰的一声打开了，牛顿拎着一堆黑色的东西冲了进来。"很抱歉让你们久等了，"他喃喃道，"但我没找到合适的鞋子。"

亚瑟看向他的脚，忍不住又多看了一眼。

这个发现了万有引力的人，竟然穿了一双蓬松的粉色独角兽拖鞋。

"出于某些原因，只有穿上样式独特的鞋子时，我才能做出最有力的思考，"牛顿匆匆解释道，"而要解决你们目前遇到的困境，我得绞尽脑汁。"他把那些黑色东西挂在了扶手椅的椅背上，然后匆匆走向角落里的一个装置。那个装置装饰着五颜六色的霓虹灯，看起来像一台旧款的自动点唱机，只是在一层玻璃后面，一个全息目录正在闪闪发光。

"我要给你们上的第一课就是：身边的一切都是真实的。"牛顿说道。他隔空弹了一个响指，全息目录立刻做出了反应。

页面上浮现出一段视频，还有文字在滚动。"《幻境》没有使用虚拟现实技术，它的所有功能都是通过分子组装、自我重组的模块化机器人技术和纳米技术来实现的。当然了，对你们来说，这似乎是一种魔法，原因我稍后再解释。"

亚瑟有些不知所措地晃了晃脑袋。

他的判断是对的，这里充满了新科技。以前他听说过纳米技术，但那是在漫画书中。他焦虑地看着任和塞西莉，俩人正并肩站在自动点唱机的另一头，好奇地看着那段视频。这意味着回家的路远比他们想象的复杂得多。

牛顿做了个手势，自动点唱机下半部分的几扇门滑开了。他弯下腰，端出一个小瓷盘放在旁边的桌子上。盘子上放着一个全麦的金枪鱼三明治，被整齐地切成四个三角形，上面装饰着新鲜的绿叶菜和多汁的西红柿。

塞西莉皱皱眉，对着亚瑟的耳朵低语："我以为他带我们过来，是要给我们一个解释，而不是请我们喝下午茶。"

亚瑟也不清楚牛顿要干什么，但他发现目录页的上部闪烁着一个词"商品"。这个像自动点唱机的设备，应该是某种自动售货机。

牛顿又点了几道菜，把它们放在三明治旁边。点餐终于结束了，一顿丰盛的自助餐摆了整整一桌子，有卷毛鲱鱼，有鲑鱼寿司，有熏鲭鱼烩饭，还有一大碗热气腾腾的龙虾浓汤，甚至有一盆用狗狗餐碗装着的清水。小云一屁股坐在地板上，开始喝了起来。

"'原则号'上的美食仅限于海鲜，"科学家无奈地对他们说，"虽然有些菜的做法新颖，味道相当不错，但我更喜欢简单的炖肉。不管怎样，请几位随意享用吧。"

鱼腥味实在是太刺鼻了，亚瑟的胃里开始恶心。任和塞西莉估计有同样的感觉，因为她俩很快就开始摇头，不肯再吃了。

"随便你们，"牛顿喃喃地说，"有时候我们需要吃点零食，来缓解一下坏消息带来的痛苦，仅此而已。"

坏消息？亚瑟的心猛地一沉。这时牛顿冲向旁边的落地窗，从口袋里掏出一支白色记号笔。"自从离开皇家学会后，我就再也没有讲过课了，现在可能有点生疏了。"他在玻璃窗上吱吱呀呀地写了一会儿，然后退了回来。

还是那个奇怪的符号，三角形加正六边形加十字。

牛顿端详了片刻后说道："这是赫瓦龙公司的标志，这家公司设计并制造现实类冒险游戏，简称 I-RAGs。你们现在就处在一款叫《幻境》的游戏中，这是有史以来规模最大、最有魅力的 I-RAG。"

亚瑟玩过很多游戏，知道 RPG 是一种角色扮演游戏，MMO 是多人同时在线的游戏，但他从来没听说过 I-RAG。他靠近窗户，盯着赫瓦龙公司的标志细看。难怪到处都能看到呢。

"《幻境》分为数个王国，"牛顿画了很多相互关联的圆圈,继续说道,"玩家们被称为流浪者。在每个王国,他们都会面临一系列挑战,只有赢得挑战才能获得战利品,并进入另一个王国。"

"但你在游戏里干什么呢?"塞西莉问道,"你只是个科学家。"

牛顿的表情顿时变得苦涩起来:"《幻境》的每个王国都围绕着人类历史上某个英雄展开,我就是其中一个。我听说,克利奥帕特拉的王国再现了埃及托勒密王朝时的万千气象;如果你想饱览古希腊的绝美风光,那去亚历山大大帝的王国显然再合适不过了。如果你喜欢探险,可以加入著名的维京人莱夫·埃里克森的北美之旅,或者和第一位进入太空的女宇航员瓦伦蒂娜·捷列什科娃一起,登上'东方6号'飞船。只要打通关后,这位英雄就会出现,亲自向你表示祝贺。正是这一点让《幻境》游戏大受欢迎,也让赫瓦龙公司实力大增。"

亚瑟听得激动不已,脖子后的汗毛都立了起来。他不敢相信自己的耳朵,只要通过一款游戏,人们就能饱览地球各地的风光,见到那些闻名遐迩的大人物。可为什么他从没听说过这款游戏呢?他只要一有空儿就在互联网上搜索各种新游戏的消息,这太不合常理了。

"每天躺在沙发上玩游戏,这样的小日子可真够带劲的!"任打趣道。

牛顿用手里的笔敲敲玻璃:"你说那种古老的玩法吗? 25世纪的人需要更刺激的玩法。现在最流行的娱乐项目就是

I-RAGs。"

"对不起,"亚瑟大喊起来,他以为自己听错了,"您刚才说什么?25世纪?"

牛顿的脸涨得通红:"哎呀,我错了,一不小心说漏嘴了。"

"只是说漏嘴了?"亚瑟抱着最后的期望问道,"你到底在说什么啊?莫非我们穿越到了其他时代?"

牛顿没有立即回答,在任凶狠的瞪视下,他有些不安地扭动了下身子,把笔尖放到了玻璃上。"《幻境》王国分布在宇宙中已知的星球上,"他语速很快地解释道,画了一个大旋涡,又在中间画了一个长方形,"目前你们是在第33王国,就是地球。流浪者们从一个王国去往另一个。这扇门就是他们进来的地方,你们也是从这儿进来的。"

亚瑟认出了牛顿画的是什么。那个旋涡代表着不断旋转的蓝色烟雾,因为能量释放发出嗡嗡的声音,他们在27号小屋里见识过。那就是游戏的入口。

"玩家们叫它幻境通道,"牛顿接着说,"据我所知,它可以让时空弯曲,这样玩家就可以在几秒钟内跨越漫长的空间距离,在不同的王国之间穿梭。但从你们的进入坐标来看,我发现你们的进入方式刚好相反,你们跨越的是时间——只是穿过几厘米的空间,就能让你们跨越漫长的时间距离。"

亚瑟凝视着玻璃窗外暗沉沉的海水,觉得快要被牛顿讲的这些话淹没了。他试着用塞西莉教他的方法,深深地呼吸后问道:"您的意思是我们……现在在未来?"

"是在 2473 年,"牛顿确认道,"好了,你们先坐下吧。"他从实验桌下面拉出三把椅子,亚瑟、任和塞西莉跌落在椅子里,像三个任人摆布的布娃娃一样。小云蹦到任的大腿上,把头埋在她的两个膝盖中间。

亚瑟想到了那张博览会门票,明白为什么叫作 2469 博览会了,因为博览会是在 2469 年召开的。怪不得自己从没听说过 I-RAGs,因为在 21 世纪它们还不存在呢。上千个问号如流星雨般同时在他的脑海里掠过。他随意地挑了一个问道:"2473 年是什么样子的啊?"

牛顿皱皱眉头,用袖子擦擦眼镜:"你最好还是不要知道。相信我,了解一个比你们那时候先进得多的时代,只会让你们心里不好受。你们需要尽快返回自己的那个时代。"

"但我们怎么返回啊?"塞西莉问道,"通过另一条幻境通道吗?"

"幻境通道需要用王国秘钥才能激活,你可以在战利品中找到它。"牛顿解释说,"你们打通了'舰长的航程'这一关,已经得到了一把。但这把秘钥只能打开一条通道,通往的只能是另一个王国。你们要想回家,就得拿到一把特殊的钥匙,一把通过逆向工程制作的、能打开时间通道的秘钥。我们可以称它为时间秘钥。"

一把时间钥匙，一张回家的通行证。亚瑟回想起雪崩挑战，想到了最后他搜集到的那个棱镜，这是他们目前搜集到的唯一一样东西。他拍了拍口袋，把它掏了出来："您是说这就是王国秘钥？普通款的？"

"对。"牛顿回答说，"尽管它看似不起眼，却包含了很多高科技。"

"这个和小云项圈上的宝石看起来很像哎。"任说道。她伸手在小云的下巴那里挠了挠，然后解下那个黑曜石的棱镜，递给了牛顿。

大科学家仔细地看了一下，然后放到一个放大镜下观察。"真是精美绝伦，"他喃喃道，"王国秘钥只能使用一次，但这把可以多次往返。它的内在结构和王国秘钥差不多，但有着完全不同的时空频率。"他从放大镜上抬起头来，"这可能是一把时间秘钥，我想我们可以测试一下。"

牛顿冲向房间正中央的那个巨大的黑色框架。随着他的步伐，拖鞋上的独角兽头一点一点的。或许教授只是太兴奋了，但他的移动速度让亚瑟有些不安起来……

金属框架的底部有一个六边形的孔洞，刚好可以放下那把王国秘钥。旁边是一个全息键盘。"这也是幻境通道吗？"任慢慢地走上前问道，"这跟我们在和平点庄园穿过的那个一点也不像。"

"这个还没有激活呢，"牛顿解释说，然后在键盘上敲下几个数字,"要激活它,你得先输入你的目的地,一个王国编号,然后再插入王国秘钥。如果是时间旅行,我猜要输入一个时间。"亚瑟根本就没机会看到牛顿输入的日期,牛顿就插入了那个黑曜石棱镜。数字键盘消失了。

效果真是立竿见影,黑色的幻境通道一下子变成了宝蓝色。它的边缘开始消解,转化成一缕缕烟雾。这些烟雾开始逆时针旋转,形成了一个旋涡,脚下的地板也在抖个不停。亚瑟觉得一股又一股能量从里面释放出来,和之前那次一模一样。

一阵风刮了过来,吹遍整个房间,吹得塞西莉的发辫也从肩头飘了起来。"啊,是时间秘钥起作用了吗?"她兴奋地问道。

"到目前为止还不错。"牛顿一边说着,一边在他的笔记本上潦草地记下观察结果。

希望的波涛在亚瑟内心翻涌。身处未来世界固然令人激动,但他更想回家。再过一小会儿,他、任和塞西莉就可以回到27号小屋了……随后,一股绿色的火花突然从大旋涡的中心迸出来,就像烟火被引爆了一样。刺耳的尖利声音划破了空气,亚瑟忍不住捂住了耳朵。只见那把黑曜石钥匙从旋涡中心飞了出来,落在了地板上。

蓝色的烟雾开始往中心汇集,最后消失了。那个黑色的幻境通道框架又现出了原形。

风吹过他的脚踝,亚瑟的内心无比沉重。他们终究还是没法回家。

"一定是哪里出了问题。"牛顿说。事情可不就是明摆着嘛。他把棱镜从地板上捡起来,重新放到放大镜下检查:"之前你们通过幻境通道过来时,有没有发生什么异常现象呢?"

"你是说,比如爆炸的小矮人雕像?"亚瑟小心翼翼地问道。

牛顿扬起眉毛,仔细地查看着小云的棱镜:"嗯,我猜这的确是一把时间秘钥,但在上次使用时弄坏了。你得找人修好它,然后才能再次使用。"

"难道你没办法修吗?"塞西莉问道。

大科学家摇摇头:"我没有这方面的设备,也没这本事。或许只有一个人能做到,就是时间秘钥的发明人。不管他是谁,你们需要尽快找到他。"他回到玻璃窗前,草草地写下一个公式,非常长,足有六行之多。在把所有的希腊字母换成数字,并完成了一系列的复杂运算后,牛顿圈出了答案:57。

"想象着你手里有一罐泡泡糖,每粒泡泡糖都在某个确定的位置,但只要你拿出一个,其余的就会落到不同的位置。穿越时空对宇宙的影响和这类似,一切都被扰乱了。"牛顿用手指轻轻敲打着玻璃窗说道,"这就是为什么宇宙总是在动态中保持平衡。根据我的计算,在你们到达游戏的 57 小时后,它会自动更正,把你们以及你们带来的所有扰动删除掉。考虑到你们抵达这里的时间,所以,让我看看……"他从裤兜里掏出一块金色的怀表，瞟了一眼表盘。"现在你们还剩下53小时27分钟，你们得在时间结束前回到21世纪。"

亚瑟呆住了。"53个小时？"他迅速地算了一下，"是从这一刻算起只有两天多一点点！要是我们没能及时回去，又会怎样？""你是说时间耗尽的时候，你们还在这里？"牛顿皱起了鼻子，"就会相当麻烦，你们的身体会分解成一摊原生质。"

亚瑟张开嘴想回答些什么，却发现无话可说。怪不得牛顿会这么着急！他看向任和塞西莉，那两个姑娘正盯着他，同样目瞪口呆。

53个小时，这就是时间期限，他们能利用的所有时间。他们必须要找到那个神秘的时间秘钥发明人，然后回家……在这个世界把他们变成一摊黏液之前。

第七章

三兄妹

亚瑟抓着实验桌的边缘以稳住自己的身体——他无法停止颤抖。《幻境》如此辽阔,在这里找到时间秘钥的发明人……简直,不可能。

"真不敢相信发生了这样的事,"塞西莉怀抱双臂坐在高脚凳上,嘟囔道,"一切都像梦一样,可我知道它是真的。"

在窗前踱步的任哼了一声:"梦?我猜你是说噩梦。我们离开家四百多年了,如果不能及时返回,就会变成一摊原生质,跟鼻涕差不多,不是吗?"

亚瑟觉得此时最好别回答。他的脸都麻木了。今天早晨他还担心上学迟到呢,现在他可能再也见不到学校了。他又想到了自己的家,一时间更是痛苦万分。他两岁的时候,妈妈就去世了。他没有表兄妹,也没有叔叔、阿姨。从记事起,家里就只有他和爸爸。他想到早上说"再见"时爸爸的样子:挂在鼻尖上摇摇晃晃的眼镜、友好的微笑,还有那头乌黑的

第七章 三兄妹

鬈发。亚瑟知道，如果还想要见到爸爸，他就必须做出一个计划，尽快。

"我们需要知道时间秘钥的发明者是谁。"他握紧拳头说道，"到目前为止，咱们有什么线索？"

"他们是天才？"塞西莉说道。

"不一定，"任反驳道，"一个天才会把时间秘钥交给一只小狗？"

她说的有些道理。亚瑟也不明白，为什么这么强大的东西就挂在小云的项圈上。

"好吧，好吧，他们一定对幻境通道和王国秘钥非常了解，"塞西莉推理道，"或许他们在为赫瓦龙公司工作呢。小云项圈上的金属圆盘上不是刻着一个HW吗，说不定就是制作者的签名？"

亚瑟在背包里哗啦啦一阵翻腾，掏出了那张2469博览会的门票："根据票面上的信息，我们至少知道了三个赫瓦龙员工的名字：米勒·赫兹，瓦莱丽娅·马尔菲和蒂伯龙·诺克斯。上面说他们是这家公司的创始人。"

"他们还是兄妹呢。"牛顿在房间的另一个角落插嘴道。自从告知他们的命运后，这位科学家就放任他们讨论，自己则用一大桶变了色的果冻、一面小镜子还有一个热水瓶继续做实验。他接着说道："他们都是被领养的。蒂伯龙年龄最大，瓦莱丽娅老二，米勒最小。据我所知，他们三个分别负责《幻境》游戏的一处重大创新。赫瓦龙的标志就代表了他们三个：六边形代表着米勒，他发明了王国秘钥和幻境通道；十字架代表着蒂伯龙，他发明了仿生人；三角形代表着瓦莱丽娅，她发明了幻境斗篷。"

"幻境斗篷"这个词引起了亚瑟的注意，但他决定不再深究。相比之下，他更关心即将降临的厄运。"您知道能在哪里找到他们吗？"

牛顿猛地一僵，仿佛这不是个好主意。"蒂伯龙和瓦莱丽娅在《幻境》里有自己的运营总部，但这两个地点都属于绝密级别。至于米勒·赫兹，没有人知道他在哪儿，四年前他就跑掉了。"

"跑掉？"塞西莉重复了一句，"这是什么意思？他逃走了？"

牛顿走向一张放着显微镜的桌子，打开一个挂着"《幻境新闻》存档"的抽屉。之前亚瑟曾对它很好奇。大科学家拿出三块小小的玻璃载玻片，打开了三台显微镜将其依次放入。"过来吧，它会告诉你们发生了什么。"

亚瑟不明白，显微镜怎么能解释这一切。记得上次用显微镜时，他还在学校里呢，透过镜片看到了一团蠕动的细菌。这让他下定决心，这辈子都会远离益生菌酸奶。但他还是跟着任和塞西莉走了过去，通过显微镜的目镜冒险望了下去。

幸运的是，眼前出现的不是扭动的生物体，而是一些画面，就像牛顿把一面微型电视屏幕放在了镜头下面。亚瑟看到的是一段录像，一位披着齐腰格子呢斗篷的女记者正在一个到处挤满人的地方进行报道。"《幻境新闻》是一个新闻频道？"亚瑟问道。

"不总是这样，"牛顿回答道，"在不同的王国，它的形式也不相同。在我们这里，它刚好是一个可以通过显微镜观看的新闻频道。"

亚瑟短暂地好奇了一会儿《幻境新闻》在其他王国的表现形式。譬如说在克利奥帕特拉的王国，莫非它是写在一张莎草纸上，当报纸一样阅读？不知怎么回事，显微镜还能发出声音。他仔细倾听现场记者的解说。

"这场活动大受欢迎，每年都会吸引数十万粉丝前来观看，"她用庄重的音调报道，"但我们采访的几位参与者现在都显得焦虑和困惑。因为在开幕式上，几名粉丝录下了这段奇怪的视频，并广泛地转发出去。"

这时报道画面切换到了人山人海的观众席，所有人都披着齐腰长的斗篷。这些斗篷看起来很古怪，每个人的都不一样，而且它们还一直在变。有些看起来像沙浪滚滚的大漠，有些像被风吹拂的草原，有些装饰着飞舞的昆虫，有些是墨迹，还在不停地变换着颜色和形状。亚瑟想起了牛顿提到过的幻境斗篷，他猜就是这个东西。

人群前面是一个宽大的舞台，被上方的聚光灯照得雪亮。厚重的天鹅绒大幕上印着"2469博览会"的标志，和亚瑟那张入场券上的标志一模一样。

一开始，观众席上的人们都在愉快地聊天。突然后台传来一阵金属撞击声，一个愤怒的声音大喊道："米勒！"

一个年轻人从帘幕后面飞奔出来，穿过舞台。他肌肉发达，有些驼背，留着蓬乱的黑发，上身穿着一件印有六边形图案的夏威夷衬衫，下面是一条松垮垮的牛仔短裤，脚上趿拉着一双凉拖鞋。一件拖地斗篷从他背上垂了下来，看起来像是用绿色橡树叶缝起来的。他的皮肤黝黑，因为汗渍闪着亮光，灰色的眼睛睁得大大的。他的臂弯里抱着一个黑乎乎的东西，还有两根拉绳垂下来——一件连帽衫。

几秒钟后，一队T型仿生人也从大幕后冲了出来，紧跟在他后面。每个仿生人手里都拎了一把剑，黑色的锋刃似乎还在冒着青烟。

观众席突然安静下来。人们转向旁边的人，指指点点地嘀咕着什么。

台上的年轻人被T型仿生人追得慌不择路，匆忙钻进舞台对面的一扇门，然后消失了。

录像就在这里结束了。亚瑟从显微镜上抬起头来，看到任一副迷惑不解的样子。"从T型仿生人的围堵之中逃掉的年轻人就是米勒·赫兹吧。"任推测道，"这是他最后一次在人们面前露面吗？我很好奇那些仿生人为什么要追他。"

"他是在博览会开幕前一刻消失的，"牛顿说道，"此后当局一直在找他，显然，他留下了好几笔债务没付清。"

"听起来他惹上了大麻烦,他的哥哥和姐姐一定要急疯了。"塞西莉说道。

出于好奇,亚瑟又看了一遍视频。这一次他试着用上显微镜的两个调焦旋钮。其中一个有播放、暂停、快进、回放功能,另一个则控制屏幕放大或缩小。

在一次次的回放中,亚瑟耐心地寻找各种细节,想弄明白米勒为什么跑路。在第四次回放时,他发现舞台顶上的聚光灯表面反射出什么东西,于是他放大了那部分。米勒抱着的那件连帽衫上有个小口,但只能从上面看到。亚瑟看到里面露出一小块白色的皮毛、一只尖尖的小耳朵和一抹红色,那是他们熟悉的宝石红项圈。

他猛地倒吸了一口冷气。"连帽衫就是小云!小云就是那件连帽衫!"他摇摇头,想要说得更明白些,"我是说,小云就藏在连帽衫里,就是米勒抱着的那件!"

任也把显微镜里的视频退回去,调整了焦距:"亚瑟是对的,当时小云就戴着那个项圈,时间秘钥也挂在上面。或许米勒·赫兹是它的发明人!"

塞西莉咬住她的下嘴唇:"那么,时间秘钥上的首字母HW又指代谁呢?"

她刚一提出这个问题,亚瑟就意识到他们犯了个错误。他把小云抱在怀里,重新给它戴上项圈,并将上面的时间秘钥转了一圈,这样每个人都能看到。"咱们一直以来都看反了。它们不是HW，是MH，米勒·赫兹的缩写。"

因为小云在手底下拼命挣扎，亚瑟便把它放回地板上。

塞西莉的眉毛皱了起来："如果米勒·赫兹是时间秘钥的发明者，那么……"

"我们就得寻找一个失踪了四年的人。"任沮丧地说道。他们三人长叹一声。任接着说道："现在就连当局都找不到他，我们又怎么能在几天之内发现他呢？"

"我们有小云和时间秘钥，"亚瑟给大家打气，"说不定这会帮我们大忙。"

塞西莉若有所思地看着小云："我在想小云怎么沦落到孤零零的境地呢。如果它是和米勒一起逃走的，那么后来一定发生了什么事，把他俩给分开了。"

"我们需要查清楚这事儿，"亚瑟说道，他开始回想那些侦探是怎么找到逃犯的，"首先我们得先确定米勒·赫兹是从什么地方跑出来的，又跑到什么地方去了。或许我们应该追溯他最后那段历程？2469博览会的举办地是89王国的一座建筑，叫'幻境穹顶'，我们要不去那里查找线索？"

塞西莉有些紧张地抖着她的脚："如果冒险深入《幻境》，我们就得面对新一轮的王国挑战，可我们刚刚才从雪崩中侥幸活了下来。"

"可是，待在'原则号'的甲板上，我们压根儿没法回家，"任斩钉截铁地说，"我赞成去'幻境穹顶'看一看，这

第七章 三兄妹

是我们唯一的办法。"

牛顿一直假装在清洗试管,其实是在旁听。他压低了声音说道:"如果你们要穿越《幻境》,一定要万分当心。你们的存在证实了时间旅行的可行性。如果其他人知道了你们是从哪里来的,他们就会把你们视为一种威胁,或者……一个机会。"

"但是如果没有时间旅行,你和其他英雄怎么会来到这里?"亚瑟一脸的问号,"难道这点不是每个人早就知道了吗?"

牛顿把声音压得更低了:"我不能说。《幻境》里的秘密的确就是——秘密。游戏的魅力很大程度上就来自这种神秘感。"他拿出刚才进来时挂在扶手椅靠背上的那堆黑色东西,递给他们每人一块。"要想不被发现,最好的方式就是伪装成流浪者。这些幻境斗篷是之前那些玩家遗落的,能帮你们一把。"

幻境斗篷!亚瑟的猜测是对的。他抖了抖面料,一件蝙蝠衫样式的连帽短袍落在了膝盖上。它看起来平平常常的,但当他把胳膊伸进去的时候,塞西莉和任都忍不住倒吸了一口气。

他低头看了看,发现斗篷的外层已经发生了变化,就像大海的海面那样,一片深蓝,波涛荡漾。

塞西莉赶紧披上自己的那件。织物闪闪发光,变成了一片金灿灿的向日葵,在清风中摇曳。

"你们怎么……"任慌张地说道,也低头去看自己的斗篷表面。它变成了一片流动的建筑蓝图，随着她的动作，白色的线条不断变换，勾勒出新的建筑。

"幻境斗篷会随着着装的人发生变化。"牛顿解释道，"斗篷的衬里还能显示《幻境》的地图。你们可以在后面的旅行中进一步体会到它的妙处。"

亚瑟太好奇了，他掀起半边斗篷。那里是一片星空，几百颗迥异的行星散布在苍穹上。他定睛看向其中一颗，这颗星球的地图开始放大，他能看到那颗星球的表面，还有它独特的地理环境。有些星球上覆盖着皑皑白雪，有些则密布着热带雨林或沙漠。每颗星星周围都绕着一圈白色的文字，只有其中一颗周围的文字是红色的——第33王国，地球，银河系。亚瑟不得不承认，这张地图真是酷毙了。如果不是身处险境，他真想花上几个小时好好地玩一玩。

"原则号"在波浪中摇晃着，天花板发出刺耳的嘎吱声。舱室的门被推开，大副滑了进来。"四个新的流浪者已经来到了甲板上，"他简洁地宣布道，"您必须要就位了，舰长。"

牛顿的脖颈绷紧了："我必须要离开了，你们也一样。不要害怕问问题。要一直追求真理、寻找真相。"他坚定地点点头，露出一个勇敢的微笑，转身向门口走去。就在门开的刹那，亚瑟听到另一个仿生人粗声粗气地大喊："欢迎上船，流浪者们！"牛顿走了出去。

第七章 三兄妹

大副有些生气地看着他们。因为雪崩,他那乌黑蓬乱的头发仍然湿漉漉的。亚瑟不止一次地感到疑惑,为什么开发者会在游戏中设计一群这么丑的机器人水手呢。"祝你们畅享幻境,创造奇迹。"他嘟囔完就退了出去,砰的一声关上了门。

只剩他们了,三个孩子转向幻境通道。

"那就去 89 王国?"亚瑟低声问道。他蹲在通道前面,轻轻敲击键盘上的数字,膝盖还在不住颤抖。他刚把那把白色的秘钥从口袋里掏出来,就感觉到了来自通道的吸力。他只将秘钥往前伸出一个手掌的距离,那把钥匙便跳出了他的指尖,啪的一声消失了。

这次要快得多,黑色的框架一下子就变成了一股不停旋转的蓝色烟雾。一道木门出现在眼前,中间裱糊着半透明的纸,上面画着一个大大的黑色逗号。

"看起来像是榻榻米的拉门,"任走上前去说道,"是一种日本的门。我祖父母在东京的房子就有这种门。"

亚瑟尴尬万分,因为他对日本的了解仅限于他最喜欢的动漫《口袋妖怪》,于是他保持着沉默。

"让我们一起祈祷吧。"塞西莉说道,然后猛地拉上皮夹克的拉链,那件华丽的幻境斗篷也随之飞舞。她拿起小云的牵引绳,走向那道拉门,把它拉开——门外是昏暗的夜空,笼罩在一片草地上。周围大片的枫树林,枫树在风中晃动着,沙沙作响。

亚瑟跟着任和塞西莉跨过门槛,他感觉自己的头骨又在隐隐作痛,又一次莫名的头痛。拉门在身后咔嗒一声合拢,幻境通道消失了。亚瑟眯起眼睛,看向前方的黑暗。透过森林,一些建筑沉默地矗立在那里。

第八章

武士的竞逐

除了风吹过树叶的沙沙声,林间空地传来了金属撞击的叮当声。亚瑟的视线被粗大的树干和树枝挡住了,但他还是能看到两座宏伟的木制建筑:一座沐浴在红色的灯光中,另一座则用白色的光线照明。巨大的光束从屋顶上空亮起,刺破夜空,如两座灯塔召唤着流浪者们过去。

"靠近点,宝贝儿,"塞西莉轻轻地拉紧小云的牵引绳低语道,"我们还不知道自己在哪儿呢。"

"不至于这么夸张吧。"任不屑地说道。

亚瑟扫视了她俩一眼,猜想她们也在悄悄地看自己。他一直在生自己的闷气,因为是他害得幻境通道关上了。自从知道后面发生的一切后,他有了一种深入骨髓的负罪感。他试着安慰自己——我也不知道那扇门是通往另一个时间的入口啊,但这并没有让他心里好受多少。这就是事实,他们很有可能再也见不到自己的家人了,就因为他选了一本书去挡门，而不是更结实的……

灌木丛里有一条小路延伸向前。"我们应该沿着它走吧。"亚瑟用运动鞋的鞋头铲着地上的泥巴，说道。

他们出发的时候，他试图集中精力思考。53个小时找到米勒·赫兹，听起来很长，却并非如此。他们需要时间睡觉，需要时间吃东西，这样才能活下去。他按下手表上的几个按钮，给自己设了一个计时器，这样就可以随时查看还剩下多少时间。他甚至怀疑未来时间流逝的方式和他们的时代是否一致。不过，很快他们就能知道答案了。

"至少我们不孤单，"塞西莉盯着脚上的二手短靴说道，"我们还有彼此，这是好事。"

任咕哝道："是，不过我们三个要对抗所有人。如果有人发现我们穿越了时间，他们会把我们看成一个机会，还记得吗？"她说话的口气让亚瑟一哆嗦。亚瑟注意到，任斗篷上的蓝图已经变成了一堵厚实的墙，就像这块布料感应到了她的心灵，充满了防备。而在塞西莉的斗篷上，所有的向日葵都闭合了花瓣，田野中的光线也变得昏暗。牛顿说过，他们还要学习很多跟幻境斗篷有关的东西；或许这就是他想说的，幻境斗篷可以反映出人的心境变化。

塞西莉拨开一根树枝，他们离开小路，转到了一片林间空地上。对面是一道深深的沟壑，一座木索桥横亘其上，两座沐浴在红光和白光中的宏伟建筑，就矗立在对面的林间空

第八章 武士的竞逐

地上,每座都有飞机库那么大。它们有着华丽的瓦片屋顶,外墙上打着全息投影。因为隔得有些远,亚瑟看不清上面是什么。

"如果没有灯光和全息投影,这些建筑看起来像古老的日式寺庙,"任观察了一会儿说道,"我还是没找到跟幻境穹顶相似的建筑,你俩找到了吗?"

"我也没有,"亚瑟抻长脖子四处张望,"门票上的图案显示,幻境穹顶被一圈大树包围着,所以它可能在林子里任何一个位置。咱们穿过这座桥,去那边的建筑探探,说不定能找到路标呢。"他向着桥的方向走了一步……

"小心!"塞西莉大喊一声。

一块像小汽车那么大的石头,毫无预兆地出现在亚瑟面前,离他的鼻尖只有几厘米远。他吓了一跳,跟跟跄跄地后退几步,一屁股坐到了地上。"这是怎么回事?"他吓坏了,"那是什么东西?"

"应该说是些什么东西,"塞西莉郁闷地纠正道,"有四大块呢。"

亚瑟费劲地爬了起来,塞西莉是对的。四块大石头晃晃悠悠地悬在桥面不同的地方,把路封得死死的。它们在空中不停地摆动,像是巨大的投石球。神奇的是,它们并没有被绳子系住,似乎是悬在半空中的。

一阵激烈的鼓声在耳畔响起,三个人猛地一惊。亚瑟没法确定鼓声是从哪里传出来的,但凭直觉,他知道这也是游戏的一部分。这一切都似曾相识。

"我以前遇到过类似的障碍,准确地说,是我玩的游戏里的角色遇到过。"他说。这真是个吓人的想法:以前他扮演的角色会在屏幕上遭遇危险,现在他却是在现实中生死相搏。"我们得算好自己的速度,以免被击中。""我们一定得这么做吗?"任看着深谷说道,"下面好深啊。"

亚瑟凝视着深谷的边缘,吞了一口唾沫。这山谷太深了,根本就看不到底部。"当年玩游戏时,我的角色就这么过去的,"他坦陈道,"不过,他们有不止一条命。"他决定不告诉大家他的角色们从没有一次过关过。这个游戏似乎不会给他们练习的机会。

塞西莉慢慢地躲到了安全地带:"我得告诉你们两位,我不擅长高空活动。"

"不擅长……你有恐高症?"亚瑟问道。

她摇摇头。"我的意思是,是的,还不限于此。一旦爬到高处,我会眩晕,脑袋里嗡嗡响,眼前一片模糊。如果我在跑步时失去平衡,"她双手合十说道,"就会摔成一堆烂泥。"

亚瑟抓狂地看了任一眼,惊讶地发现她的眼里似乎流露出几丝理解和同情。这让他有些惊讶,在他的印象里,任一直是无所畏惧的,或许他错了。

"你能做些什么来缓解一下吗?"任问道,"或者说我们怎么能帮到你?"

塞西莉深深地吸口气:"没有别的办法。我只能努力不往下看。"

亚瑟觉得他的自信正在降至冰点。只是过一座桥,都要冒着死亡的危险,他们怎么可能在这么险恶的环境下活下去呢?不过,他依然努力让自己保持乐观。他们把鞋带打了两重结,又研究了好几分钟巨石的运动规律,然后来到桥边。亚瑟和任站在塞西莉两边,三个人肩并肩站着,像是要玩一场三人四足绑腿赛跑的游戏。任提出让她带着小云,但塞西莉坚持自己来,毫无疑问小云会给她一些精神上的支持。

"别管那些鼓声,咱们只要避开那些巨石就行。"亚瑟指挥道。他努力积攒起最后一点勇气。自从拿书挡门事件后,他就下定决心,绝不让任和塞西莉再次失望。"准备好了吗?"塞西莉咬了咬牙,她颤抖得如此厉害,小云看起来就像坐在正在甩干的洗衣机里。"准,准,准备好了。"亚瑟等着第一块飞石飞过,大喝一声:"走!"

他们一起向前冲刺。但是,随着他们的步伐,那座索桥开始剧烈摇晃起来。

"哇!"亚瑟伸出双臂保持平衡,感觉自己就像在一块果冻上跑动。毫无防备之下,他的脚趾踩到了一块木板的边上,这让他直直地飞了出去,重重地摔在桥上。他觉得手和膝盖火辣辣地痛,用眼角的余光看去,一块巨石正在向他逼近……

"亚瑟！"任抓住他的肩膀，用力把他拖了起来。他俩拼命地向前冲去。

有那么一瞬间，亚瑟以为他俩会被巨石碾成果酱。一阵风从背上掠过，那块巨石就擦着他们的肌肤飞了过去。亚瑟紧紧地抓住桥边扶手上的绳子，心跳得要从胸腔里蹦出来。"你刚才……救了……我一命，"他喘着气儿对任说道，"谢谢你！"任吓得嘴唇也在抽搐："你欠我一次。"

在和任交换位置后，塞西莉现在站在了外边。她紧紧抓住对面的扶手，头向后仰着。"这太可怕了。"她嘶哑着嗓音说道。小云在她怀里，深情地用头碰了碰她。

"就剩下三个了，"亚瑟鼓励道，"你能行的！"看着她和自己的恐惧搏斗，他更加钦佩这个女孩了。他想到了爸爸曾经告诉过他的一些话：勇敢并不意味着无所畏惧，而是即便害怕，也会坚持去做。他更想念爸爸了。

等到桥面慢慢停止了晃动，他们才向着第二块巨石发动冲刺。这次，亚瑟落脚时分外小心。一到安全地带，他就转头去看另外两个小伙伴。

"成功了。"任气喘吁吁地说道。塞西莉仰着头看着天空往前冲，小云大叫着鼓励她。他们又耐心地等了一会儿，成功地躲过了第三块巨石，又平安地闯过了第四块。等到了桥对面，塞西莉猛地跪倒在草地上，把脸扎进了小云的毛发里。

任跪在旁边,把手搭在她的肩膀上。

亚瑟走过去,祝贺她战胜了自己的恐惧。突然,一团红烟从他的鼻尖处闪了出来。他踉踉跄跄地后退几步。那团烟雾打着旋儿,先是出现赫瓦龙的标志,然后变成了下面的文字:

WONDERSCAPE

幻境逃生

第 89 王国:武士的竞逐

战利品:600 尘币,幻境技能和王国秘钥

畅享幻境,创造奇迹

赫瓦龙

亚瑟知道这些信息非常重要,于是赶在它们消失前读了几遍。"尘币"和"幻境技能"两个词非常显眼,牛顿可没有提到过这些。接着,一个纸卷从变得稀薄的烟雾中闪现出来,落在了他的掌心里。上面的笔迹优雅流畅:

你们的挑战充满了恐惧,

确保要和你的队友并肩前行。

这是场令人费解的追逐,

答案藏在你意想不到的地方。

我无所畏惧,我迅疾如风,

征服我,完成你的任务。

塞西莉抬起头，把脸上的泪水擦干，然后问道："一个新的谜题？"

"听上去这个王国的挑战是一场追逐赛。"亚瑟说。他踮起脚，想要看清楚前面这些建筑。

那栋白色的建筑冷冷清清的，红色的建筑入口处却热闹非凡。人们聚在那里，有几个腿上装着轮子的仿生人，但也有很多人披着幻境斗篷。"那里不仅有仿生人，还有来自25世纪的流浪者。""那最好把咱们的故事顺一顺，万一有人要和咱们搭话呢，"塞西莉从草地上站起来说道，"咱们用不用换个名字，听起来更有未来感？"

"可我们还不知道'未来感'是什么样子呢，"任拉起幻境斗篷的帽子回答道，"咱们就低着头，保持安静吧。如果有人和咱们说话，假装没听到就行了。"

亚瑟也不知道遇到类似情况的最佳处理办法，但他同意任的观点，是得保持低调，可这也会增加寻找幻境穹顶的难度。如果他们需要问路，那该怎么办呢？最后，他们一致同意先去白色建筑物那儿看看，因为那里似乎没什么人。

当他们靠近时，屋顶上的灯光已经调暗，不再像之前那么晃眼。亚瑟看清了全息投影的更多细节。那是一场赛车比赛的影像，几辆不同形状的汽车正在角逐。其中有沙滩越野车，有带着绿色蒸汽车轮的巨型卡车，有滑板车形状的气垫船，还有装上大型喷气发动机的厢式送货车，以及四驱敞篷车——所有的车都涂着深浅不同的红色。但在每个镜头里，都有一辆醒目的加长版白色越野车，车身圆润光洁，带有引人注目的弧形挡泥板和两道狭长的前照灯，散发出锋利的光芒。它看起来就像一块白色大理石，完全符合空气动力学原理，似乎只要轻轻一推，它就能飞快地跑起来。这辆车有着深色的车窗，风挡玻璃的一侧写着一句日文。

"我小的时候学过一点日文，能跟祖父母说上几句，"任说道，"但阅读就不行了。"她又仔细地看了一会儿那串文字，"我猜那串日文写的是 Byakko，就是白虎的意思。"

亚瑟猜这个名字会不会别有深意，但他对此毫无头绪。他们围着这栋建筑转了一圈，还是没有找到跟幻境穹顶相关的路标或线索。但在最后一面墙上，全息投影换成了三幅《幻境》游戏的宣传海报。

第一幅海报上是个身材魁梧的年轻人，他系着一件树叶制成的幻境斗篷，有着一头蓬乱的黑色头发，脸上带着轻松的笑容。他们一下子就认出来了，正是米勒·赫兹。他穿着一件印着六边形图案的夏威夷衬衫，正舒舒服服地躺在沙滩椅上，手里举着一瓶冰镇过的赫瓦龙鸡尾酒。他身后是度假岛洁白如雪的沙滩，阳光照在上面，明亮得耀眼。底部的广告语写道:"来参加比赛吧,就为了这一口迈泰[①]!"

第二张海报上是一个风情万种的女人,顶着顺滑的红色波波头发型,光洁的皮肤上没有一丝皱纹,诡异得如同 V 型仿生人。她穿了一件飘逸的祖母绿连体裤,戴着一个中间镶着三角形翡翠的黑色领结,披着一件银光闪闪如镜面的幻境斗篷,正漫步在一排优雅奢华的商店前。透过商店橱窗,能看到自动售货机的霓虹灯在闪烁,跟牛顿使用过的那台一模一样,旁边还有穿着各种年代服装的全息人体模特。"游戏购物两不误!"下面的标签写道,"世界上最独特的购物体验,独家专享!"

"如果第一张海报上是米勒,那么我猜这张一定是他的姐姐,瓦莱丽娅·马尔菲。"塞西莉说,"牛顿没告诉咱们,所有的 V 型仿生人都是按照她的模样制作的。"

亚瑟忍不住扭了下身子,这位大小姐还真是把"自恋"带上了新高度,竟然让上万个机器人顶着自己的脸四处晃荡。

任对着第三幅海报点点头,海报上面是一个又高又瘦的男人,和 T 型仿生人一样无精打采。他穿着一件飘逸的黑色束腰外衣,披着件油光发亮的幻境斗篷,翻领上还别着一个"+"字别针。"那这位一定就是米勒的长兄,蒂伯龙·诺克

[①] 译者注:迈泰鸡尾酒,是来自加勒比海地区的一种饮料。该款鸡尾酒由白色朗姆酒和柠檬汁、柳橙汁、凤梨汁调制而成,即使在热带气候中,也能带来一丝清凉。本书注解如无特别说明,均为译者注。

斯。V代表瓦莱丽娅，T代表蒂伯龙。"

他站在一间桃心木镶板的书房里，细长的手指交叉在一起。房间里摆满了皮椅和各色古董，旁边是一张大桌子，上面摆着幻境通道的地图，上百颗全息星辰排列在上面，正是亚瑟通过幻境斗篷的衬里看到的情形。"你能成为下一个恺撒吗？"下面的宣传语这样写道，"来《幻境》试试身手吧！"

看到海报后，亚瑟他们庆幸自己要找的人是米勒·赫兹，而不是他的哥哥和姐姐。和他俩比起来，米勒看上去友好得多。

亚瑟觉得有什么东西在背上颤动，赶紧把背包拿下来打开。果然，手机自动开机了。"嘿，我的手机又恢复正常了。"他兴奋地说道。意料之中，手机没有接收到信号。他看了看有没有新发来的短信（当然没有），又对着《幻境》海报拍了几张照片，各项功能还都正常。

"我的也可以用了，"任用拇指在显示屏上按了几下说道，"怎么就突然开机了……"谜团变得越来越大，亚瑟摇了摇头，把这个问题也甩到脑后。"咱们最好先把手机藏起来，毕竟不知道这个时代什么样，说不定人们已经不用手机了。"

他们把手机收好，继续往那栋红色建筑物走去。聚集在门外的人越发地多了。因为紧张，亚瑟的手心出了很多汗。他知道自己要尽量表现得自然，以免引起别人的怀疑，但还是很难不盯着这些未来的人看。令人惊讶的是，每个人看起来都长得和他差不多，只不过个子更高些，很多人头上戴着发光的珠宝或发饰。当他们在人群中穿梭时，他尽量低下头，捕捉着旁边人的只言片语。

"今天早晨这场追逐赛算得上一场经典赛事，"一个声音评论道，"在第一个赛区就有两辆车撞上了。到第十一个拐弯处，白虎已经领先了足足十秒。"

另一个人咯咯地笑着说："我不觉得有车手能打败白虎。我就没见红队赢过。"

亚瑟想知道，如果没人赢得这场比赛，那流浪者们又是怎么在游戏中前进的。一定会有另一种办法，能让他们离开这个王国……一个长着雀斑的男孩小跑着冲了过来，亚瑟的身体绷得紧紧的。那个男孩穿着一件海军样式的工装连体裤，幻境斗篷上满是蜥蜴鳞一样的花纹。他长长的黑发好像采取了反重力措施，全都高耸在头顶，就像在水下一样。亚瑟猜，这一定是 25 世纪的产物。

"一个半小时之后，最后一场比赛就要开始了，"他把飞舞着的刘海儿扫了下来，急切地说道，"你们支持哪一方呢？如果你们想给疾速九头蛇队加油，我们的看台上还有几个空位。"

"噢，呃——"亚瑟试图放松自己，但发出的声音却沙哑无比，"我们已经搞定了，多谢！""随便你们了。"那个男孩盯着亚瑟的背包又看了好几眼，"挺酷的包嘛。从哪儿弄到的？"

"呃——"亚瑟心怦怦地跳得厉害，他努力想给出一个合

第八章 武士的竞逐

理的回答。

"不是别人送你的礼物吗?"塞西莉盯着他问道。

"礼物,是的,你说得对。"

男孩耸耸肩,走向旁边去游说其他看客。亚瑟松了一口气。他们穿过红色建筑前的几扇大门,进入了一个硕大的空间。这里被泛光灯照得雪亮,熙熙攘攘地挤满了人。人们兴奋的叽叽喳喳声,伴随着机器的嗡嗡声在墙面上回荡。V型仿生人穿着时髦的绿色工作服,携带着工具和轮胎,在穿着斗篷的人群中进进出出。主会场上方是一个个大看台,延伸到了大楼外面,刚好能俯瞰到主楼。半透明的电梯闪闪发光,涂着醒目的绿色三角形,像无线电控制的局域网一样,一刻不停地把人送到各个楼层。

"这究竟是什么地方啊?"亚瑟有些胆怯地问道。

"我也不知道,但镇定点,"塞西莉对着他的耳朵悄声说道,"这里除了你,没有人看起来呆头呆脑的。"

墙上装饰着更多的全息海报,宣传赫瓦龙品牌的服装和其他商品。亚瑟侧着头,吃惊地发现,高高的天花板上画的是武士们身着盔甲厮杀的血腥场面。

他们穿过外围拥挤的人群后,看到一片开阔的混凝土地面被分隔成了九个带编号的围场。每个围场里都停着不同的车。由流浪者组成的车队正在忙着检查轮胎和引擎,修补红色的漆面。亚瑟注意到最近的一组,那是四个表情严肃的金发女孩，她们的斗篷上写着"猎鹰怒吼队"几个大字。

"这一定是车库，他们把参加比赛的汽车停放在这里，"任踮起脚看了一会儿，猜测道，"外面的人群都在谈论怎么打败白虎。这就能解释通了，为什么这里的车子都是红色的。它们都属于流浪者们，这是一场红与白的较量。"

亚瑟想起谜语纸卷上的那几句："我无所畏惧，我迅疾如风。征服我，完成你的任务。"要战胜的目标，应该就是这只白虎。

"嘿，"塞西莉指着他们后面说道，"那是比赛地图吗？"

他们急忙走到大楼的后面。就在他们刚才进来的地方，一幅日式木版画被投影到墙上。上面画的是一个巨大的森林峡谷，两侧是陡峭的山谷和参差不齐的山脉。红白两座建筑坐落在高原的中心，它们之间由十几座索桥（上面并没有致命飞石）相连。红色建筑后面还竖着一面旗帜，那是比赛的起点，但并没有标出赛道。

大片的土地被涂上了红色的阴影，并用虚线围了起来。亚瑟研究了一下右下角的说明。"禁区，"他读道，"除博览会期间，唯比赛优胜者有权进入。"

"我想知道为什么只有优胜者才能进入。"塞西莉评论道。

任指着其中一个山谷的谷底，那里有一座银色的圆形建筑："看，那就是我们要找的幻境穹顶。"

亚瑟看到它刚好位于禁区中，心不禁一沉："让我理一理

第八章 武士的竞逐

思路：我们要想去幻境穹顶，只有两个办法。要么等到博览会再次召开……"他看了一眼那张2469年博览会门票，"如果每年都开的话，也要等到一月；要么，就得赢下这场比赛。"

"到一月？咱们早就化成一摊鼻涕了。"任不失时机地补充了一句。

"那咱们别无选择，只能赢得这场比赛了。"塞西莉卷起袖子说道，"我猜这场追逐赛是王国挑战的一部分，报名应该很容易。不过咱们从哪儿弄辆车子？"

想到刚才听到的对话，亚瑟开始紧张起来。"白虎从来没败过。"他抬起头，看向那栋大楼，想多找些线索。他看到对面墙上有一大块全息屏幕，上面写着八个队的队名，包括疾速九头蛇队、猎鹰怒吼队，还有最后一队空缺。空荡荡的九号围场就在远处的一个角落里。"咱们去那里看看？"亚瑟一边走，一边观察那些和他年龄相仿的流浪者，他们正跑来跑去地忙活。有些人穿着连体工装，其他人则穿着宽松的牛仔裤和T恤衫、羊毛套头衫和棉质连衣裙——在牛顿的"失物招领处"都见到过。亚瑟不知道父母们怎么看孩子们玩这款危险游戏《幻境》，他们是否允许孩子们完成作业后玩一会儿。他爸爸才不会让他玩呢，这太危险了，爸爸对他的保护欲可是超强的。

现场的仿生人都穿着绿白相间的方格套装，后背上印着"赛车工作组"几个大字。她们有的拿着灭火器，有的拎着桶装的沙子，还有几个手臂是扳手或喷雾罐，腿是车轮。值得一提的是，亚瑟只看到了 V 型仿生人四处穿梭，没有看到 T 型仿生人以及他们标志性的鲻鱼头发型。

任往前冲了几步，来到空着的围场。这个地方空空如也，除了几罐红色喷漆。"咱们从哪儿能搞到一辆车啊？"她一边围着围场转悠，一边问道。

亚瑟扫视这个围场，发现某处角落里有一些嵌在混凝土里的扁平金属点阵，表面异常光滑，不像是螺丝帽。他跑了过去，跪下来检查。就在这时，一团银光闪闪的粒子突然喷射了出来。"哇！"他吓得向后退了好几步。那团粒子开始凝聚，最后变成一个齐腰高的讲台，顶端还有一块全息屏幕。"这东西是从哪里冒出来的？"他嘀咕道。

"我也不知道，"任好奇地走近了讲台，"牛顿是怎么说的来着？纳米技术吗？"

亚瑟不记得了，但有件事让牛顿说对了：《幻境》中的技术就像魔法一样神奇。

屏幕下方悬挂着一个 M 形全息控制器。"显然人们已经不再用键盘了，"塞西莉说，"你们觉得这个东西该怎么操作？"亚瑟猜了一会儿，试着把手放在 M 形控制器的两边，就像控制游戏手柄一样。屏幕一下子亮了起来，然后开始播放一段视频。

"欢迎你们，流浪者！"瓦莱丽娅·马尔菲出现在屏幕中。她平滑的红色波波头看上去刚刚做过造型。她穿着一件剪裁利落的白衬衫，外面套着一件镶着三角形图案的浅色背带裙。"你们马上要进入一场激烈的比赛，它将给你们带来思想、身体和精神层面的多重考验，"她平静地说道，"首先，你们需要选择一款车。"

视频的尺寸缩小到屏幕的一角。屏幕中间出现了一幅跑车的三维立体图，正围绕着中心轴缓缓旋转着。

亚瑟想起任的妈妈是个机械师，于是交出控制器："任，你可能比我更擅长这个。如果我们想比白虎跑得快，我们该选择什么样的车？"

任紧紧地抿着嘴，让不同的选项向下滚动。可选的车型有好几种，大部分亚瑟都在外面的比赛海报上见过。"真奇怪，"任犹豫着说道，"这些车只能选择自动驾驶模式。"

"为啥啊？"塞西莉猛地摇摇头，"这没道理啊。"

亚瑟想起了他们在原则号上的那次挑战，也许这次挑战跟"舰长的航程"一样，不是第一眼看上去的样子……

任耸了耸肩，将控制器挪到一辆改装过的拉力赛车上。它装配了前后扰流板、符合空气动力学的车身面板，还有喷气式发动机和超轻型底盘。"这部车似乎是为速度而设计的。"在任确认了自己的选择后，瓦莱丽娅的视频又恢复了原样。"很有意思的选择，"说着，她挑了挑两道形状完美的细眉，"但你们必须得证明自己配得上这款车。你们有六分钟的时间，去吧！"

亚瑟还没搞明白是怎么回事呢，围场的地板中间就跳出了一个黑色圆圈。圆圈开了一个缺口，里面是一个复杂的图案。几块木头堆在了一个高高的平台上。

"这一定又是一场挑战。"亚瑟意识到了这一点，跪下来检查那些木头。它们都有弯曲的边缘，一边刻着一个扭曲的图案，与混凝土地板上出现的图案相对应。"某类拼图……"

任和塞西莉弯下腰去捡木头。亚瑟发现两块可以拼在一起的，于是把它们放在混凝土地板相应的位置上。他一向不擅长玩这种木制拼图，但肾上腺素让他的注意力非常集中。时间嘀嗒嘀嗒地走着，很快拼图就成形了。中间一个圆孔，周围环绕着几圈弯弯曲曲的迷宫般的轨道。

屏幕上没有倒计时，塞西莉把最后一块木头拿来时，亚瑟不得不凭经验猜测他们花了多长时间。"我猜咱们差不多花了三分钟。"他急切地说道。塞西莉把木头插到了正确位置上。这时，大地一阵抖颤，整个拼图从地面上升了起来，靠中间一根柱子保持着平衡，摇摇欲坠。亚瑟跳了起来，扶住拼图的一个边，因为它向这个方向摇晃着，差点倒下来。一个全息球体出现在拼图外圈上。

"这是个木制拼图迷宫！"塞西莉在对面扶住迷宫，"去年圣诞节的时候，妈妈给我的圣诞袜里装了一个，当然比这个小得多。"

第八章 武士的竞逐

"真不是开玩笑,"任吃力地撑住自己那边,嘟囔道,"我们下一步该做什么?"

塞西莉在脑子里规划了一遍行动路线:"我们要把拼图往不同的方向倾斜,好让小球滚到正中间。先往左边倾斜!"

"谁的左边?"亚瑟问道。

任向后仰去:"这个方向。"

"不对!"塞西莉把整个身体的重量都压在拼图上,往另一个方向倾斜。

亚瑟隐隐听到有人在身后窃笑,显然,他们的争吵引来了其他围场的大批观众。他用眼神模拟了一把小球的行进路线,用下巴指了指方向。"慢点,"他尽量让自己的声音听起来很平稳,"小球需要沿着那条轨道往前走,那边。"

"你错了,"任仍然在往自己的方向拉,"它得往这个方向走,否则会卡在中间的。"

他们仨谁都不服谁,最后小球摇晃了几下,滚进了一个死胡同。塞西莉深吸了一口气:"我们这是浪费时间。我们必须要听一个人的指挥,否则大家永远不会——"

但已经太迟了。那个全息小球嗖的一下消失了,就像出现时那样突兀。瓦莱丽娅·马尔菲的声音又响了起来,她带着居高临下的表情轻快地说道:"恐怕时间已经到了。你们的表现真让人失望!"

咔嗒一声响,地板上出现一个大洞,拼图桌沉了下去。

尽管知道瓦莱丽娅刚才的那段话应该是事先录制好的，但这并没减轻亚瑟的难过。"改装装置将从你们的赛车上移除，"瓦莱丽娅宣布，"畅享幻境，创造奇迹！"

所有的改装装置都被移除了，原始款的跑车模型出现在屏幕上。一个小小的电动引擎，一些最基本的安全功能，还有一个像香肠一样的车身。亚瑟忧心忡忡地瞥了一眼。

没有任何预警，讲台和上面的屏幕又消解成了一团金属微粒，消失在了混凝土中的金属点阵里。接着，一部占据了围场一半空间的电梯从屋顶飘了下来。电梯的底部滑开，一辆小车砰的一声掉在了围场地板上，震得周边的空气都在颤抖。亚瑟把脸上的灰尘掸去，发现这辆车和他们在屏幕上看到的一模一样，就是用普通金属板简单加工了一下，好像刚从工厂的传送带上滚下来。除了主体车身之外，其他的零部件都被遮住了，一副要送去喷涂车间上漆的样子。

塞西莉围着它转了几圈，又有些紧张地看看其他围场的车，貌似个头都比它大得多。"我们给它涂点颜色吧，这样看起来可能就不像罐头盒了……"她鼓足勇气说道。

亚瑟有些怯场了。这辆车只有一个好处，就是它的窗户是黑色的。这样当他们输掉比赛时，外面的人不会看到他们是多么绝望。当他想到之后会发生的事情时，胃里不禁泛起一阵恶心。如果他们赢不了这场比赛，他们就找不到米勒·赫兹；找不到米勒·赫兹，他们就修不好这把时间秘钥，那么就没法回家。如果不能通力合作,他怀疑他们在《幻境》中根本就活不下去。

"我们一定要赢得这场比赛,"任提醒他俩,"只有这样我们才能进入幻境穹顶,才能追踪米勒·赫兹。接下来我们该怎么办?"

"我也不清楚,"塞西莉承认道,"要么你俩就去赛场周边走走,看看能不能学到点什么。我和小云留下来给车涂漆。"

分开行动的方案让亚瑟觉得有些冒险,但考虑到时间紧迫,这或许是最理智的做法。他和任立刻动身,在场地周围查看着其他的团队。疾速九头蛇队由四个十几岁的男孩组成,他们每个人身上都有密密麻麻的文身,头发跟他们的支持者一样,都使用了反重力装置,飘向空中。猎鹰怒吼队的女孩子们金发碧眼,看起来像专业的赛车技师,她们围着车走来走去,不时进行测量并做些微小调整。那辆跑车上画了一只展翅翱翔的猎鹰,羽毛漆成大红色和橙色,如燃烧的烈焰。当亚瑟和任经过时,两支队伍都皮笑肉不笑地看着他们。

"很显然,每支队伍在刚才的拼图迷宫挑战中都比我们做得好,"他俩走到一半的时候,任说道,"看看那些改装过的车吧,3号围场的卡车竟然装了一个喷气发动机!"

亚瑟垂下头,觉得自己好傻。"确保要和你的队友并肩前行",谜题是这样说的。拼图迷宫考验的就是团队的合作精神,而他们却失败了。难怪其他人会窃笑不已。

他们在外面晃了二十分钟，这时，一个涂着大红唇的V型仿生人拦住了他们。她仔细地打量着亚瑟和任的幻境斗篷："你们就是第九围场的赛手吧。我正在找你们呢。"

亚瑟看了一眼自己斗篷的袖子，想看看上面的潋滟波光除了显示自己的心情外，是否还会暴露别的信息。或许V型仿生人会看到一些他看不到的东西。

"我是赛场的工作人员。其他车队都不需要我主动上门，"仿生人接着说，"但到现在为止，你们还没登记车队的名称呢。"

"哦，这样啊，好吧。"亚瑟还没跟V型仿生人说过话呢，自从在屏幕上看到瓦莱丽娅的真容后，再和她的克隆仿生人交流就有点怪怪的。

仿生人从连体服口袋里掏出一支笔和一个记事本，居高临下地看着他俩。"想好了吗？你们队叫什么名字？"

亚瑟认真地思考着。他们需要起个不那么引人注意的名字，一个和其他队没什么差别的名字。

就在这时，猎鹰怒吼队的一个姑娘扛着轮胎冲了过来。"让开，小屁孩！"她大吼一嗓子，用肩膀顶开任。

任怒视着她："小屁孩？"

"好的，"V型机器人说道，"祝你们好运，小屁孩。畅享幻境，创造奇迹！"

亚瑟吓了一跳道："什么？不，不，我们可不想叫这个名字！"

但为时已晚。"小屁孩"这个词不仅出现在了全息屏幕上，还出现在了他们的幻境斗篷上。

"开什么国际玩笑，"任抓住斗篷的帽子叫道，"这还怎么不引人注意？"她斗篷上的图案一下子变了，变成了一口暗沉沉的井，又大又深，足够把她藏进去。亚瑟又看向自己的斗篷，在"小屁孩"这几个字之间，海浪正从四面八方涌来，充满了焦虑。

令人恼火的是，V型仿生人掏出一面印着赫瓦龙标志的小镜子，在鼻尖上扑了扑粉，没再说一句话，就那么若无其事地走了。

就在这时，耳边传来一声狗叫，亚瑟看到塞西莉带着小云跑过来了。

"谢天谢地，找到你俩了，"塞西莉气喘吁吁地说道，"等油漆干的时候，我和小云去观赛台看了看……咱们不能参赛。太危险了。"

"但是……我们刚刚注册过了！"亚瑟说道，"咱们的队名刚刚出现在了全息屏幕上。"

塞西莉的眼睛一下子睁得老大："什么？"

"你就没注意到，你的斗篷上出现了'小屁孩'三个字？"任粗鲁地说，"这就是我们的队名。不管怎样，我们必须参加这场比赛，你知道的。"

"小屁孩？"塞西莉摇了摇头，不敢相信自己的耳朵，"但是……"

"任是对的，"亚瑟看了一眼手表，赞同道，"我们别无选择。否则再过 52 小时，我们就会变成一摊鼻涕。比赛不可能比这更危险。"

塞西莉的声音变得干巴巴的："你们自己看看吧！"

他们召唤了一部光闪闪的电梯，乘着它来到最高处的看台。一道拉门打开，露出了一个大平台，此时已是人山人海。他们挤过人群，亚瑟和任抓着栏杆往下眺望。塞西莉躲在几步远的地方，害怕自己恐高眩晕。

亚瑟立刻明白了塞西莉焦虑的原因。

越过红白两座建筑物所坐落的高原，大地陡然塌陷成一个峻峭的山谷。站在高处，他很容易看到跑道的起点，因为旁边的树上升起了一排迎风招展的方格旗。赛道沿着高原曲折向下，最终以近乎垂直的路线直入山谷。亚瑟数了数，他们要经过十二个急转弯，然后一头扎进山谷，才能到达下方的终点线。

尽管赛道如此危险，两侧却没有任何安全护栏。峡谷中散落着一堆堆碎石，缕缕黑烟从中间缓缓升起。亚瑟定睛细看，终于意识到那是什么了。他害怕得浑身颤抖起来。

那是一些红色车辆的残骸。

第九章

业余车手

"我们这次死定了,"任用力地捏着小云的牵引绳,好像那是一个压力球,"而且我们的死相会很难看,会死在一个跟热狗似的车子里。"

他们三个站在自己的围场里,检查塞西莉喷漆的手艺。又长又圆的车身后部被漆成了华丽的红褐色,然后朝着车头的方向渐变,最后是辛辣无比的橙红色。亚瑟看得有些恶心,这倒不仅仅因为它看上去像个热狗,而是他不敢想象自己下一步要面临的危险。那个恐怖的赛场,那些可怕的急转弯,那吓死人的车速……

几个穿着T恤的V型仿生人站在围场的边上,喊着"小屁孩加油!"的口号。其中一个仿生人的胳膊是一面旗子。另一个浑身散发出机油的味道,亚瑟怀疑她从没洗过澡。他猜赫瓦龙公司会给每个队提供两名免费的啦啦队员,这样那些没人关注的队伍不至于过于寒酸,总得有人给加油鼓劲吧。

围场两侧的全息横幅上滚动播出着"小屁孩必胜!"的标语。工作人员还给他们发了比赛装备、头盔(自行车手而不是赛车手戴的那种)和水瓶。

亚瑟能感觉到其他团队的队员都在好奇地盯着他们。有几个隔壁围场的流浪者在窃窃私语。"小屁孩""业余选手"……这些词时不时地飘过来。亚瑟艰难地吞下一口唾沫,内心更加恐惧。那些人说的是对的,他们的确是业余选手,甚至都不知道怎么开车,极有可能在这场赛车追逐赛中挂掉。

塞西莉扬起了下巴,假装什么也没听到。"这种红是一种豪迈的宣言,"她为自己的作品做辩护,"代表力量、新鲜和狂野。"

"它代表:我们不知道自己在干什么。"任坦言回应,"还有,它不会让我们跑得更快,这才是最重要的。"

"你错了,"塞西莉反驳道,"我从爸爸的生意经里学到了一点,如果我们看起来不错,那我们就会有个良好心态,就会做得更好。人们愁眉苦脸地来到爸爸的沙龙,最后踩着轻快的步伐离开。如果我们不得不顺着险峻的悬崖冲下去,顺便说一句,还要对付我那有史以来最糟糕的恐高症,至少我们得做得有些格调!"她深吸了一口气,突然呆住了,"等等……我刚才说了些什么?"

"呃——"亚瑟仔细地回忆着塞西莉刚才的话,"如果我们不得不顺着险峻的悬崖冲下去……"

"亚瑟!"她倒吸了一口冷气,"这就是我们的计划!我就知道，这能帮我们赢得比赛。"

她从包里抓出手机来，在空中挥舞着："我已经猜到这个王国的英雄是谁了！"

亚瑟扑上前去，想把她的手机挡住不让人看到。但塞西莉太想给他们展示那个手机壳了，压根儿就顾不上担心。她指着上面印着的漫画人物，那是一个漂亮女人，留着一头飘逸的黑发。她穿着一件很暴露的白色战甲，右手拎着一把巨剑。

"这是岁世，"塞西莉解释道，"她是我最喜欢的漫画《鬼眼狂刀》[①]中的角色。在那个故事里，岁世是个僵尸，但她的原型是巴御前[②]，日本历史上最著名的女武士，生活在12世纪。"

她把"巴御前"这个名字拼读了出来。亚瑟在头脑中重复了几次："你认为这里的英雄就是她？巴御前？"

"嗯，巴御前参加了源平之战，"塞西莉回答道，"那是两个家族间的战争，平氏穿的红盔红甲，源氏穿的白盔白甲。巴御前是源氏这一方的将领，就在木曾义仲的军队中。"

[①] 《鬼眼狂刀》，日本漫画家上条明峰创作的一部少年漫画。作品于1999年开始在《周刊少年Magazine》上连载，于2006年完结。故事以江户时代初期为时代背景，并结合历史上真实存在的人物，讲述了关原之战后传奇剑客"鬼眼狂刀"的故事。

[②] 巴御前，日本源平时代的女将，著名将领木曾义仲的妾室。木曾义仲被认为是日本的"项羽"，勇猛善战，但最后战死沙场，时年三十岁。巴御前和他少年相识，长大后相爱，作为妾室兼武将伴随在木曾义仲身边。据说她善用强弓，无论马上或徒步，无不百发百中，神鬼皆愁。

红色对抗白色。亚瑟仰头看向天花板上画的武士。"就跟这场赛车一样。"

　　塞西莉点点头："我觉得巴御前酷毙了，所以搜集了很多和她有关的资料。日本古代史诗《平家物语》中记载了她的事迹。她是一名女武士，经常'安然无恙地冲下陡峻的下坡路'，就像我刚刚描述赛道时说的那样。"

　　"我从没想到过你这么喜欢日漫。"任重新打量着塞西莉，说道。

　　"我也一样。"她停顿了一下，皱了皱眉，"我也是刚刚想到的……还记得在王国入口，我们看到门上有个黑色的标志吗？"

　　"像一个大大的逗号。"亚瑟回忆道。

　　"嗯，在日本，人们叫它勾玉，"任指着塞西莉的手机壳断言道，"所有的线索都指向了巴御前，包括王国任务的名字：武士的竞逐。一定是她。"

　　亚瑟警惕地看了一眼其他围场。迄今为止，还没有一支赛队打败白虎，这就意味着还没有人赢得机会，见到这位英雄的真容。换句话说，只有小屁孩队知道白虎就是巴御前。"关于这位女武士，你还知道什么？"他问塞西莉，"如果整个王国都是围绕着她建立的，那么这场比赛也是如此。你是对的，它会给我们带来优势。"

　　塞西莉把手机放回包里："源平之战时期，男人居于主导地位，那时的武士都是男性，但巴御前还是赢得了绝对的领

第九章　业余车手

导权，她一定是个勇敢无畏的女性。"

"嗯，或许我们也要无所畏惧才能完成这场挑战。"亚瑟看着那辆小得可怜的车，下定了决心。谜题中的两句话在他的头脑中回荡：这是场令人费解的追逐，答案藏在你意想不到的地方。如果他能猜到那个地方就好了。

电喇叭里发出响声，声音在建筑里回荡。挤在看台上的支持者们安静下来。一条信息浮现在房间远端的全息屏幕上：

媒体人员及无关人士，

请立刻离开，

比赛开始时间为

10:00

塞西莉从任的手上把小云的牵引绳拿过来："来吧，我们得做好准备。"

那两个仿生人粉丝，刚刚还在热情洋溢地喊着"小屁孩"的队名，突然转换了角色。她们迅速钻进一部电梯，去了屋顶。各个围场的气氛热烈起来，另外八支赛队的队员们纷纷戴上头盔，坐进了赛车里。

任把一顶"小屁孩"头盔丢给亚瑟："你坐在前排，和我一起。塞西莉坐在后排，照顾小云。"

亚瑟不知道她是什么时候做出这个安排的。但他太紧张了，一声未吭。他把头盔戴在头顶，把带子在下巴处系紧。

"咱们就在山脚见面吧，小屁孩！"猎鹰怒吼队的一个队员嘲笑道，"我是说，要是你们的车没撞得四分五裂的话！"

亚瑟咬着牙，打开左边的前门钻了进去。塞西莉用安全带把小云固定在后座上，自我解嘲地咕哝着什么。他好像听到了任对着猎鹰怒吼队吐出一连串的咒骂，但等他关上了自己这边的车门，一切变得那么安静。

有隔音设备。他意识到。效果不错。他扣好了机械安全带，环视了一下车内的空间。流线型的座椅和地板都铺着一层厚厚的黑色织物，风挡玻璃上固定着密密麻麻的小圆镜，让每个车手都能看到赛车周边的情况。亚瑟把脚放在一块向前倾斜的踏板上。他原以为前面有方向盘和仪表盘，但他错了，那里只有一块长长的银色面板，还有两个杯托和一个高尔夫球大小的玻璃球，散发出莹莹的绿光。

"我已经尽力了。"塞西莉在后排座位上咕哝着。

亚瑟扭过头去看了一眼。塞西莉用两条安全带，还有小云的遛狗绳，以及自己的皮夹克做了一个临时的狗狗安全座椅。小云坐在上面，看起来既舒服又安全，这样它就不会因为不舒服而扭来扭去了，真是个了不起的发明。塞西莉对着小云的脑门儿亲了一口，然后给它戴上头盔："好宝贝儿，不会有事的。"

亚瑟转过身来，喉咙绷得紧紧的。事情是明摆着的，他们怎么可能会没事呢。他们需要一个计划，现在就要。

任打开了右边的前门，一阵嘈杂的声浪随之冲了进来。

第九章 业余车手

任坐在亚瑟旁边,砰的一下关上了门。"希望我没引起人们的怀疑,"她涨红着脸承认道,"我刚才狠狠地骂了猎鹰怒吼队,那些说法太傻了,估计 25 世纪的人都不这样骂人了。"

"也不一定,'小屁孩'这个词不是还在用。"亚瑟评论道,"你还好吧?"

"如果不是落在了这个死亡陷阱里,我会更好。"她一边系着安全带一边说道。

好像"死亡陷阱"是一个启动密码,面板上的那个发光球体突然亮了起来,一个半人半蜥蜴的全息头像浮现出来。这个家伙有着一双分得很开的黄眼睛,满是鳞片的绿皮肤,还有一头浓密的黑发。

"晚上好,小屁孩,"他的嗓音柔和,带着点法国口音,"我是你们的司机,负责今天的比赛。我真诚地建议你们:从现在开始,全程系紧安全带,戴好头盔。你们现在感觉如何?"

亚瑟的嘴巴发干。为什么他们的司机是个爬行动物呢?唯一的解释就是,宇宙中真的有这种半人半兽的外星人。"感觉还不错。"他盯着蜥蜴人狭缝般的瞳孔,低声说道。

"很高兴听到您这么说。"司机回答道。外面的清场工作正在进行,无论是技术人员还是车队的支持者们都在向看台走去。"请把注意力集中到前面的风挡玻璃上,就能看到规划好的路线了。"风挡玻璃变暗了,一张闪烁的绿色地图出现在眼前,有赛道,还有周围的地况。"我已经设计好了路线,可以确保你们平安到达。"

亚瑟想要把注意力集中到地图上,但司机说话时,那条分叉的舌头在嘴唇间不停闪现,让他有些心烦意乱。

"我们会沿着道路的中心巡航,"司机解释道,"在进入十二个急转弯处时减速,然后在进入直道后笔直加速往前冲,预计你们会取得第十名的排位赛成绩。"

"那是最后一名,"任转身对亚瑟说,"我们该怎么办?"

亚瑟咬着下嘴唇,绞尽脑汁地寻找着灵感。常规的取胜之道是用最快的速度穿越赛道,但谜题上说获胜的答案是出乎意料的。

他想象着巴御前是怎么骑着战马,顺着山势冲入战场的,然后他又想到了全息图像中列出的赛车安全装置……一个可怕的想法在他的脑海中渐渐成形。就在他思考时,头骨底部突然冒出了一股刺痛感,一直蔓延到太阳穴。

"你的斗篷,这是怎么回事?"任拽住他的袖子,诧异地问道,"你快看啊!"

亚瑟低下头看去,斗篷上波光粼粼,浮现出大量的数字,还有符号,那是牛顿的字体。他不知道这是怎么做到的,也不知道为什么,但他知道这些对他来说意义重大。他突然意识到,自己突然就知道了很多东西,那都是他以前所不知道的。他在脑海里展开了一系列运算:风速、轨迹、车体和乘客的重量、距离、落地时间……

第九章　业余车手

外面的大地在颤抖，一定发生了什么事情，但亚瑟只是隐约意识到了这点。"司机，我需要你重新规划一条线路。"

蜥蜴人朝他转过头来。"您的线路会在一分钟内被锁定，"他警告说，"您的新线路是什么？"

亚瑟的神经绷得紧紧的："我希望你不要理会赛道，直接带着我们从起点冲向终点，在北纬62.4度、东经7.6度飞越峡谷的边缘。当我们冲出时，我们的车速必须达到每小时145公里。"

蜥蜴人的反应很快："很好。这是您的新路线。"风挡玻璃上的地图变成了一条虚线，它在起点线之后就偏离赛道，直接冲出山路，直直地降落到山谷里的终点。

"你疯啦？"任在空中挥舞着双手，指向风挡玻璃，"这不是捷径，这是自取灭亡！一旦把车开出赛道，我们就会坠进山谷，爆炸成几百万片！"

"路线已经锁定了，"蜥蜴人咧嘴一笑，宣布道，"畅享幻境，创造奇迹！"尽管蜥蜴人的头像还留在全息屏幕上，但路线地图已经从风挡玻璃上消失了。

塞西莉紧紧地抓住亚瑟的肩膀尖叫道："你到底在干什么啊？"

亚瑟听出了她声音里的恐惧，努力想要解释清楚："这是唯一的取胜策略，就像我们在'原则号'上做的那样，摧毁障碍物，而不是绕过它们。我们必须要跳出常规，换个思路接受挑战。"他又看向自己的幻境斗篷，它已经恢复了正常的样子。"还有，我猜是斗篷发挥了作用，让我可以做复杂的计算。别问我是怎么做到的。"

与此同时，他发现外面的情况也有了变化。在他们面前，那座红色建筑外边的墙壁开始滑向天空，前方露出了一条宽阔的大路，大路穿过了外面的黑暗森林。亚瑟之前见到的那些比赛工作人员，现在就排在道路两侧，每隔几米一个。她们胸前亮起一些小小的灯，明亮的灯光照亮了道路，像一支铁娘子组成的迎宾仪仗队。

"就是它了。起点线看起来是在树那边。"任带着怒气说道。

车里突然响起了音乐。小提琴的琴弓在弦上跳跃着，节奏紧凑，像是一段动作片的配乐。亚瑟猜测，开发者需要用这种方式渲染氛围，好像嫌游戏还不够刺激似的。

汽车驶出了大楼。夜空飞快地从头顶掠过，风吹弯了树梢，树叶萧萧落下，掠过风挡玻璃。在亚瑟左边，另外八辆红车以同样的速度稳稳地开着。他听不到引擎的轰鸣，但车里每个人都戴着护耳器，可见噪声非常大。

起点线映入眼帘，亚瑟的脖子上冒出了一层冷汗。旁边的看台上竖立起一排排座位，上面挤满了车队的支持者。他们叫着、嚷着，挥舞旗帜欢呼着。起点线后面画着十个白色的网格，两两并排。小屁孩的车开到最后一个格子中，而白虎从一条小路上开了出来，占据了最前面那个格子。

一盏盏红灯悬挂在起点线上。

第九章　业余车手

亚瑟在座位上不安地扭动了几下,他的神经一跳一跳的,像过静电一样刺痛。"历史上最后是哪一方赢得了源平之战?"他想分散一下注意力,于是转头问塞西莉,"红方还是白方?"

"是白方,"她声音颤抖地回答,"巴御前为之奋斗的那一方。"

所有的车队都各就各位,在原地开始加速。地上的尘埃和一些杂物被轰鸣的车辆卷起,各种颜色的气体从助动车、大卡车和小轿车的排气管中喷出。汽车的引擎轰鸣着,亚瑟的脚也跟着颤抖,脉搏怦怦乱跳。他希望自己做出了正确的决定,而不是和汽车残骸一起结束自己的生命。

一盏接一盏地,上空的红灯亮了起来。

亚瑟的心咯噔一声。

紧接着,灯光熄灭了。

比赛开始了。

第十章

女武士巴御前

他们猛地向前冲去,强大的作用力把亚瑟的肩膀狠狠地按在了座椅靠背上。外面的空气透过车窗飘进来,带着一股令人窒息的难闻的汽油味,让他的喉咙发堵。

任咬紧牙关抵住座椅:"所有人,打起精神来!"

就在前面,一辆车轮发光的小轿车像炮弹一样冲出了方格,紫红色的尾气如云雾般笼罩在赛道上。一辆红色迷彩摩托车在云雾中一个急转弯,超过了两辆巨型卡车,只留下了白烟滚滚。猎鹰怒吼队紧跟在白虎后面冲了出去,已经接近第一个拐弯处,车身画着的橙红羽翅似乎在熊熊燃烧。

几秒钟之内,车辆纷纷消失在了第一个拐弯处,小屁孩也开启了加速模式。

"大家坐稳了!"亚瑟大喊道。车子猛地一个急转弯,离开了赛道,直直地冲进了树林。十几个工作人员追了上来,她们胸膛上的灯光跟直升机的探照灯一样,刺穿了黑暗的灌

第十章 女武士巴御前

木丛。小屁孩的车子一路颠簸着冲过崎岖不平的路面,到处都是擦伤。前面就是峡谷的边缘,下面是无尽的虚空。亚瑟把手放在前面的面板上:"就这样!"

车子还在加速,所有人都尖叫起来。车头越过了悬崖的边缘,猛地一个颠簸,冲进了半空中。

尽管亚瑟早就知道会有一个坠落的过程,但他没法做出任何准备。他的心跳到了嗓子眼儿,屁股脱离了座椅,头盔重重地撞到了车顶,但安全带起了作用,它深深地陷入锁骨处的肉里,又把他拉回到座位上。

塞西莉高声尖叫着。

小云则狂吠不止。

好心的蜥蜴人司机告诉他们,他们正在以每秒钟140米的速度飞翔,需要飞7秒钟才会着陆。

血液在亚瑟的血管里翻涌,外面的世界在一片模糊中旋转——星辰、峡谷、树梢、蜻蜓的赛道……

…………

从引擎盖那里传来一声闷响,蜥蜴人司机宣布车子自带的降落伞打开了。车身猛地向后倒去,亚瑟也随之不停地摇晃。粗大的丝线从两个车头灯后面弹射出来,车尾那里也有两根。透过后视镜,亚瑟看到它们和一个硕大的红色降落伞相连,伞面上还有一个大大的黑色逗号。

"现在距离落地还有26秒。"蜥蜴人司机纠偏道。

大地停止了旋转，亚瑟终于可以正常思考了。他的喉咙在不停地冒酸水，只好强行抑制住想呕吐的冲动。塞西莉在他身后，喘着粗气。

"你知道咱们的车有降落伞吗？"任喊道。

"我在说明书上看到过！"亚瑟回答，庆幸自己没有犯下可怕的错误。

在他们下面，赛道变得更宽了。此时大多数对手还在第十个急转弯处打转儿呢，白虎一马当先，猎鹰怒吼队紧随其后。亚瑟怀疑他们压根儿就没注意到小屁孩的车子直接空降到山谷，他们太专注于自己的速度了。

"我们现在以极为微弱的优势领先白虎，"任指着一条直通终点的赛道说道，"我们会在那里着陆。大家准备好了！"

距离地面还有几米的时候，亚瑟用脚抵住车底，手掌撑住前面的面板，准备着陆。随着一声巨响，降落伞断开了，车子突然一歪，害得他的头猛地向后一仰。当轮胎着地的一刹那，亚瑟觉得自己的脖子和锁骨都是一阵刺痛。紧接着又是一声轰鸣，汽车发动机高速转动起来，带着他们猛地向前冲去。

"距离终点还有500米。"蜥蜴人司机告诉他们。

亚瑟揉着下巴，皱紧眉头。塞西莉把手搭在他的肩上，这让他更内疚了。对于有恐高症的塞西莉来说，从山上坠落的感觉应该会更可怕吧。"外面有情况。"她颤抖着说道。

听出了她声音中的警告，亚瑟转过身，透过后视镜往外

第十章　女武士巴御前

看去。外面已经是一片混乱。白虎正在高速逼近，后面则发生了一起车祸。猎鹰怒吼队倒在了第十一个拐弯处，残骸仍冒着缕缕青烟。一群赛场工作人员聚在那里忙碌着。他没看到那四个金发女孩，希望她们平安无事。如果他们走那条路线，说不定那也是他们的归宿。亚瑟庆幸自己选对了，冒险得到了回报。

白虎紧紧地咬住了他们。它轻松地拐过最后一个弯，拐上了最后的直道。

"它追上来了！"任大喊道。

他们在沥青路面上疾驰，还在不停加速。亚瑟看向后视镜，白虎咆哮着，车头灯变得越来越大、越来越大。

离终点只有几秒钟了。一群兴奋的支持者聚在赛道的两边，欢呼着赛车归来。

现在亚瑟只想做一件事情，这不会让他们变得更快，但会让他们更好受一点。他长吸一口气，用尽平生力气大吼起来，"啊、啊、啊！——"似乎在给赛车助威。塞西莉和任也加入进来，一起大吼："啊、啊、啊！——"

就在这一瞬间，他们冲过了终点。

车里放着的动作大片配乐突然停了下来，取而代之的是庆祝的号角和事先录制好的掌声。"发生什么事了？"亚瑟气喘吁吁地问道。他们的车速慢了下来，白虎也在他们旁边踩下了刹车。他不知道是谁先到的终点。"是我们赢了吗？"

蜥蜴人露出了他尖利的牙齿:"恭喜你们,小屁孩!你们成功地完成了挑战:武士的竞逐。"

亚瑟疲惫地叹了口气,把头靠在了头枕上。我们成功了!一个声音在他的内心深处说道。我们赢了!但刚经历过那种大起大落的情绪,他只觉得疲惫。他看了一眼后视镜,塞西莉的脸颊因为兴奋变得红扑扑的。她抱起小云,让小狗紧紧地贴着自己的脸。他转过身去,轻轻地碰碰她的膝盖:"已经没事了。我们都挺好的。"

任用掌根用力地揉搓着脸颊:"这是我做过的最吓人的事儿了,比以往任何事都可怕。"

不知道为什么,亚瑟觉得自己从没有这么放松过,同时也从没有这样紧张过。在过去的几分钟里,他身上的肌肉一会儿绷紧如铁,一会儿瘫软如果冻,就这样来回地变来变去。

突然,一个红色气体凝成的小球出现在赛车的中央,悬在前排座位中间。任伸出手去轻轻碰了碰,那个小球消散了,一个白色的三棱镜落在了她的掌心。"又是一把王国秘钥。"她说着,把它装进口袋保存起来。

赛车在停车场的中央位置停了下来,白虎就停在他们前面。驾驶座一边的门垂直打开,一个苗条的身影钻了出来,向他们走来。她穿了一件白色的皮质赛车服,戴着深色的头盔。

"事情还没完呢,"塞西莉警告道,"我们还得扮演小屁孩的角色,不能让别人知道我们是从哪里来的。"

第十章　女武士巴御前

亚瑟不清楚过来的这位究竟是白虎的车手还是乘客，他不知道那辆车里是否也有一个蜥蜴人。几百名观众跑到了赛道上，把手里的旗子扔向空中，互相击掌庆祝。穿白色赛车服的人径直打开后排的车门，钻了进来。此时，塞西莉刚刚把小云从狗狗专用座椅上解下来，把它放在大腿上。

隔着头盔，那个人咕哝着什么，没等他们回应，那个人把头盔摘了下来。"我要说的是：祝贺你们。"说话的人是位漂亮的女士，皮肤像白瓷一样光洁，鼻梁高高的，一头乌发用白色的丝带在脖颈后扎了起来。她低下头说道："你们是有史以来第一个打败我的赛队。"

"巴御前！"塞西莉叫道。

赛车手的黑色眼睛一亮："你知道我的……？"

"我在《平家物语》里读过你的故事。"塞西莉壮着胆子说道。

亚瑟很高兴她没被兴奋冲昏头脑，说出一些傻话，比如"我是通过漫画知道你的，我的手机壳上还有你的动漫角色图呢"。

"我是塞西莉，这是亚瑟，这是任。"

"这又是谁？"巴御前对着小云点点头问道。小云已经从塞西莉的大腿上爬了下来，坐在座位上嗅着巴御前的臀部。

"它叫小云。"塞西莉有些尴尬地说道，把小狗又拽了回去。

"我懂了。"巴御前歪着头,仔细地看着他们的脸,从下巴的形状到皮肤上的汗水,每个细节都不放过。亚瑟不安地扭扭身子,感觉自己就是一本书,在巴御前锐利的眼神中一览无余。"伟大的武士们有大有小、有胖有瘦,每个英雄都不一样!"她评论道,摘下了赛车手套。亚瑟注意到,她的手上有几处奶白色的伤疤,估计是在12世纪时的战场上留下的。但他还是没弄明白,这位女武士和牛顿是怎么活到了25世纪的,除非他们经历了时间旅行……就在这时,一只手敲打在窗玻璃上,还有人敲打着任那边的车门,声音很响。除了巴御前,所有人都吓了一跳。亚瑟确认车门已经锁上了,这才向窗外张望。就在他们谈话的时候,那些支持者已经拥了过来,包围了整辆车。

"你们愿意暂时中止这次谈话,去见见你们的新粉丝吗?"巴御前一边问一边去开车门,"我猜《幻境新闻》也有意要采访你们。"

"不要啊!"三人异口同声地说道。

巴御前又稳稳地坐了下来,唇边带着玩味的微笑,似乎正期待着这样的回答。

"如果您不介意的话,我们想保持低调,"亚瑟解释道,"我们只想去参观幻境穹顶。您知道怎么去那里吧?"

"幻境穹顶?"巴御前扬扬眉毛,"我可以给你们指路,但赫瓦龙公司没想到会有人赢得比赛,那栋建筑还没准备向

第十章 女武士巴御前

参观者们开放呢。或许下周他们会给你们一个出入证。"

亚瑟的心沉了下去:"要等到下周啊!"

坐在后座上的塞西莉叫了起来:"我们等不到……如果那样的话一切都失去了意义。我们要尽快找到米勒·赫兹啊!"话音未落,塞西莉就捂住了嘴巴,脸腾的一下就红了。任恶狠狠地瞪着她,但亚瑟没忍心责备。从悬崖边跟着车坠落下来,她能说出话来就已经很好了。

"是这样啊,"巴御前笑着说,"原来你们是想找到米勒·赫兹消失的秘密。"她望着他们沉思了片刻,"要知道,我刚到这里时,米勒才消失了几天。王国里每个流浪者都在谈论此事。有传言说,在他逃走之前,有人看到他和蒂伯龙以及瓦莱丽娅在博览会后台发生了激烈争吵。过来,我给你们看点东西。"

巴御前的手拂过任的座椅靠背。亚瑟不敢相信自己的眼睛,眼前那层织物表面竟然变成了一张有着黑色粗边框、染着茶渍的纸。他瞥了一眼头枕下的金属圈图案,觉得这应该又是纳米技术。

"只要有机会,我就会侧耳倾听流浪者们的对话或评论,从而更好地了解《幻境》这款游戏。"女武士说道,"但更多的时候,我从这里搜集信息。"

那张纸被平分成上下两部分。上半部分是黑色的日本文字,下半部分是黑白照片。亚瑟觉得看起来有点像日本古代的报纸,他意识到这是《幻境新闻》的另一种表现方式。

女武士为他们翻译了最上面一小段文字:"会飞的神秘'小屁孩'成为89王国第一个完成'武士的竞逐'任务的流浪者团队。"她对着他们笑了笑,"你们已经上了报纸头条了。"这段文字下面是一张他们三个的合影,是比赛开始前在围场时拍摄的。塞西莉正在展示刚刚喷好漆的赛车,任则满面怒容,而亚瑟……他从来没想到,自己脸红的时候看起来是那么黑。

"谁拍的这张照片啊?"塞西莉问,"我没看到有人带着相机啊。"

"所有的仿生人都会把图像传回赫瓦龙公司,"巴御前解释,"V型仿生人直接向瓦莱丽娅·马尔菲汇报,T型仿生人向蒂伯龙·诺克斯汇报。"

亚瑟开始焦虑起来,他担心"原则号"那边的大副会把他们进入幻境通道的坐标发给蒂伯龙。蒂伯龙看到那个坐标,就会知道他们来自另一个时空。"瓦莱丽娅和蒂伯龙会看所有的图像吗?"

"我猜迟早会的,"巴御前回答,"当然不会很及时,有些事情往往过上一段时间才会暴露出来。就在几周前,有个流浪者团队遭到了《幻境》游戏的驱逐,因为赫瓦龙公司发现他们作弊。"

亚瑟把手指交叉在一起祈祷,希望他们足够幸运,至少在

第十章 女武士巴御前

他们成功离开前赫瓦龙公司不会留意到那个坐标。"这个就是我想给你们看的。"巴御前继续说。她点击页面的右上角，那里已经换成了另一篇文章。"米勒·赫兹被他姐姐瓦莱丽娅打上了'懒汉'的标签。"女武士一边指着那些日文，一边读道。

下面的照片是三位创始人出席《幻境》开幕式的场景。亚瑟朝着后排座椅探过身去，好看得更清楚些。瓦莱丽娅正在剪一条全息丝带，摆好了姿势等着摄影师开拍；米勒把香槟洒在每个人的头上；而长着鹰钩鼻的蒂伯龙就站在他们后面，如一只鹰隼般威严阴冷，监视着整个活动进程。

"文章是对瓦莱丽娅·马尔菲的一次采访，就安排在米勒逃走后不久。"巴御前继续说道，"在这次采访中，瓦莱丽娅控诉米勒，说他从不认真履行自己在赫瓦龙公司的职责，总是缺席会议、逃避责任。对于米勒的出逃，她说自己一点也不奇怪，因为这个弟弟最擅长的就是逃避，遇到事情就一跑了之。"

巴御前把手指挪到了文章最后一段说道："最后一部分更有意思。主持人问瓦莱丽娅是否知道米勒在哪儿，瓦莱丽娅说自己不知道，但她觉得米勒出于好奇，一定会时不时地回《幻境》看看。"

亚瑟用眼角的余光瞟了任和塞西莉一眼。如果米勒·赫兹会时不时地回到《幻境》，那他们找到他的概率就会大大提高。但瓦莱丽娅的控诉让他感觉有些不大对头，一个懒汉怎么能发明时空旅行呢？巴御前提到的另一点也引起了亚瑟的兴趣。于是他问道："你说米勒是在你来的前几天失踪的，那你又是从哪里来到这里的呢？又是怎么来的呢？"

"从家里，"巴御前望着窗外伤感地答道，"来自日本。其他的事……"她摇摇头，疲惫地咕哝道，"算了，我得遵从《幻境》的保密规则。"

亚瑟心里一沉。之前他向牛顿提过类似的问题，牛顿也是用这样的回答打发他的。

"天色已经很晚了。我有个建议，"巴御前说，"你们就在我的房子里睡一觉吧。明天早晨，我们还有机会加深了解。"她转头对全息屏幕上的蜥蜴人说道，"司机？"

他们还没来得及拒绝，车门咔嗒一声就被锁住了，引擎发出了轰鸣，车子对着人群驶去。支持者们用拳头敲打着汽车的引擎盖，有节奏地高喊着什么。亚瑟猜他们在喊车队的名字"小屁孩"，但他不懂读唇术，说不定人家喊的是"大屁股"呢。

透过后视镜，他看到巴御前正好奇地盯着他们的幻境斗篷。或许她只是感兴趣，因为这是她第一次和流浪者面对面交流，但亚瑟还是有些不安心。他不知道巴御前的动机，也不知道这位女武士是否值得信任。如果她知道他们是穿越时空来的，说不定会利用他们。一切都岌岌可危，他们可不能冒这个险。

他们驱车离开观众时，意外地看到了猎鹰怒吼队的四个金发女孩儿，她们正站在赛道边上回答问题，脸红扑扑、汗津津的，看起来没有受伤。

第十章 女武士巴御前

"我不知道她们是怎么活下来的,"后排的塞西莉说道,"她们的赛车被撞成了一堆碎片。"

"说不定在撞车前,车子就把她们弹射出去了?"任猜测道。

"我猜V型仿生人救了她们,"巴御前说,"毕竟她们受过专门的训练,知道怎么急救,而且植入体内的程序要求她们,要尽可能防止玩家伤亡。"

亚瑟想到了"原则号"上的船员,他们虽然脾气不咋的,但在桅杆即将砸下来时却冲了过来,救了他和塞西莉一命。现在他明白他们为什么那样做了。

"巴御前女士,"任在座位上不安地挪动了几下说道,"我能问您一个问题吗?您为什么不说日语呢?"

巴御前本能地摸摸自己的喉咙:"我说的就是日语啊。毋庸置疑,我们刚才看到的流浪者们,说的都是自己所在星系的语言,有好几百种呢。这是幻境斗篷的功劳,不管你们听到哪种语言,它都可以翻译成你们的母语。你们必须知道这点。"

亚瑟抓起斗篷,用拇指和食指摩挲着面料,想知道这件斗篷还能做什么。他看到了任在看他,于是用手对着喉咙划拉了一下,让她保持安静。他们已经暴露得太多了。

任对着巴御前笑了笑,然后转过身来。

车子沿着一条林间小道蜿蜒前行,向山谷的深处进发。车内一片安静,让人隐隐有些不安。

亚瑟没办法放松下来。他看了一眼手表。从来到《幻境》算起，已经过了 11 个小时，这就是说他们只有不到 46 个小时了，在此之前他们必须回家。牛顿的警告在他的脑海中响起：如果其他人知道了你们是从哪里来的，他们就会把你们视为一种威胁……或是机会。他希望"小屁孩"获胜的新闻会很快过去，出名的代价太可怕了，他们可承担不起。

第十一章

小云的真实身份

汽车停在了山脚下，一条鹅卵石小径蜿蜒而上，穿过几片树林。一个梳着精致发髻的V型仿生人站在高处恭候他们，绿色制服随风飘起。巴御前从旁拿起她的赛车手套和头盔，打开车门钻了出去。

车门关上了，亚瑟、任和塞西莉凑到了一起。"我们应该弄明白那场博览会上米勒、瓦莱丽娅和蒂伯龙在为什么事争吵，"任低声说，"或许这就是米勒逃走的原因。顺藤摸瓜，我们就能知道他去了哪里。"

"你觉得瓦莱丽娅说的那些话是真的吗，就是她接受《幻境新闻》采访时说的那些？"塞西莉问道，"牛顿说过，米勒丢下了几笔未偿还的债务。是不是他想让哥哥和姐姐帮忙，结果他们拒绝了？"

亚瑟摇摇头："如果他这么需要钱，只要把时间秘钥的设计卖出去就好了，绝对能大赚一笔。"他不确定该相信什么，就从口袋里掏出2469博览会门票，重新研究票面上的信息。上面提到，现场会有一个特别声明，他猜三个人的争吵和这个声明有关。他想把所有的信息都串在一起，用这些零散的材料拼出谜题的真相，但他缺少那些关键的信息。

"咱们别无选择，只能在这里过夜，"塞西莉向外张望着说道，"我们总得找个地方睡觉吧。"

任边试着解开身上的安全带边不满地咕哝着："我怎么就是松不开这个死亡捆带？"

亚瑟强忍住笑意，绷着脸伸出手去，按下安全带的松开按钮。任怒气冲冲地说了句"谢谢"，然后和他俩一起钻出车子。外面已经是暮霭沉沉，温度比他们刚到这里时下降了好几摄氏度，亚瑟忍不住庆幸有幻境斗篷可以保暖。塞西莉把小云放到地上，把牵引绳牢牢捆在手腕上，小云则欢快地摇着小尾巴。

他们跟着巴御前爬上了山顶。一座巨大的木制建筑出现在他们眼前，顶上覆盖着茅草，旁边还有一座马厩。整个建筑被一座精致的日式花园包围着，发光球悬在绿植和树丛之间，发出莹莹的绿光，像夏日的萤火虫那样，照出了花园的绝美风姿。一阵风吹来，亚瑟听到流水潺潺，还有蟋蟀的吟鸣。

他们沿着一条小路穿过花园，向那栋建筑走去。"这是你的家吗？"塞西莉问道，"好安静啊。"

巴御前笑了起来。

第十一章 小云的真实身份

呼吸着夜晚清凉的空气，亚瑟紧绷的神经也放松下来。这里没有浓郁的香水味，有的只是清清泉水和新鲜泥土的气息。

他们跨过一扇沉重的木门，走进那栋建筑，拐入一道宽阔的走廊，这里悬挂着更多的发光球。墙壁上挂满了武器。一柄柄宝剑排成一个扇形，旁边挂着巨大的木弓和一袋袋羽箭，箭尾带着各种样式的羽毛，看起来异常华丽。空气中弥漫着新鲜稻草的味道，还有木头燃烧的烟气。

巴御前脱去身上的赛车服，露出一件宽松的白衬衫和同样颜色的七分裤。一条丝绸腰带缠在她的腰上，绿色、金黄和红色相间。她把靴子放在墙边，从前门那里的架子上拿起一双日式草鞋换上。

"这是日本人的风俗，进屋子之前要换鞋子。"任轻声告诉亚瑟和塞西莉。

听了任的建议，亚瑟摘掉头盔，脱掉鞋子，换上一双拖鞋。就在等塞西莉解开皮靴鞋带的时候，他发现旁边有个玻璃柜，里面陈列着一套方形盔甲，包括头盔、面甲、袖甲、胫甲和胸铠，由小铁片和皮板组成。

"这是您在源平之战中用过的盔甲吗？"亚瑟问巴御前，好奇人们穿着这么笨重的东西怎么走路，更别说战斗了。

女武士正站在玻璃柜的另一边，透过玻璃向他看过来。在她的注视下，亚瑟不安地扭扭身子，感觉她又在审视自己。

"它比看起来要轻得多,"巴御前说,"武士们要骑着马,带着弓和宝剑作战。所以我们的盔甲既要坚固,也要柔韧,不能妨碍武士的行动。"她指着那些漆成白色的皮弦和丝绸编带,正是它们把一块块皮板穿在了一起,然后说道,"每个武士家族的皮弦和编带的颜色和样式都是独一无二的。"

说这话的时候,她眼角的鱼尾纹微微地抽搐。亚瑟猜想,她是不是想起了自己的挚爱,那些留在12世纪的日本亲人。最后,她扬起下巴,指着远处的走廊:"请跟我来。"

目的地在几个房间之外,这里的墙壁上挂的武器更多,还有几幅日本书法卷轴。巴御前脱掉拖鞋走了进去。"里面是榻榻米,"任看了一眼地板说道,"日本人的风俗,要光着脚走上去。"

亚瑟脱掉拖鞋,跟着任和塞西莉走了进去。当看到房子的规模时,他吓了一跳。整个房间呈长方形,有着高高的格子天花板,像个大礼堂。靠墙处摆着来自全球各地的古代盔甲,像一列列站岗的士兵,在发光球下闪闪发亮。其中有的拿着奇特的长矛或匕首,有些拎着重剑或巨弓。亚瑟尴尬地光着脚走过铺着草席的地板,盔甲里似乎有眼睛紧盯着他,充满了警惕。

其中一面墙上装了一扇大窗户,可以看到外面的森林。远处一片黑暗,群山高耸,一座翠绿色的金字塔从山岩间探了出来。"那是什么?"亚瑟问道。他不记得在地图上见过。

"瓦莱丽娅·马尔菲的运营总部,"巴御前小心翼翼地扫

第十一章 小云的真实身份

了一眼紧随其后的 V 型人,"她总是监看着一切。"

亚瑟怀疑巴御前指的是身后那个机器人,毫无疑问她会不停地把图像发给瓦莱丽娅。这种被人时刻监视的滋味让他很不自在,有这些仿生人在身边,他们想说点什么都得三思。

"所以那里被设成了禁区?"塞西莉问道,"就因为瓦莱丽娅把整个《幻境》的'秘密'总部设在了那儿?"

巴御前点点头:"她是这个王国的设计师,所以她的标志无处不在。"

她的标志?一开始亚瑟没理解巴御前说的是什么,然后他想到了牛顿说过的话,赫瓦龙公司的标志由三个图形组成,各代表这三个创始人中的一个。难怪他们到处都能看到绿色的三角形,那代表着瓦莱丽娅。他又想起原则号上六边形的壁纸,牛顿王国是米勒·赫兹一手打造的。

"我猜,这里和 12 世纪的日本很不一样。"任同情地说道。

巴御前凝视着外面的黑暗,叹息一声:"是的,一点也不像。"

就在这时,移门被拉开了,一个 V 型人扛着一大卷床垫[①]走了进来。人类无疑没有这样的本事和力气,亚瑟觉得仿生人大概有一系列这类的小把戏。

---

① 这里的床垫指的是 futon,一种铺在榻榻米上的软垫,类似于我们常说的铺盖。

"你们好好休息吧，"巴御前匆匆说道，"我也要为这个新机会做些准备。明天一大早我再过来拜访。"

为什么新机会做准备？亚瑟琢磨着这句话，此时巴御前庄重地鞠了个躬，从那扇拉门处退了出去。

仿生人走到房间中央，把那堆床垫扔到了地上。

"等你们睡着了，灯光会自动变暗。"她一边检查自己涂着绿色指甲油、光闪闪的指甲，一边低声说道，"畅享幻境，创造奇迹！"

她刚一离开，任就拖下来一个床垫，边铺边说："我感觉巴御前不想留在这里。你们有这种感觉吗？"

"她看起来很伤心，"塞西莉沉思着说道，"好像丢了什么似的。"

必须要遵守《幻境》的保密规则……亚瑟想知道巴御前和牛顿在隐藏什么。他动手把床垫拖到合适的位置上。就在这时，他的肚子"咕噜"叫了一声，声音很大，害得任和塞西莉都转过头来看他。他不好意思地咧嘴一笑："显然峡谷跳伞消耗的能量比我想象的多。你们觉得巴御前家会有厨房吗？"

"汪汪！"小云突然叫了两声，然后冲到房间的另一端，抓挠那里的地板。亚瑟不知道它想干什么，于是走过去查看。

"嘿，伙计。"他跪下来对小云喊道，发现小云抓挠的是一片榻榻米，上面镶嵌着一系列的扁平银色点阵，和之前他们在围场看到的一模一样。"好奇怪啊。"亚瑟嘟囔道。他猜

第十一章 小云的真实身份

测这个点阵也可以用之前那种方式激活，于是伸出手掌对着点阵滑过。一股金属烟尘冒了出来，很快凝成固体形状，无论是颜色还是质地都在发生急剧变化。最后，一台自动售货机矗立在亚瑟面前，和当初牛顿在"原则号"上用到的那个型号相同。

"哇！我们真是太幸运了，刚觉得饿就找到了售货机！"任欢呼道。

亚瑟看着小云。真的只是因为幸运吗？这可不是小云第一次帮他们了。当初他们困在舰长舱室的时候，就是小云找到了唯一的出口。这让亚瑟开始深思……

"或许是我弄错了，但我觉得，自从我们见到它后，它就没有拉过屁屁。"

任皱起了眉头："画风变化有点大啊，不过你说得对。而且它也没吃过东西，只喝了一点清水。莫非你觉得它生病了？"

亚瑟轻轻挠着小云两耳中间的毛皮。小狗打了个哈欠，露出锋利的犬牙和粉红的小舌头，睡眼蒙眬地舔舔亚瑟的手。它看起来挺高兴的。

亚瑟像电视里看到的兽医那样，仔细地给小云做了一套全身检查。小云的眼睛明亮灵动，小鼻子湿乎乎的，小尾巴不停地摇晃着。亚瑟伸出一根手指，绕着项圈转了一圈，看项圈会不会勒得太紧。就在这时，他察觉到项圈里有一股能量在涌动，让他的指尖一阵刺痛。

出于好奇，他又开始检查挂在项圈上的那块金属小圆片。正面写着：小云，西高地小猎犬，雄性。这块小圆片不是用链子挂起来的，而是用了两颗重金属珠子。亚瑟尝试着顺时针拧动它们，就听到咔嗒、咔嗒两声脆响。

突然，坐在亚瑟腿上的小狗再也看不到了。

那里出现了一头大肥猪。

亚瑟狂喊道："啊，压死我了！"他试着从这个庞然大物的屁股下面逃出来，任和塞西莉也赶紧冲过来帮忙。

这头神秘的大肥猪足有一米长，灰褐色的皮肤坚硬无比，上面长满了粗糙的毛发，粉红的鼻子那里长了一圈金黄的鬃毛，卷曲的小尾巴上吊着一绺流苏样的毛发。一个宝石红的项圈就挂在它粗短的脖颈上，和小云的那个一模一样。

任和塞西莉使劲推着它的大屁股，终于让它站了起来。大肥猪摇了摇小尾巴，用鼻子友好地拱了拱亚瑟。

"你是小云？"亚瑟惊叫道，同时把腿挪了出来。大肥猪哼哼了几声。

"这不可能。"任松开了大肥猪背上的毛发，"莫非小绒球是某种来自外星球的动物？"

亚瑟盯着小云脖子上的项圈。那块金属片上写着：小云，博尔纳须猪，雄性。他想到刚才通过项圈感受到的那种能量，摇了摇头："不对。我猜，它是只仿生动物。"

"这就是为什么它不用吃东西，也不用去厕所，"任说，

第十一章 小云的真实身份

"但仿生动物会把影像传回赫瓦龙……"

他们都紧张起来。亚瑟思考了一会儿,说道:"说不定只有 V 型和 T 型会这样做呢?如果小云是个间谍,赫瓦龙早就开始找我们的麻烦了。"

塞西莉跪倒在小云前面,这样就能够看着它的眼睛。"而且小云一直在帮我们。还有,它是米勒的仿生动物,不是蒂伯龙和瓦莱丽娅的。"她笑了起来,抱抱小云那满是毛发的鼻子。"不管你是不是仿生动物,我们依然爱你。"她对着大肥猪说道,"别担心,你是一头这么可爱的猪。"

亚瑟不禁惊叹小云身上的技术是那么先进,能让它在几秒钟内从一只小狗变成一头大肥猪。突然,各种理论知识开始在脑海中闪现——这些想法他以前一无所知。他看向那件幻境斗篷,发现牛顿的笔迹又浮现在了水面上,跟赛车前发生的情形一模一样。

"这就能解释为什么米勒要把时间密钥装到小云的项圈上。"任拍着小云的背说道,"它是一个超级智能机器人,也许米勒想让它守护这把密钥?"

亚瑟仔细思考了一会儿,问道:"但是小云很快就把时间密钥给了我们。这又是为什么呢?"

塞西莉放开了小云。亚瑟走上前去,想要了解项圈的工作原理。他拿着两颗珠子把玩起来。拧动右边的珠子,金属片上的字就变了。沿着同样的方向拧动左边的珠子,选项就被激活了。

他不停地拧动右边的珠子，读着不同的动物选项：

小云，灰鼠，雄性。

小云，美国长毛兔，雌性。

小云，得克萨斯长角牛，雄性。

这些动物选项似乎在亚瑟的脑海深处唤起了什么，但他一时想不起来。最后，饥肠辘辘的肚皮再次提醒他要找点吃的。他把小云又变回西高地小猎犬，再次把注意力集中到自动售货机上。

"里面有什么吃的？"任问道。

"我还不知道呢。"亚瑟用手掌划过空气，一页页地翻看、阅读商品目录。商品分为几大类，有急救物品、易消耗品、服装、装备和特殊用品五大类。在服装区，你可以选择备用斗篷，以防身上那件受损后丧失功能。里面还有数千件服装，你能找到历史上不同国家的各种流行款式。他甚至看到一些"我♥89王国"的T恤和配件。他又点开装备区，在这里玩家可以选择一系列装备包，既有适合新手流浪者用的，也有高阶专业版的，里面有夜视镜、远程双筒望远镜、无线电发射器和基本工具包。

出于好奇，亚瑟又点开了特殊用品大类。这里不卖王国秘钥，但玩家可以购买"退出钥匙"。商品说明书解释说，用这把钥匙可以打开一条通往外部世界的幻境通道，这样玩家

第十一章　小云的真实身份

就可以离开游戏后重新登录。如果流浪者们没有赢得挑战，他们只能购买这把钥匙离开，否则就得困在这个王国里……

"难怪当初我要求离开时，那些 V 型人说'无法处理'呢，原来是没有这把钥匙啊。"塞西莉嘟囔道，"咱们就下订单吧，说不定这把钥匙能派上用场，把我们送回去呢。"

亚瑟轻轻点击了下购买按钮，一条信息出现在玻璃屏幕上，带着红色的边框，警告玩家要谨慎选择：

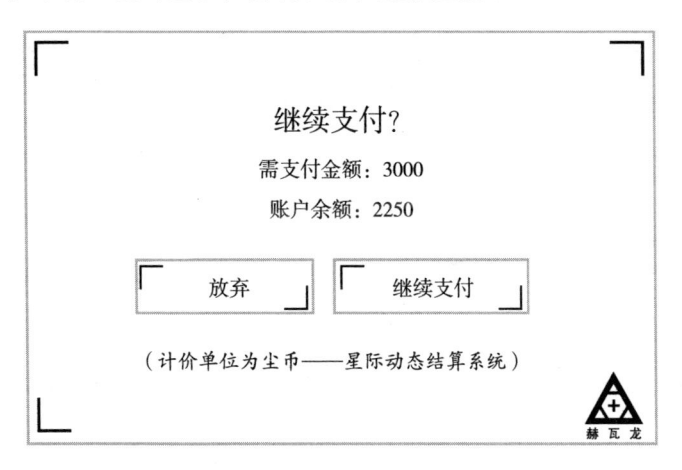

```
继续支付？

需支付金额：3000
账户余额：2250

[ 放弃 ]    [ 继续支付 ]

（计价单位为尘币——星际动态结算系统）
                                    赫瓦龙
```

"等一下，"塞西莉喊道，"这是不是意味着，所有的一切都要花钱买？"

亚瑟痛苦地呻吟了一声。他不敢相信，穿越到了四百年后的未来，他还是买不起东西，真是够惨的。不过他也能理解，《幻境》是一款游戏，不管用什么方式，赫瓦龙公司总得从中获利啊。"星际动态结算系统"（简称尘币）很有可能就是 25 世纪的货币。

"难怪今天走了一天,我就没见到有人用现金或信用卡支付呢。"任指出来这点,"尘币一定是某种加密电子币。但我们哪来的两千多个尘币?"

"我猜那是我们通过游戏任务赚的,"亚瑟想起了之前接收到的信息,"我们完成了'舰长的航程'和'武士的竞逐'两个挑战,获得的战利品里就有一定量的尘币。如果它是加密币,那么一定会以电子方式存在某处。"他低头看向自己的袖子,斗篷上的海水正平稳地流动着,"说不定它就放在咱们的斗篷里呢。牛顿说过,我们有了斗篷就可以和其他流浪者一样玩游戏,可能就是这个意思。"

他们放弃了那把"退出钥匙",而是决定花七百五十个尘币大吃一顿。菜单是用日文写的,所以由任来点单。几分钟后,她把一块滚烫的铁板放在地板中间的石头上,围了一圈新鲜的蔬菜,还有几碗米饭、蘸酱,一壶热腾腾的肉汤,还有一盘日式煎饺。她用长长的筷子把蔬菜夹起来,放在铁板上烧烤。很快三人就津津有味地吃了起来。这是亚瑟第一次吃日式料理,非常美味。

"这些太棒了,"他端起一碗汤,准备一饮而尽,"谢谢你,任。"

"我的祖父母做得更好吃,"任自豪地说道,"不过我做得也不赖。"

他们吃饱喝足了,又清理好碗筷。塞西莉解开辫子,躺

第十一章 小云的真实身份

倒在床垫中间,看着天花板发呆。蓝绿色的头发散在枕头上,让她看上去像一条美人鱼。小云蜷缩在她旁边,她说道:"我好累啊。我知道时间不多了,但还是得睡一觉,否则没等回家咱们就崩溃了。"

亚瑟瞄了一眼他的手表。他们在《幻境》游戏里待的时间,只相当于在学校上了一天的课,可他觉得比一天久得多。或许在不同时区之间移动,会带来某种时差效应吧。

亚瑟坐在塞西莉左边的床垫上,抱着膝盖开始想家。爸爸每天早晨在当地医院当清洁工,下午给一个叫"怪人洞穴"的极客网站写影评。每天他放学回家时,爸爸总会在家。他懊丧地问道:"你们觉得会有人因为我们失踪报案吗?学校一定给家里打电话了,问我们为什么没有上学。"

塞西莉的额头皱了一下,但她什么也没说。

任气冲冲地说:"我妈肯定以为我又翘课了。"

"又翘课?"亚瑟不解地问道。

任低头看着自己的大腿,从裤子上择下一个小线头。"我原来那所学校里有几个女孩儿,总是合伙嘲笑我,"她的声音变得更轻了,"我不喜欢听她们说三道四的,于是就总是翘课。所以学校才把我开除了。"

亚瑟从她的肢体动作看出,她平时很少讨论这个话题。"听上去原来那所学校里到处都是白痴。"亚瑟的话逗笑了任,"我听到的版本可是你把一辆摩托车开进了学校食堂,所以才被开除的。"

"我也听说了这个传闻，"塞西莉说道，"而且我也同意亚瑟的说法，你原来学校里的人都是白痴。"

一丝笑容浮现在任的脸上："大家真是这样说我的？听起来太酷了。"

"我还听说你为了庆祝自己的生日，文了好几个文身，"亚瑟八卦道，"这是真的吗？"

"你说的是这个？"任举起手，露出指关节上那深棕色的图案，方片、红桃、黑桃和梅花。"这是用指甲花染的。我认识一位八十多岁的邻居老奶奶，她给我染的！"

三个人都大笑起来。自赛车比赛开始，亚瑟一直承受着沉重的压力，此时才找到了一个宣泄口，心里好受多了。他也是第一次觉得自己看到了真实的任，她远不像自己最初以为的那么吓人。

任把一个靠垫丢给了塞西莉："嘿，抱歉昨天你问起我妈妈时，我对你那么凶。我以前遇到过一些人，压根儿就不熟，却对我的家人评头论足。"

"我理解。"塞西莉疲惫地笑着回答。不需要牛顿级别的天才智商，亚瑟也能感觉到空气中的焦虑，但他并没有点明。他猜，敏感的塞西莉和他一样不知所措，一样焦虑。说不定她脑袋瓜儿里盘旋着同样可怕的想法——不管他们怎么努力，最后还是没法活着回家。

第十一章 小云的真实身份

他们脱去外套，钻到了斗篷下面，用它当毛毯盖在身上。塞西莉的向日葵缓缓地合上了花瓣，从明亮的金黄变成暗金色。任的蓝图变成了一张婴儿床，上面竟然还有一个兔子形状的摇铃。亚瑟打算等她醒后告诉她，但想想她恼羞成怒的样子，心里不禁又敲起了小鼓，他可不敢随便招惹这个酷酷的女孩儿。

亚瑟因为焦虑而没有睡意。他查看着幻境斗篷的衬里，目光掠过《幻境》游戏中那数不胜数的王国。如果米勒·赫兹回到了游戏中，他会选择拜访哪一个呢。他的目光落向一颗绿色的星球，上面覆盖着巍峨群山和幽深峡谷。周边闪烁着一串文字："89王国：阿塔里亚星，卡莱德龙星系。"亚瑟长长地叹了口气，他意识到了自己离家到底有多远。他不但穿越到了四百年后的未来，还来到了银河系之外的某颗星球。

回家的路似乎更加遥不可及。

第十二章

英雄的悲伤

一开始亚瑟睡得很香,但突然惊醒了。刚醒来的一刹那,他迷迷糊糊的,觉得很幸福,压根儿就没认出周围的环境——头上的格子天花板,站岗的盔甲,满是尘灰味道的稻草席——紧接着,昨天发生的事情突然涌入脑海,他猛地一激灵,直挺挺地坐了起来。

角落里的灯球发出暗淡的绿光。塞西莉在旁边的床垫上不安地动了一下。"亚瑟,"她揉了一把脸,睁开惺忪的睡眼,"你怎么了?"

"对不起,"他低声说道,"没想到把你也吵醒了。"

她抬起头,又趴到了胳膊肘上:"已经到早晨了?我们睡过头了吗?"

"我不知道。"亚瑟低声说,然后把斗篷拉开站了起来。昨晚睡觉时,他没脱掉那身从"原则号"带来的衣服,这让他睡得不太舒服,但至少很暖和。他推开移门,外面的走廊

第十二章 英雄的悲伤

还是一片漆黑。

看看手表,亚瑟发现他们只剩下 37 个小时了。这就是说——他掐掐手指头算了算——他们睡了 8 个小时。"我们得起床了,"他急急地说,"还得去找米勒·赫兹呢。"他还不知道该怎样找出米勒逃走的路线,因为他们没法靠近幻境穹顶。但他们可以先去那里,一边赶路一边讨论。

塞西莉麻利地把头发编成一条法式麻花辫。小云冲到任的床垫前,伸出粉红的舌头去舔她的脸。

"啊?什么东西?⋯⋯"任蹦了起来,双手捂住脸。她先是看到了小云,然后是床垫,然后是武士盔甲:"我们还被困在未来吗?"

亚瑟忧郁地笑了笑:"恐怕是的。"

任皱皱眉头,梳好了马尾辫,穿好马甲,去拿她的幻境斗篷。她顿住了:"嘿,你们的斗篷也变成这个样子了吗?"

任斗篷上的建筑蓝图变成了一组危险警示灯。亚瑟看了一下自己的袖子,海水变成了墨染般的黑色,泛起一个又一个漩涡。

"它们好像是在提醒我们注意危险。"塞西莉说道。再看她斗篷上的向日葵,正快速地一开一合。

走廊里传来哗啦一声响,巴御前拿着一把长剑,穿过移门冲了进来。她头上系着一条白丝带,穿着颜色鲜艳的铠甲,外面斜挎着一张长弓。"你们遇到危险了,"她把一袋鞋子丢在地板上,"穿上鞋子,跟我走。"

"到底怎么了?"亚瑟拿起自己的运动鞋,慌张地说道。

塞西莉摸索着把遛狗绳拴到小云的项圈上:"为什么我们会有危险?"

"出了点小问题,"巴御前回答道,"我在路上会解释。快点!"

他们冲出大厅,拐进一条长通道,那里挂着更多的武器。亚瑟听到轮子滚动的轰隆声,还有重武器互相撞击发出的脆响,他的心沉了下去:"到底是怎么回事?"

"走这边,"巴御前指向左边,"跟紧我。"

他们迅速跑过一个拐角……

……他们和两个穿着绿制服的V型仿生人撞了个满怀。其中一个仿生人腰上有道血淋淋的伤口,另一个则失去了一条胳膊,一束电线从被斩断的地方支棱出来。她们怒视着巴御前,看来都在女武士的宝剑下吃了大亏。

"这就是你说的'小问题'?"亚瑟高声喊道,往后退了两步。

"咱们走另一条路。"女武士迅速做出了决定。她打开旁边一扇移门,领着他们仨进到另外一个房间,里面同样铺着榻榻米垫子。这次他们穿着鞋子就冲了进去。

亚瑟转身向后看去。V型仿生人也追了上来。谢天谢地,她们都受了重伤,连走路都在打晃。"为什么她们要追我们?"

第十二章 英雄的悲伤

"因为我违反了赫瓦龙的一项规则,让她们怀疑我把机密告诉你们了。"巴御前说道。她绕到另外一个角落,打开一扇沉重的木门,领着他们走进一个狭小的密室。那里靠墙放着一个硕大的乌木柜子,另外一边放着一道由六块彩绘丝绸制成的折叠屏风。

规则?亚瑟没听懂。

"目前看,这里还比较安全。"巴御前闩上门,又用乌木柜顶住,"你们要仔细听我讲。"她指着那道折叠屏风说道。屏风上面画的是连绵起伏的群山,其中点缀着大片的森林和河流。中间位置是两队正在激烈厮杀的骑兵。巴御前解释道:"这上面画的就是砺波山之战,发生在 1183 年。"

塞西莉的脸登时亮了:"我读过这段历史!您带着一千多名武士打赢了这场战役。这是您最有名的战役之一。"

"的确如此,"巴御前干巴巴地说道,"可我压根儿就不记得这次战役。战斗打响前的那个晚上,有个山伏来找我——山伏就是在山中秘修的人,说要为我祈福。"她皱着眉头继续说道,"可我被骗了,这个山伏是冒充的,他以祈福为名把我催眠了。等醒来后,我发现自己来到了《幻境》。"她的声音突然哆嗦起来,"或者……或者说,来的并不是我自己。"

她背对着他们,把乌黑的长发拨开,让他们看她的头皮。亚瑟看到她的发际线上有什么东西闪闪发光。他凑上去细看,浑身的血液一下子变得冰凉。

巴御前的头皮上，嵌着一道拉链。

亚瑟吓得连退好几步。女武士把拉链拉开几厘米，露出几层像纸片一样薄的金属片，还有一个极为复杂的发光细线组成的网络——这是一部复杂机器的内核。"你是个……仿生人。"亚瑟喘着粗气说道。

巴御前转过身来，黑色的眼睛里情绪万千："《幻境》中所有的英雄都是这样的。"

塞西莉的嘴巴张得老大："我，呃……这是怎么回事？"

亚瑟拼命思考，想要弄明白这一切。如果巴御前是仿生人，那她怎么会是真的巴御前呢？

"这话说起来就长了，"女武士接着说道，"这是我第一次和流浪者交谈，也是第一次吐露事情的真相。昨晚的谈话太冒险了，到处都是V型仿生人。"

亚瑟记得女武士昨天傍晚说过的话，她提到要为一个新机会做准备，应该说的就是现在这回事儿。或许这也是为什么牛顿没告诉他们真相，因为他那里根本就找不到一个安全的场所。

任开始绕着那个大柜子踱步："我没明白这是什么意思。如果你是个仿生人，牛顿也是，那为什么你们看起来跟真人一模一样？你们有着和真人一样的个性、一样的记忆、一样的本领。"

不管这些英雄仿生人属于哪种类型，亚瑟发现他们要比

第十二章 英雄的悲伤

目前遇到的所有型号都高级,当然小云除外。他竭力思考着,想要破解谜团。突然,各种奇妙的想法像烟花一样,一个接一个地在头脑中炸裂。他的头骨下面传来一阵刺痛,情形和赛车前发生的那次一模一样。他看向斗篷的袖子,发现牛顿的字迹打着旋儿,出现在波光中……

就在这时,墙壁一阵颤动,好像一辆重型卡车开了进来。巴御前皱皱眉头。"听好了,虽然这具躯体是赫瓦龙制造的,但里面的精神是巴御前的。"她用拳头重重击打着胸膛,其痛苦和决绝的表情把他们三个镇住了,"我是巴御前,木曾义仲旗下第一猛将。我的记忆、我的情感、我的执着、我的梦想、我的激情,那都是我的。但我不再是我自己了!"

亚瑟不明白,事情怎么可能会是这样。他觉得自己的头骨底部又是一阵刺痛。还没等他反应过来,大量信息排山倒海一般涌入他的脑海,都是关于神经计算科学的,而这个词他还是第一次听到。刹那间,他明白这是怎么一回事儿了。

"我们的大脑里有几十亿个神经单元,组成了一个网络系统。"他向任和塞西莉解释道,"这些神经单元会向彼此发送化学信号,让我们快速处理信息。电脑网络也用类似的方式工作,只不过它用的是二极管,通过电路发送信号。"

任的视线转移到了亚瑟的斗篷上,牛顿的字迹在海水中涌现出来。"好吧……"

"我们的意识,包括我们所有的记忆和个性,就储存在我们的大脑中，就像文件被储存在了硬盘上。"亚瑟继续解释，"那么有没有可能复制某人的大脑，然后在其他地方上传呢？如果这个扮作山伏的陌生人回到 12 世纪，复制了一份巴御前的意识，带回《幻境》后又上传到一个仿生人身上呢？"

任停下了脚步。"这就意味着原版的巴御前在砺波山一战中取胜，继续在地球上的生活，而另一个版本……"她紧张地看了一眼巴御前，"却被转移到了这里。"

"这就能解释为什么牛顿会穿着独角兽拖鞋了……"亚瑟说道。其他人都皱着眉看他，他赶紧又补充了一句："我是想说，《幻境》中的英雄和地球上那个已经不一样了。想想啊，如果某天你醒过来，发现自己变成了一个仿生人，而且困在几百年之后，你也会变的。"

"这是真的吗？"塞西莉问巴御前，声音里带着几丝疑虑，"事情真的就是这样？"

巴御前揉揉自己的后颈："这个世界和我来的那个世界大不一样，我们那时候的科学水平也没法跟这里比。我不知道整件事情是怎么发生的，但我知道谁该为此负责：那个伪装成山伏的家伙——他的眼睛在《幻境》里无处不在。"

亚瑟知道，在这个游戏中，只有两个人的眼睛无处不在，其中一个是女的。这就是说……"蒂伯龙·诺克斯，"他冷冷地说道，"是他干的。"

"还有其他英雄，"任攥紧了拳头说道，"在他人生中的某一时刻,牛顿教授一定也遇到了蒂伯龙,等醒过来才发现自己也变成了仿生人。蒂伯龙把这些英雄从家人和朋友身边夺走,还夺走了他们真正的人生!"

塞西莉气得鼻孔张得老大,咻咻地喘着粗气:"怎么会有人做出这么残忍的事情来?这些英雄一定觉得很无助,很孤独。可这只是为了一个游戏!"

亚瑟试着想象,如果原版的自己正在爸爸身边过着平常的日子,而另一部分意识被禁锢在一个机器人身体里,不得不在游戏中取悦玩家,那是种什么感受。因为愤怒,他的脸涨得通红。

就在这时,外面的走廊传来一阵喧哗。亚瑟模模糊糊地听到了"困住"和"流浪者"这些词语。

巴御前拔出她的宝剑:"没时间了,你们必须赶紧走。"她把剑尖伸到乌木柜子的上方,拨弄了两下,打开墙壁上一块隐藏的挡板,露出了一个四方形的、暗沉沉的黑洞,大小和一个环卫垃圾箱差不多。"这条隧道能把你们带出去。快点进去!"

仿生人轮子的嗡嗡声越来越近了,亚瑟不需要再次提醒,也知道形势变得十万火急。"你说你违反了赫瓦龙的一条规则,到底是哪一条?"他一边问一边交叉双手,把塞西莉顶了上去。

"我没参加今天第一场比赛,很可能是一个V型仿真人替我开的那辆白虎。"巴御前把小云递了进去,"赫瓦龙公司给我们设定了三项规则:每个英雄都要参加王国挑战,遵守《幻境》的保密条款,不准走出王国边境。"

塞西莉把头探进隧道,皱着鼻子钻了进去。小云跟在后面。

"那么,如果他们把你捉住了,会怎么处罚你呢?"亚瑟轻轻地问道。英雄们害怕赫瓦龙公司一定是有原因的,尤其是像巴御前这样无所畏惧的英雄。

任踩着乌木柜的把手,把它当脚蹬爬上了柜子。女武士凝视着那道丝绸屏风,眼睛中露出几丝忧愁:"我的两个哥哥是木曾义仲军队里的将军。如果我触怒赫瓦龙,蒂伯龙·诺克斯会让他们在砺波山一战中阵亡,他们的人生结局就会被改写。"

爬到一半的任顿住了:"你说什么?"

一股凉意顺着亚瑟的脊柱升了上来。蒂伯龙威胁说要回到过去的时代,杀死英雄们挚爱的亲人,以此来控制他们?这太邪恶了,也太可悲了!他真不敢相信自己的耳朵:"这……我是说……他在改变历史!这个疯子!"

"好一把时间秘钥。"任阴郁地说道。她意味深长地看了亚瑟一眼,亚瑟立马明白了她的意思。既然蒂伯龙·诺克斯造出了这么多仿生英雄,就意味着他能够在时间长河中前前后后多次穿越,那他肯定会有一把时间秘钥。

第十二章 英雄的悲伤

这就是说，米勒·赫兹制造了不止一把时间秘钥。

"我还从没遇到过如此强大且如此卑劣的敌人。"巴御前说道。她倾下身，让亚瑟踩着她的肩膀爬上乌木柜。"这就是我需要你们帮忙的原因。为了让你们有机会打败蒂伯龙，我要跟你们一起离开这个王国。在我的花园那里有一条幻境通道，入口就在森林的边缘。我们可以用你们在赛车比赛时赢得的那把王国秘钥打开它。"

她举起了手中的剑："现在我们已经深谈过了，赫瓦龙一定会把你们看成威胁，因此你们现在很危险。我会从前面冲出去，把瓦莱丽娅的势力赶走。你们从后边溜出去，穿过花园。我们在幻境通道那里会合。"

第十三章

逃出生天

隧道里又窄又黑，散发着鸟屎的恶臭。亚瑟猜测这里已经很久没有清理过了，可能那些仿生人都不知道有这么一条秘密通道，而巴御前总是在忙着比赛。他一只手捏住鼻孔，跌跌撞撞地跟着任走了进去。

各种想法在他脑海里打着旋儿，像被风吹散的灰烬。那些英雄都是仿生人……时间已经不多了……蒂伯龙·诺克斯有一把时间秘钥……他不知道蒂伯龙是怎么拿到钥匙的，还有，米勒之所以决定逃走，是不是也跟这件事有关呢？

远处隐隐有微光闪烁。"这里有道竖井，可以通向上面，"塞西莉在最前面喊道，"还有一架梯子。你俩能稍微退后点儿吗？"

他和任后退几步，好给塞西莉更大的空间。她和小云扭了几下，就消失了。隧道墙上的灰尘扑簌簌地落了下来。

出口竟然在屋顶正中央，那里有一小块平整的混凝土平

第十三章 逃出生天

台。长满苔藓的黑色瓦片向四面八方延伸，通向巴御前的花园。远处是一幅奇特的景象，两个太阳一同从树梢升了起来，花园里的绿植们笼罩在一道长长的阴影中。

"呃！"塞西莉呻吟了起来。她用一只手捂住眼睛，伸出另外一只手勉强保持住平衡。"天哪，一切都在打转儿。"

她晃晃悠悠地往边上倒了下去，亚瑟一把抓住了她的胳膊："别怕，我会抓住你的。"

他们来时开车走的那条路就在前面，被树林挡住了。亚瑟既看不到巴御前的身影，没听到她的声音，也没看到那两个之前追在他们后面的V型人，这让他的心里有些不安。越过塞西莉的肩膀，他看到了一架木梯子，在排水沟那儿微微露出个头儿。"一定是走这里。快来！"

就在这时，大路上传来汽车引擎的轰鸣。"快趴下！"任喊道。

他们刚蹲下来，就见一队敞篷车横冲直撞地穿过树林，拐进了巴御前的花园。亚瑟认出来了这款车型，他在之前的比赛中见过一辆，只是眼前这些是深绿色，而不是红色，还贴着瓦莱丽娅的三角形标志。每辆车里坐着六个V型人，有的穿着赛车服，手里拿着扳手、轮胎或油漆罐。

车子一停，仿生人们就跳了下来，排成一列纵队冲向巴御前的大门。六个穿着卡其色军装的V型人从打头的汽车里走下来，开始发号施令。她们都戴着棒球帽，红色的马尾辫从帽子下面垂下来，帽子上"保卫处"三个字闪闪发光。

"找到那些下属！"

"用武器把墙轰开！"

亚瑟注意到她们的腰上系着一条结实的黑皮带，上面挂着许多香水瓶、发梳和可折叠小圆镜。有那么一小会儿，他怀疑这些仿生人想用时髦的妆容让巴御前屈服。就在这时，塞西莉抓住了他的手腕，她吸着冷气说道："那是化妆品主题的武器吗？"听起来她已经吓坏了。

亚瑟定睛细看，发现塞西莉是对的。发梳上有锋利的尖刺，香水瓶其实是带着金色拉环的手榴弹，口红则是一颗颗子弹。真是天才般的设计，充满了创意，却让人不寒而栗、毛骨悚然。

"巴御前一定出事了，"任向前走了两步，低声说道，"她原本要在前面拦住她们的。"

"看来我们只能自己去幻境通道了，希望能在那里遇上她。"亚瑟很快就做出了决定，"咱们赶紧走……"

他的话被人打断了。

不远处传来一个愉悦的声音："原来你们在这儿啊，小屁孩！"

就在他们下方，一个身影从头车的前灯旁闪了出来。她穿着一件不规则剪裁的毛皮大衣，一条阔腿裤，都是海绿色。恐惧一下子堵住了亚瑟的喉咙，他意识到回家的可能性大大

第十三章 逃出生天

降低了。

那是瓦莱丽娅·马尔菲。

"我是来向你们表示祝贺的,"她向着他们挥手喊道,"恭喜你们打败了白虎!"那只手上还戴着蕾丝手套。她轻轻一动,身上的斗篷就如水银般波光荡漾。两个保卫人员和她并肩站在一起,她们映在斗篷上的倒影也扭动起来。"很抱歉打扰到了三位,但这栋楼里有个仿生人发生了故障,我们需要过来清除。如果你们愿意和我一起,我会带你们去安全的地方。"她的声音如此甜美,充满了诱惑。

任望着亚瑟,缓缓地摇摇头。自从巴御前告诉他们真相后,亚瑟的想法和她一样:跟着瓦莱丽娅走不会更安全。他还不确定瓦莱丽娅是否参与了蒂伯龙的邪恶勾当,但毫无疑问,她不值得信任。相反,他绞尽脑汁要制订一个逃跑的计划。如果他们贸然跑出去,很容易被抓住。同样,他们也不能再退回隧道里,因为房子里到处都是仿生人。他希望能再多争取一点时间,于是鼓起勇气喊道:"我们不想跟你走!"

瓦莱丽娅笑了起来,露出白得很不自然的牙齿:"你是说,你们不想参观我的总部,听听独家的幕后故事吗?"

就在这时,小云从任的胳膊下挣脱出来,对着瓦莱丽娅情绪激动地狂吠。要不是任眼疾手快抓住项圈,它差点儿就从屋顶上摔下去了。

瓦莱丽娅认出了小云,一道阴影掠过她的面庞。"我认得你,"她低声说,"你是米勒的宠物。"她的笑容消失了,"莫非我弟弟和这件事也有关联?莫非你们三个是在给这个叛徒办事?"她猛地一跺脚,指着房顶尖叫道,"抓住他们!"

就这样,逃之夭夭变成了亚瑟的最佳选择。"快跑!"亚瑟跳起来大喊道,其他人也跳起来,连滚带爬地在屋顶狂奔。等到他们来到梯子那里时,发现一个 V 型仿生人戴着卡其色棒球帽冒了出来。这个仿生人疯狂地笑着,一只手里拿着一个闪闪发光的发卡,或者说是一枚飞镖。

亚瑟呆立在原地,不知该往哪个方向逃。任抓起一些瓦片,对着仿生人用力扔了过去:"滚开!别靠近我们!"

"汪汪!"小云也狂吠着助威。

亚瑟瞥了一眼这个毛茸茸的仿生小伙伴,想到了一个好办法。"退后!"他喊道,蹲下来调整小云的项圈。他疯狂地转动右边的珠子,寻找着一种动物的名字,昨天晚上他见过的。

那个仿生人向他们走过来。"你要把小云变成老鼠或者猪吗?这没用!"塞西莉尖叫道。

这都不是亚瑟想要找的动物。他的心怦怦直跳,终于找到了!"小云,绿翅龙,雌性。"

他转动了一下左边的珠子,变身行动激活了。

变化就发生在刹那间。小云的小短腿突然变长了,身体变大了,毛茸茸的小爪变成了巨大的龙爪,白色的皮毛换成了一身翠绿的鳞片。这只巨龙挣扎着,在屋顶上寻找一个立足点,

第十三章　逃出生天

旁边的瓦片被压得从屋顶上滑下,噼里啪啦地摔得粉碎。

小云轻轻地甩甩尾巴,正好打中那个仿生人。她被丢上了二十米的高空,重重地摔在花园的泥地上,吧唧一声,摔得很惨。

任欢呼雀跃:"好样的,小云!"

亚瑟抓住塞西莉的手,把她拖上小云的巨龙身体:"来吧,这是我们离开的机会!"任爬上小云的尾巴,他们起飞了。

瓦莱丽娅在地面上咆哮道:"你们逃不出我的手心!只要你们在《幻境》里,就想都别想!"

塞西莉紧紧地闭上眼,死死地搂住亚瑟的腰。"你抓紧了!"她对着亚瑟的耳朵大喊道。

"我会的。我发誓!"亚瑟回答道。他稳稳地骑在龙背上,紧紧地抓住龙颈上那个巨大的宝石红项圈。风吹拂着他的头发,因为兴奋,他的脸颊闪闪发光。

我正骑在一条机器龙身上飞翔!

我正骑着一条机器龙展翅飞翔!

真是做梦都不敢想的情形,但亚瑟从来没有像现在这样清醒过。肾上腺素在他的体内涌动,让他的神经无比敏感。他能听到小云粗重的喘息,闻到龙身上散发出的独特味道,像烤焦了的面包和黑糖浆混合在一起。他们飞得更高了,他把膝盖压在厚厚的龙皮上,感受到隆起的龙鳞蹭着他的大腿。

尽管身体舒展开有卡车那么大,但小云飞得非常优雅。它摆动着长长的尾巴保持平衡，拍打着八米宽的翅膀，带着他们飞得更高。远远地向下望去，巴御前的房子变得像火柴盒一般大小。

他们先是在巴御前的花园上方绕着圈子盘旋了几分钟——触目所见，只有小云的翅膀。然后，任大声喊道："看，幻境通道！就在那儿！"

亚瑟没有转身去看她指的方向，因为一个不小心他就会从小云背上跌落，从几百米的高空摔下去。相反，他把身子向前探去，拍了拍小云布满鳞片的脸颊："你能看到任说的地方吗，姑娘？"把小云叫作姑娘让人感到有些奇怪，但在《幻境》中，亚瑟早就见怪不怪了。

小云的眼睛金黄，有着猫一样的瞳孔。它转转眼珠，发出一声雷鸣般的怒吼，吓得亚瑟浑身一哆嗦。然后，小云带着他们转向了左边。"抓紧了！"亚瑟死死地抓住小云的项圈喊道。

他们开始下落，塞西莉不停地尖叫。就在前面，在巴御前的花园和森林中间刚好有块空地，可以容下一条龙着陆。他们飞得更近了一些，亚瑟看到一个巨大的黑框隐在树丛中，那是幻境通道。

小云拍打着双翅，带着他们在空中盘旋，激起的灰尘在空中弥漫。

"准备降落！"亚瑟喊道，伸手抓住小云项圈上的金属片。他拧动右边的珠子，直到金属片上出现"西高地小猎犬，雄性"的字样。等到他们距离地面足够近的时候，他拧动左

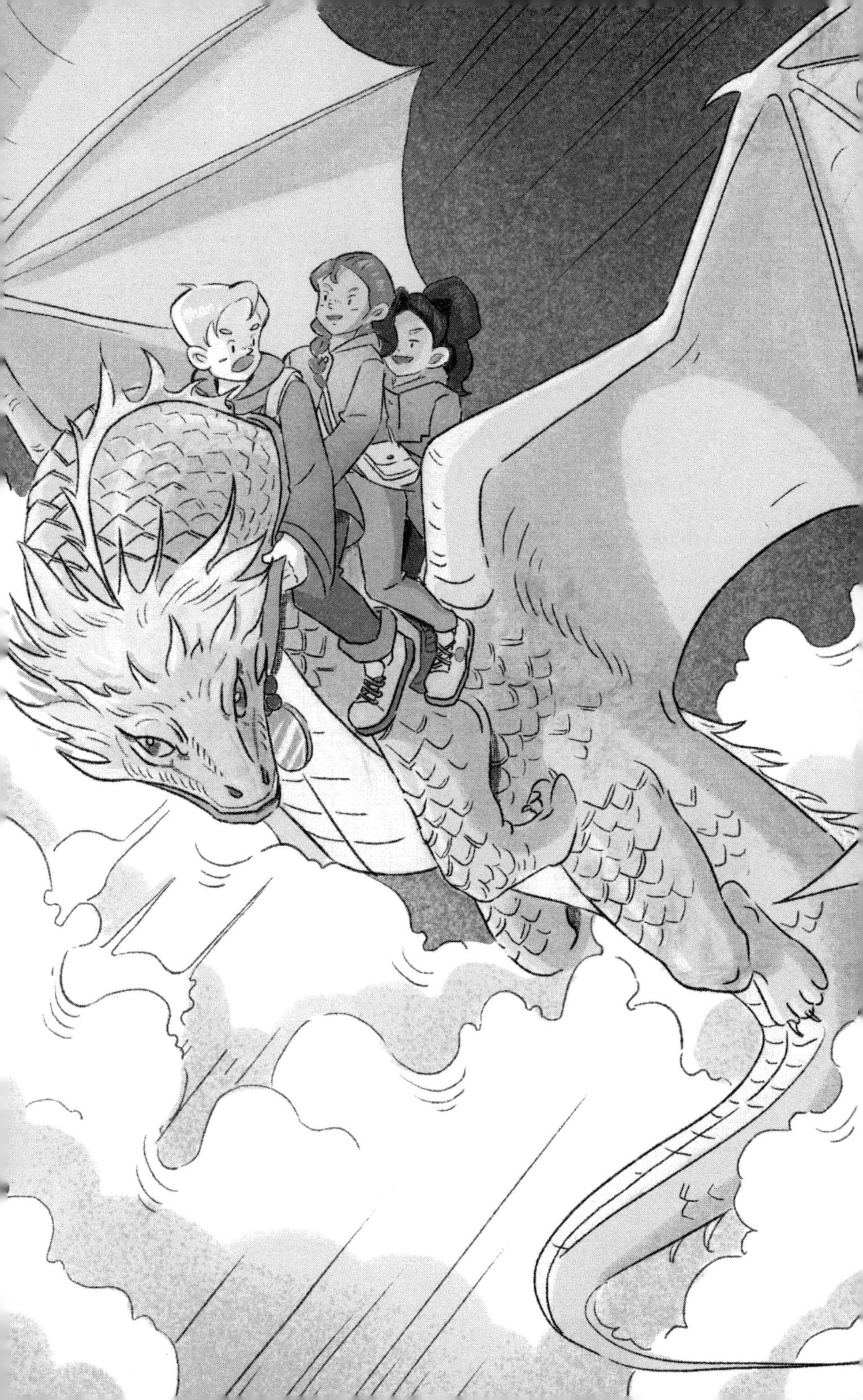

边的珠子，启动变身……就在落地的刹那间，他及时收拢了双腿，勉强避免了劈叉摔落的危险。一只白色的小狗从他两腿间跑了出来。

"当心，旁边有人！"任喊道。

身后传来一声怒喝。亚瑟转过身，看到之前那两个受了伤的V型人举着斧头冲了过来，紧接着是第三个，她高举着一根尖尖的铁棒。

此地距离幻境通道已经不远了。亚瑟正要冲过去，就听到一声巨响，一匹大黑马冲出树林，飞驰而来。

巴御前端坐在马背上，左手握着红色的缰绳，右手高举长剑。她冲向那些仿生人，锋刃过处，一下就挡住了三个仿生人的进攻。

手持斧头的两个仿生人摇摇晃晃地向后退去，另外一个挥动手中的铁棒，扫向巴御前的腿部。但女武士微微一晃就躲过了这次袭击。

巴御前披着一头乌黑的秀发，手持一柄闪着寒光的利刃，跳下战马向几个仿生人冲去，一下、两下、三下、四下……如舞者一样凌厉且优美。亚瑟看得目眩神迷。巴御前似乎能预测到V型人的每个动作，每次都能及时躲开，然后瞄准她们的弱点发起攻击。她挥舞着那柄巨剑，就像挥动着一根羽毛那样轻盈。

几秒钟后，打斗结束了。巴御前发出最后一击，把一

第十三章 逃出生天

个仿生人拦腰斩断——她和被劈成几段的同伴们一起倒在了地上。

女武士转身看着三个孩子。刚才的战斗如此激烈，但她脸不红心不跳，呼吸如常。她把剑插入背上的剑鞘里，走了过来。"情况比我预想的要复杂，"她严肃地说道，"计划得变一变了。你们中谁拿到了那把王国秘钥？"

亚瑟看向任，她紧张地向前走了几步。巴御前把一只手按在她的肩膀上："只有在必要的时候才能用它。"她隐晦地说道。然后她又看向亚瑟和塞西莉："我本来没打算这样，但我必须请你们三个来继续我的使命。你们得阻止蒂伯龙，让其他英雄获得自由。"

"什么？！"亚瑟惊叫道，心都要跳出来了。靠他们自己根本没法战胜蒂伯龙！而且，他们自己还是泥菩萨过河——自身难保呢，要忙着阻止系统把他们变成原生质。"为什么你不跟我们一起？"

巴御前的眉毛拧在了一起："我参加过太多次战役，我能分辨形势是否于我不利。如果我不挡在这里，我们谁也跑不开，到不了幻境通道。我拦在这里，至少你们三个能逃得出去。"

亚瑟吞了口唾沫。从巴御前严肃的口气听得出来，她已经做出了决定，再没有讨论的余地了。小云呜呜地叫了起来，塞西莉把它抱在怀里，让它把头埋在斗篷下面。"没事的，宝贝儿，"她温柔地说道，"我们很快就会没事的。"当她转过头来时，亚瑟发现她的脸因为惊慌涨得通红。

远处传来电锯的轰鸣。巴御前向家的方向转过身去，乌黑的长发随风飞舞。一群仿生人蜂拥着冲了过来，她们腿上的轮子肆意地碾过花园里的植物和泥土。领头的是几个保卫处的仿生人，她们挥舞着手中的香水瓶手榴弹。其他人则握着长矛、斧头和宝剑，都是从巴御前的房子里拿的。

"这个给你。"巴御前迅速地从马鞍上取下一个皮革箭袋，递给了任。她又从肩头解下那张长弓，一并放到任的手心里："好好利用它们！"

任小心翼翼地抱着这些东西，就像抱着一些易碎的瓷器。那把长弓比她的个头都高。"谢谢你，"她慌慌张张地说道，"可我不懂怎么射箭啊。"

"不，你懂的，"巴御前跨上战马说道，"射出去的箭要快，瞄准关节射，那是仿生人最脆弱的地方。记住：伟大的武士们有大有小、有胖有瘦，每个英雄都不一样！"她挑衅地笑着，用脚后跟踢打着战马，冲向了敌人。

"等等！"任追在后面喊道。她把箭袋绕过头斜挎在身上，拿出一支箭对着亚瑟和塞西莉挥舞："我现在该做些什么？"

亚瑟注意到任斗篷上的蓝图变了，变成了一个大大的黑色逗号。他想到了自己的斗篷，当他陷入思考时海水的波光中就会出现牛顿的字迹，意味着他得到了牛顿的智慧。说不定任现在也得到了巴御前给的一样东西呢。他大胆地猜测道："咱们拿到王国秘钥的时候，也会拿到另一样东西，就是战利品中提到的幻境技能。"

"技能，类似一种天赋？"任追问道。

亚瑟点点头："和咱们的幻境斗篷有关。我的技能是得到了牛顿的科学知识和代数知识，只有这样才能解释我为什么一下子就知道了那么多新东西。说不定你的技能就是巴御前的射箭术呢？试着朝什么东西射上一箭吧。"

"就射那边那个！"塞西莉指着一个正在冲过来的仿生人尖叫道。那人已经绕过了巴御前，高举着长矛准备投向他们。

任双手握住木弓，眉宇间露出坚毅的神色，斗篷上的蓝图变成了一个硕大的箭靶。

她迅速地搭上一支箭，把弓拉开，瞄准。羽箭发出一声柔和的轻响，离弦而去。亚瑟看着它向天上飞去。他在脑海里迅速地计算着箭的动能、运动轨迹和力度，却不知道最终会造成什么效果。

一声闷响，箭深深地扎进了仿生人的髋关节。正在飞驰的轮子发出一声刺耳的尖叫，仿生人失去了平衡，头下脚上扎进了池塘里。

但他们没有时间庆祝。"快跑！"塞西莉喊道。

他们冲向幻境通道，身后传来巴御前挥舞宝剑的撞击声。

任从工装裤的口袋里掏出王国秘钥，跪在通道的黑框下面。"我们要去哪个王国？"她问道，手指在键盘上方彷徨。

在一片混乱中，亚瑟突然想到，他们还没决定去哪儿呢。"呃——"他有些犹豫不决。这时，小云从塞西莉的怀抱里跳了出来，落在了地面上。它抖抖身上的灰尘，在任的手底下蹦跶了两下，然后用小鼻子自信地敲击了三个按键：105。

"小云，你干什么呀……"任气急败坏地说道，但已经太迟了。王国秘钥从她的指尖飞了出去，消失在幻境通道底部的那个六边形洞中。

就在一瞬间，通道的框架变成了一团螺旋状的蓝色烟尘，中间出现了一顶帐篷，入口处挂着一道布满油渍的卡其布帘子。帘子上还装饰着一些奇怪的金色字体。一阵暖风从下面吹出来，几粒沙子落在了森林间的空地上。

"王国秘钥已经消失了，"任焦急地说道，"我们别无选择，不管这条路通向哪里，我们只能穿过去。"

亚瑟转身看了一眼。巴御前连人带马都被仿生人包围住了，她向各个方向用力挥舞着剑锋，脸绷得紧紧的。他希望他们能做些什么去救她，却发现自己无能为力。

任又拿出了一支箭。"那边可能还有更多的敌人。"没有其他的办法可选，亚瑟把目光从巴御前身上移开，掀起了帐篷的帘子。在任和塞西莉反应过来之前，他先一脚踏了进去。

第十四章

冒险家乐园

几年前,亚瑟经历过一个有生以来最热的夏天。后花园里的草坪被晒得一片枯黄,和平点庄园的柏油路也被高温烤化了,踩在脚下黏糊糊的。

但是,这个新王国的天气比那个夏天还要热。

亚瑟眺望着四周的风景,汗珠从额头上滚滚落下。姜黄色的沙丘向四面八方延伸,一望无际。让他欣慰的是,四周没有人,或者说,除了沙子什么都没有。亚瑟以为沙漠里会干旱无比,但这里的空气潮乎乎的,让人有种进了桑拿房的感觉。

他把能脱的衣服都脱了,塞到背包里,并且把牛仔裤的裤腿挽了起来,露出脚踝。他本来打算把斗篷也脱下来,但发现它是唯一能让他有几丝凉意的东西——毫无疑问,这是它的又一项高级功能。

亚瑟看到小云摇着它的小胖屁股,准备跳进沙子里。

"它很清楚怎么打开幻境通道，它之前一定独自旅行过。"

"它应该选个更凉快的地方，这里真是热得要命！"塞西莉嘟囔道。她把皮夹克系在腰上，因为出汗脸上油亮油亮的。任也卷起衬衫的袖子，把马甲塞到箭袋里。

不管他们是在哪个星球，唯一可以肯定的是，此时是正午时分，因为太阳高高地悬在天空上。亚瑟掀开他的斗篷衬里，发现其中一颗星球非常醒目，旁边的那串文字闪闪发亮。上面写着：105 王国，泰尔星，马尾星系。从这颗星球的全息摄影图看，这片土地上可不仅仅有沙漠。亚瑟辨认出几座城市，里面有高耸的摩天大楼和庞大的工业港口。他爬上一个沙丘，眯着眼睛向远处眺望，沙子顺着他的脚往下流。

"看到什么了吗？"塞西莉一边帮任梳头发，一边大声问道。

阳光太刺眼了，亚瑟手搭凉棚细看。在地平线那里，一簇簇深褐色的屋顶闪着微光，还有几棵棕榈树像大伞一样伸展着。"那里有个居住点，不过得走上好一阵子。""那咱们赶紧走吧。"任把长弓斜挎在肩头说道。她把刘海儿都梳到了后面，脸上的愁容一览无余。"我们越早赶过去，越能早点知道小云带我们来这儿的原因。它一定是有原因的。而且，谁也不知道 V 型人什么时候会冒出来。咱们应该继续前进。"

亚瑟打了个寒噤，又往四周看去，仿生人会从哪里冒出来呢？他希望《幻境》的玩法和他以前玩的游戏不一样，以前那些游戏中，坏人是凭空随机产生的。

"你觉得瓦莱丽娅能追踪到我们吗？"塞西莉焦虑地问道，"说不定她能通过幻境斗篷定位到我们呢？"

亚瑟抓住了斗篷的边缘："或许吧，但如果脱掉斗篷，会让我们更招人注意。我从没看到过哪个流浪者不披斗篷。"

"再说了，脱掉斗篷，咱们就没法使用幻境技能了，"任补充道，"到目前为止，它至少救了我们两次。"

塞西莉叹了口气，不情愿地继续披着斗篷。他们出发前，任把巴御前赠送给她的礼物转到身前，仔细查看更多的细节。亚瑟注意到皮质箭袋上写着几个金色的汉字。

"这写的是什么啊？"他一边问一边步履蹒跚地向前走。

"我不清楚确切的翻译，到底是'勇猛如虎'还是'虎之勇气'。"任看了他一眼，"真的很奇怪啊！每次我一碰到弓，就觉得一股力量从幻境斗篷里涌出，进入我的身体。以前我从来没有射过箭，但它让我觉得，我一直就是个射箭能手。"

"或许是因为巴御前是此中高手吧，"亚瑟回答道，"你已经继承了她的箭术，就像我得到了牛顿在数学和科学方面的知识。"他想起那支离弦之箭在空中飞翔时，他的脑海里浮现出一堆数字和公式，运动轨迹、风速、加速度……当时他看了幻境斗篷一眼，牛顿的笔迹浮现了出来，正在胳膊那处的海水中闪闪发光。他猜测道："这些斗篷貌似能把王国英雄的本事暂时性地传到我们身上，或许这就是它们的神奇之处吧。"

小云跟在塞西莉旁边，呼哧呼哧地小跑着，来自巴御前花园的泥巴变干了，从它的小爪子上掉了下来。"可惜我们没法使用你的幻境技能定位到米勒·赫兹，"塞西莉对小云说，"我刚才一直在想，蒂伯龙不可能独自行动，瓦莱丽娅应该和他是一伙儿的。"

"是呀，我也觉得瓦莱丽娅和米勒不像是一路人，"任补充道，"她竟然说米勒是叛徒。莫非这就是他们在博览会上争吵的原因？"

"我们只能希望米勒站在英雄们这边，"亚瑟说，"毕竟，他可是我们要找的人。"

"我们不只要做这一件事吧？"塞西莉问道，"我知道咱们得回家，可是巴御前说过，让我们继续她的使命。她牺牲了自己，才让我们顺利逃脱，我们不能让她白白地牺牲，对吗？"

想到那位充满传奇色彩的女武士，亚瑟的心沉了下去。不知道他们三个离开后，巴御前会怎么样。幸运的话，她或许能够骑马进入森林，躲避那场追捕。而她的要求是那么出乎意料，他还没来得及反应。"这些英雄的遭遇太可怕了，但就凭咱们三个，怎么能阻止得了蒂伯龙，还要帮英雄们逃脱呢？如果我们失败了，蒂伯龙就会用他的超能力回到过去，杀掉他们的亲人。还有，在《幻境》里，蒂伯龙有无穷多的资源和一整支机器人军队，而我们只有小云、几项幻境技能，还有一个迫在眉睫的威胁——再过一天我们就都变成原生质了。"

"这就是问题所在，"塞西莉干巴巴地说道，"我们也有自己的重要使命。如果巴御前知道这点，说不定就不会给我们提要求了？"

任绷紧了下巴说道："可她已经提出来了。我知道咱们的胜算不大，但咱们很有可能是唯一知道真相的流浪者。我们不能坐视不管，放弃那些英雄。还有，巴御前既然选择信任我们，一定有她的理由。"

他们沉默地往前走了几分钟，仔细地咀嚼着刚才这番话。亚瑟凝视着消失在沙滩上的脚印，如果他们不去帮助那些英雄，而是径自回家，那会怎样？他大概会在悔恨中度过余生。"任说得对，"最后他说道，"我们得想个办法，既能让我们回家，也能拯救英雄们。在这两方面米勒都能帮上忙，我们的首要任务还是要找到他。"

任低头看向小云："在目前情况下，我们得好好琢磨琢磨，为什么米勒的小绒球会把我们带到这里来。"

事实证明，在沙漠里跋涉真是苦不堪言。亚瑟翻过第三个沙丘时已是汗流浃背，鞋底也湿透了，随着脚步起落发出吧唧吧唧的声音。沙子到处都是——钻进了他的袜子和牛仔裤里，钻进了T恤里，还钻进了手指甲缝里。幸运的是，昨天晚上他拿着自己的"小屁孩"水瓶，在自动售货机那里装满了水，但他得省着点喝。两个小时后，他们终于接近了目的地，可以看到更多的细节。显然这个居住点比亚瑟之前想象的大得多。

映入眼帘的是各式各样的屋顶——有些使用了波纹钢，有些装饰着五颜六色的瓷砖——一直延伸到很远的地方。在金色的清真寺宣礼塔之间，点缀着酒店和餐馆的金字招牌。

太阳渐渐落了下去，光线开始变得暗淡，而沙丘也变得更加平坦，出现了带刺的常绿灌木和淡褐色的野草。他们三个精疲力竭、汗流满面，终于来到了城市的入口，那是两座圆塔之间的一道石拱门，宽大无比。一支骆驼队正缓缓地向城门走去，衣着考究的 T 型仿生人戴着头巾，端坐在上面。

"你们觉得他们能看到我们吗？"亚瑟轻声说道。他弯下膝盖，准备随时逃走："也许我们该找个地方躲躲？"

"藏哪儿，天才小子？"任回答道，"我们在沙漠里，除了沙子没别的。"

亚瑟本来想暗示他们可以在沙地上刨个坑钻进去，就像狐獴那样。这时小云突然狂吠一通，对着骆驼跑了过去。

"刚才真应该给它拴上狗绳，"塞西莉低声抱怨道，拔腿紧跟在后面，"快点，我们得跟上——它带着时间秘钥呢！"

他们戴上兜帽，低着头不情不愿地溜到驼队旁边。塞西莉猛地抓住小云，把遛狗绳重新拴到它的项圈上，然后把它塞到斗篷下面。

"嗯,他们竟然没有从骆驼上跳下来攻击我们,"任说,"我很好奇这是为什么。"

亚瑟瞄了一眼离他最近的T型人。他的灰色脸颊耷拉着,看起来就像融化了的橡皮泥。他用冰冷的蓝眼睛看了亚瑟一眼,对他毫不在意。"也许瓦莱丽娅还没告诉蒂伯龙咱们的事儿呢?"亚瑟把声音压得低低地说道,"T型人只听蒂伯龙的。不管怎么说,咱们得机灵着点儿。"

骆驼们打着喷鼻儿向前走去,鞍子上挂着一篮篮枣、一袋袋不停晃动的液体,还有一箱箱谷物。

三人带着小云穿过石拱门,迎面就是一个嘈杂混乱的露天市场,挤满了T型人、流浪者和各种各样的动物。摊位上卖的东西也是五花八门,有涂满香料的烤肉,有点缀着深色水果的甜甜圈,还有桌布和茶壶,呼哧呼哧的牛和不停发出声音的鸵鸟在市集中穿梭。亚瑟思索了一下商贩们是不是用尘币做生意,他们能否用幻境斗篷来付款。空气中弥漫着骆驼粪的臭味,还有浓重的燃香的味道,刺激得他的鼻子有些刺痛。

他踮起脚,看见有条安静的小路从主干道岔开来,就藏在阴凉的树荫中。他带着同伴们向那边走去,挤过一群群的流浪者。这里的每个人似乎都在谈着同一个话题:

"听说英雄是位作家,每个人都这样讲。"

"还有人说他是制图师。"

"一派胡言。他开着飞艇,他是飞艇驾驶员。"

"他的飞艇叫露露。"

"不对,叫露拉。"

"别瞎说了,飞艇的绰号叫莉露。"

等他们终于挤出人群,拐到一条安静的小巷中时,他们已经听到了那个英雄的众多身份:人类学家、学者、诗人、神职人员、历史学家和天文学家。他那艘神秘飞艇有几十个名字,但都是字母 L 打头的。亚瑟思来想去,还是想不到这是历史上的哪个大人物。

他们停了下来。在他们身边,一边是家纪念品商店,卖赫瓦龙品牌的 T 恤,以及《幻境》中诸位英雄的传记。另一边是个售货亭,在卖冒着打转儿的粉色气体的油炸小饼,名字就叫时间油炸饼。小亭子的遮阳棚上方悬着一张全息海报,上面说这些小饼一咬就会在嘴巴里爆炸,其威力相当于核弹级别的跳跳糖。如果说这些超级跳跳糖能把人噎死,亚瑟也不会惊讶,因为他知道《幻境》中的一切有多危险。

小云呜呜地叫着,小鼻子对着小路尽头,拽着遛狗绳拼命地想跑过去。"好啦,好啦,"塞西莉轻轻地往后拽着它,"懂你的意思。你想去那边。"

"快看那里。"任指着同一方向的屋顶说道。

几条路之外的一个大屋顶上,有条消息浮现了出来,是红色气体凝成的。

WONDERSCAPE

幻境逃生

第 105 王国：冒险家乐园

战利品：250 尘币，幻境技能和王国秘钥

畅享幻境，创造奇迹！

赫 瓦 龙

不同于之前那些看完很快就消散的消息，这条消息似乎是持久存在的。亚瑟猜测，可能是因为它摆放在了一个重要的地方。

空中嗡嗡作响，一个谜题小纸卷从稀薄的空气中掉了下来，落到任的脚边。她展开来给大家看。不像之前的两个，它不是手写的，而是用整洁优雅的字体打印出来的：

那里有一片乐园，等着你们去探险，

接受我的挑战，踏上征途吧。

在那里的大海、城市和沙滩上搜寻，

找到藏在那儿的秘密。

我在屋顶上自由行走，

你们的任务很简单：找到我！

"难怪每个人都在谈论这个英雄，"塞西莉说道，"整个挑战就像一场大型的躲猫猫游戏，流浪者们得找到他才行。"

任抱怨说："我们原本的任务就是找人。我们不需要再找另外一个。"

小云扬起下巴，摇着小尾巴一路小跑，带着他们穿过城市。亚瑟不清楚这只小狗为什么会把他们带到这个王国，是不是和这位神秘英雄有关，或者说王国里有其他重要的东西。

他们跟在后面，经过了一辆装满蜂蜜罐的四轮马车。没有马拉，这辆车子按照自己的节奏踽踽独行。他们又经过一个铺子，这里的香料放在飘在空中的铜碗里售卖。他们还躲过了一队顶盔掼甲的孔雀，拐到了一片巨大的空地上。空地的中央矗立着一座茅草屋，屋子大得能装下整个百货商场。但它既没有门，也没有窗，弯曲的墙面上贴满了明信片，中间是一张手写的羊皮纸告示，上面用红色墨水写道：

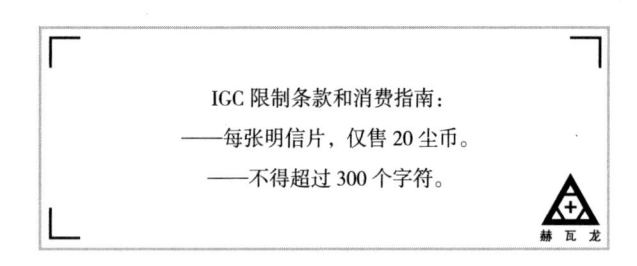

IGC 限制条款和消费指南：
——每张明信片，仅售 20 尘币。
——不得超过 300 个字符。

赫瓦龙

"IGC，"亚瑟喃喃说道，"这代表的是什么？"

塞西莉用拇指和食指摩挲了几下明信片的一角。"我猜这是游戏中的交流方式——看，它是印上去的，而且用的材料也不是纸张。"

她是对的。尽管这些明信片看起来像纸，但亚瑟发现它们的表面闪闪发光。

亚瑟折了好几张明信片，检查完正面又检查反面。它们的设计都是一样的：正面是发送人的照片，往往是一个或一群流浪者，背面潦草地写着收信人的名字和信息正文。在21世纪明信片上贴邮票的地方，这里印的是日期和时间。

塞西莉对着一张照片笑了起来，上面是四张因为出汗而油光锃亮的脸。"四百年过去了，人们还是没有发明一种防出汗装置。"她嘟囔道。

浏览着这些照片，他们不时笑出声来。照片里的流浪者们互相挎着胳膊，笑得容光焕发，还用幻境斗篷摆出各种傻里傻气的姿势。背面的文字也很有趣：

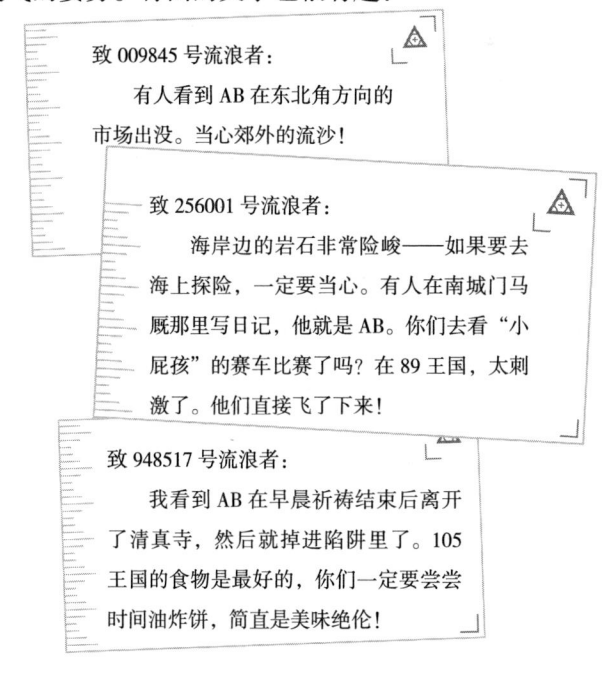

致 009845 号流浪者：
有人看到 AB 在东北角方向的市场出没。当心郊外的流沙！

致 256001 号流浪者：
海岸边的岩石非常险峻——如果要去海上探险，一定要当心。有人在南城门马厩那里写日记，他就是 AB。你们去看"小屁孩"的赛车比赛了吗？在 89 王国，太刺激了。他们直接飞了下来！

致 948517 号流浪者：
我看到 AB 在早晨祈祷结束后离开了清真寺，然后就掉进陷阱里了。105 王国的食物是最好的，你们一定要尝尝时间油炸饼，简直是美味绝伦！

"这个王国里似乎危机四伏，"亚瑟评论道，"难怪这里的挑战只是找到英雄。"他畅想了一小会儿，如果自己只是游戏里的普通流浪者，那是种什么感受。不用担心自己的身体变成一摊原生质，也不用知道蒂伯龙玩弄的卑劣伎俩，在其他任何情况下，他都觉得自己会喜欢上这款游戏。他认为AB就是英雄名字的缩写，在明信片墙那儿多看了一会儿，很容易就发现了AB的身份。

"阿玛罗斯·巴"，亚瑟在一张明信片反面读到这样的信息。这张明信片是一个十来岁的小女孩发出的，她有着一头卷卷的棕色短发，戴着一顶宽边帽子，她写的内容像是直接从百科全书上摘抄的词条：

> 阿玛罗斯·巴，2335年出生于泰尔星球，是一位经历丰富的星际探险家。他写过《泰尔人旅行指南》一书，记录了自己穿越马尾星系的冒险经历。他能说上百种不同的语言，并以其不可思议的航行技术而闻名于世。人们声称，阿玛罗斯只要瞥一眼星星，就能准确地说出它在宇宙中的位置。他的爱好广泛，包括诗歌、航行、制图和天文学。

"2335年！"塞西莉在亚瑟身后喊道，然后掰着手指头算起来，"这家伙出生那年，咱们都已经三百多岁了！当然，前提是咱们得能回去。"

亚瑟扬起眉毛。这个王国竟然属于一个未来英雄，还来自外太空,难怪他们没能破译他的身份呢。刹那间,他觉得皮肤上有种轻微的刺痛感,同时觉得自己又是如此微不足道、轻如鸿毛。就在这时,任猛地发出一声惊叫。

"抱歉,"她捂住自己的嘴巴,"你俩可能想看看这个。我猜小云发现了一些东西。"

小狗坐在一段弯曲的墙边。

"汪汪!"它不停地吠叫着,用爪子扒拉着上面的明信片。

亚瑟冒险走上前去观察,在贴得满满的明信片下面发现了一个生锈的铁把手。"你说得对,"他对任说道,用力地拉了一下,"这好像是扇门,但是卡住了。你能帮我一把吗?"

在任的帮助下,他拉开了一块滑动面板,露出后面一条又宽又高的混凝土隧道。小云飞奔而入,亚瑟也跟了进去。在昏暗的光线中,他看见对面有扇石门,石门上面印着一个紫色的六边形图案。

在他身后,塞西莉倒抽一口冷气:"这是米勒·赫兹的标志!他被锁住了吗?"

"我不知道,"亚瑟回答说,"这上面也没有把手。"

任走了进来,脚下的战斗靴在隧道里踏出一阵阵回音。"让我看看。"她说。

就在这时,小云用鼻子顶了顶门的底端,一块全息屏幕从石头上浮现了出来,闪着亮光,中间是几个大字"请输入密码"，后面是十二个空格，一个和幻境通道相似的键盘出现在旁边。

亚瑟看向蹲在脚踝旁边的小狗："我猜你也不知道密码吧？"小狗抬着头，茫然地看着他。

塞西莉靠在隧道墙壁上："一定是串简单好记的字符。试试《幻境》的英文名字 Wonderscape，或是赫瓦龙公司的英文名字 Hxperion？"

任摇摇头："这两个单词都没有十二个字符。"

"说不定是个对米勒来说意义重大的单词？"亚瑟建议道。他想起了自己学校邮箱的密码：MaryGillespie2504，这是他妈妈的名字和生日。

"有可能！可 Wonderway（幻境通道）和 Cloud（小云）这两个名字还是太短了。"塞西莉说道。

说到小云，亚瑟突然想到了什么："也许这件事和密码没什么关联，但我确定昨天在小云的项圈里数到了十二种动物。"

塞西莉皱皱眉，把小云唤过来，让它坐在自己的大腿上。"狗、猪、虎、鼠，"她拧动着项圈右边的珠子，读了出来，"兔、牛、龙、蛇、马、猴、鸡、羊。一共多少个？"

"十二个，"亚瑟回答说，"我猜对了。或许每个动物表示一个字符，就像密码一样？我们猜猜吧。"他跪在地上，膝盖被下面的石板地硌得有些痛。他从包里拿出笔记本，撕下几张纸,依次递给任和塞西莉,每人还发了一支笔。塞西莉按出了笔头,然后潦草地写了起来:"好吧,密码是不是每个动物的第一个字母呢?"

任敲入键盘,但什么也没发生。亚瑟盯着他写出来的一串动物名字,陷入了沉思。脑子里有个模模糊糊的想法,但他始终抓不住。

"说不定密码和这些动物的腿的数量有关呢?"塞西莉分析道,"老鼠有四条,蛇没有,公鸡有两条……"她草草地写下一串数字,把那张纸举起来,"还有要补充的吗?"

任再次录入键盘,一条消息出现在屏幕上:还有最后一次机会。她痛苦地呻吟着:"看来下次一定要猜对。所有这些动物里,只有龙在现实中不存在。这算不算一条线索呢?"

亚瑟想到了神话传说里的龙。他知道圣乔治和龙的故事,还有希腊神话中的九头蛇,也是一种龙,他还记得爸爸给他读过中国和挪威的神话故事,里面也有龙。

等等,中国神话故事。

灵光乍现,他看向那张名单。"就是这样!"他脱口而出,"这些动物来自中国的十二生肖。你们听说过动物赛跑这个神话故事吗?"

塞西莉和任都摇摇头。小云换了个舒舒服服的姿势,小尾巴卷在屁股上,充满期待地抬头看着,好像也想听亚瑟讲这个故事。

"我不记得具体细节了,"亚瑟承认道,"在我小的时候,爸爸经常给我讲这个故事。在中国的神话中,仙界的最高统治者是玉皇大帝。有一天,他组织了一场赛跑比赛,想看看王国里哪个动物可以当他的私人侍卫。一共有十二种动物参加了,就是小云项圈上列的那十二个。为了到达玉皇大帝的宫殿,它们必须要穿越一条河。所有人都以为牛会获胜,因为它很会游泳。结果,狡猾的老鼠跳到了牛背上,第一个到达了岸边,赢得了比赛。这些动物过河的顺序,决定了它们在十二生肖中的位置。"

塞西莉咬着笔的末端:"所以说,每个动物代表着一个不同的数字,即它们完成比赛的顺序。你还记得这个顺序吗?"

亚瑟有些心虚,他已经好多年没听过这个故事了:"鼠排第一,然后是牛,紧接着是老虎和兔子,它们跑得都很快,所以打败了其他动物。下一个,我觉得是龙,然后是蛇。还有,我敢肯定猪排最后一名,但是中间那几个我就不确定了。"

"嗯,我是鸡年出生的,"塞西莉说道,"我阿姨在冰箱上贴了一块中国黄历的磁贴,所以我知道。我的表弟比我小三个月,他属小狗,所以狗应该在鸡的后面。"

"现在就剩下了猴子、马和羊了,"任掰着手指头说道,然后揉了揉鼻子,"显然马比羊游泳游得要快。"

"我不确定,羊如果想要快起来,会跑得非常快。"塞西莉说道。

如果不是面临着化为一摊原生质的危险,亚瑟肯定会大笑起来。但他们非常认真地争论着动物们游泳的本领,最后推敲出了最有可能的过河顺序,每个动物代表了1—12中的一个数字。塞西莉又仔细地观察了一番小云的项圈:"这里的动物是另一种排序。小云通常情况下以小狗的样子出现,要不我们假定狗是第一个?第二个就是猪,然后是老虎、老鼠……"

亚瑟将项圈上的动物顺序当作每个动物的代码,狗代表"1",猪代表"2",老虎代表"3"……任再按照十二生肖的顺序将这些代码输入到屏幕上。虽然有些数字是两位数,但它们完全符合12个空格的要求。任深吸了一口气,然后输入最后一个数字。"好吧,让我们一起祈祷吧。"她说道。屏幕突然闪了一下。这真是惊心动魄的一瞬,亚瑟还以为他们输入了错误的密码,屏幕要发出某种警报呢。紧接着,一行文字从中央位置浮现出来:

密码输入正确。

第十五章

总部基地

吱呀一声，门滑开了，等到他们进去后又关上了。门后是一道蜿蜒的台阶，通向黑暗。亚瑟拿出手机，打开手电筒功能。因为两天没用，它还有些电量。

他们三个跟着小云往下走，空气变得越来越污浊，闻起来有点像亚瑟衣柜里的臭味——冬天发霉的外套，湿乎乎带着汗味儿的运动鞋……从缠在他身上的蜘蛛网判断，亚瑟怀疑这里很久没人来过了。他在猜他们会在这里找到什么，或许能发现一个线索，可以指向米勒·赫兹的藏身之地，甚至直接找到米勒·赫兹本人？他们需要尽快找到这位时间秘钥的发明人，两个任务能否完成，都取决于此。

他们走到了楼梯底部，踩在了一块石板上。突然，空气中响起了机器运转的嗡嗡声，头上亮起了一束紫光。

他们正站在一个大厅的角落里，旁边到处是断壁残垣。墙壁上的砖石都被砸了下来，天花板上到处都是窟窿，地面

第十五章 总部基地

铺着的地砖上也满是黑色的孔洞,随处都能看到烧过的焦痕。远处的那面墙上装着一些全息摄影屏幕,还在不停地闪烁。下面则是一堆废墟,依稀能看出办公室的影子。舒适的扶手转椅被掀翻了,桌子上的咖啡杯都砸碎了,小盆栽也枯萎了。水滴从天花板上的几个窟窿里坠落,回声像一面被敲击的小鼓发出的。

小云撅起屁股,小鼻子贴着地板,一路嗅了过去。这副专业架势让人一看就知道,它是一条上好的猎犬。

"这一定是米勒的总部,"塞西莉小心翼翼地踩在废墟上低声说道,"但这之前发生了什么事?看起来像遭到了攻击。"

"是的,应该是那些仿生人干的,"任带着不祥的语气说道,"看这些烧焦的痕迹,我敢打赌是 V 型和 T 型仿生人的武器造成的。"

亚瑟打了个寒战。看到仿生人拿着武器走来走去是一回事儿,但见识这些武器的威力则是另一回事儿。想到瓦莱丽娅和蒂伯龙掌握了所有的权力……

头顶上有股气流吹来,他往旁边躲了一下。这时,从天花板的小孔里突然钻出了四架黑色无人机,和乌鸦的个头差不多。它们的身体又矮又胖,接近于正方体,像《我的世界》游戏中的黑曜石方块,上面还有一些奇特而呆滞的眼睛。它们阴险地盘旋着,用长长的绿色传感器扫描着地面。

任抓起了她的大弓:"又一款机器人。"

"这到底是什么东西?"塞西莉退后几步问道,"它们会杀死我们吗?"

"这两个问题最关键。"亚瑟拼命点头表示赞同。他浑身的肌肉绷得紧紧的,四处查找大厅的出口标志。如果瓦莱丽娅派这些机器人追捕,那他们就得赶紧找到一条逃生路线。

但这些无人机压根儿就没理睬他们。在完成扫描后,它们瞬间分解成一堆更小的立方体,然后又重新组合,其中两个变成了簸箕,另外两个变成了扫帚。之后,它们开始了清洁工作。

原来是清洁机器人啊,亚瑟现在才回过味儿来。他们三个的到来,激活了这些机器。他的紧张情绪慢慢地消退了。他在废墟中巡视,想搞清楚这里到底发生了什么。让人奇怪的是,这堆乱七八糟的东西就这样原封不动地留在游戏里,就像是一道道难以愈合的伤口。

他们继续冒险前行,唤醒了更多的高科技设备。它们发出嗡嗡的声音,依次亮了起来。有些设备被废墟掩埋了,现在挣扎着爬出废墟,激起了一阵阵灰尘。某个角落突然迸发出一团亮闪闪的纳米颗粒,亚瑟吓得跳了起来,之后这些纳米颗粒变身成一台自动售货机。紫色的光照在家具和边边角角处,给这个地方蒙上了一层时尚奢华的气息,像一个高大上的酒店大堂。

他们辗转来到大厅的中央,开始全面检查那些全息屏幕。

第十五章　总部基地

大多数屏幕闪得厉害，根本就看不清之前显示的是什么画面。但有两台幸免于难，它们连接着隐蔽摄像头，播放着城市里某个地方的实时监控录像，其中一个摄像头就装在茅草屋边，正对着那条隐秘的隧道入口。

最大的屏幕看起来像机场的航班信息公告牌。左边那部分是一个数字列表，标着不同的形状，有六边形，有三角形，还有十字。右边一侧的栏目显示出"开放""关闭""待定"三种状态。每个数字后面都附着一个名字。

"这一定是《幻境》中王国的名字，"塞西莉看着屏幕说道，"有两百多个呢。"

亚瑟的视线从一个个格子中滑过。有些名字他从没听说过，有些看起来熟悉，但不太确定到底是谁。也有些他很熟悉，那里面有医生、音乐家、舞蹈家、发明家、运动员、化学家，还有社会活动家等等。

"威廉·莎士比亚，玛丽·居里，伊迪丝·卡维尔，"任继续读下去，"阿尔伯特·爱因斯坦……真不敢相信，这么多赫赫有名的大人物都被困在了这里，被迫执行赫瓦龙公司的命令。"

"而且蒂伯龙还威胁要杀害他们的家人……"塞西莉颤抖着说道，"真是太野蛮了！"

一想到蒂伯龙是那么残忍，亚瑟的嘴巴就变得干涩无比。那些英雄的处境和他们三个多么相似啊。迷失在无法理解的时代中，不知道是否能回家，是否能见到挚爱的亲人。他还好，至少有任和塞西莉相伴，而那些英雄则孤苦无依。他咬紧牙关，下定决心一定要帮英雄们逃离苦海。"这些符号可能表示是谁设计了那些王国，"他猜测道，"最新的名单上根本就找不到六边形，因为米勒已经逃走了。"

屏幕的底部有一个 M 形的控制器，有点像他们在巴御前王国里用过的那个。任尝试着轻轻推动，屏幕上一个针尖大小的光点跟着移动起来。"它没法告诉我们米勒藏在哪儿了，"任松开控制器说道，"要不咱们搜搜这个地方，看能否找到其他线索。这是米勒逃走前工作过的地方，说不定我们能找到些有用的东西。"

"我们能先喝点水，吃点东西吗？"塞西莉爬上一堆废墟后问道，"我不知道你们俩怎么样，但我已经饿得前胸贴后背了。"亚瑟注意到她吃力地走向那台自动售货机。机器上的霓虹灯一闪一闪的，触发了他脑海中的警报：你已经很久很久很久没吃过东西了。

亚瑟看看手表，从在巴御前的房子里睡醒算起，他们已经一刻不停地奔波了七个小时。"那咱们就买点吃的东西，休息一下再继续吧。"他说，"反正这里也看不到仿生人，至少现在是安全的。"

塞西莉负责购物，亚瑟和任找到了一条还能坐的长凳，把它抬到墙壁旁边的空地上。小云在地板上四处蹦跶，粉红

第十五章　总部基地

的小舌头耷拉在嘴巴外面。

塞西莉抱着一大堆稀奇古怪的东西走了过来，说道："我不知道这都是些什么。"里面有个星形的面包，上面有看似蓝莓果酱的条纹，还有一盒紫色的闪光饺子，以及立方体形状的、表面裂开的水果。她还买了三升水，装在一个又软又滑的皮囊里。任掏出她的多功能钥匙圈，用螺丝刀在上面钻了个小孔，然后把水倒进之前拿到的"小屁孩"水瓶里，喝得心满意足。

"给，"亚瑟把面包分给大家，"这东西有种棉花糖的口感，但味道还不错。"他大口大口地咀嚼着，思绪回到了一周前和爸爸一起做煎饼的情形。就剩下最后一块煎饼了，父子二人玩起了"剪刀、石头、布"的游戏。尽管爸爸赢了，但他还是把煎饼留给了亚瑟。想到可能再也见不到爸爸了，亚瑟哽住了。

任正在给一个正方体水果削皮。她用胳膊肘推推他："嘿，你还好吧？"

亚瑟斗篷上的海水变成了一片暗淡的灰色，泛起一圈圈涟漪，像雨水中的小泥潭。"我只是想爸爸了，"他如实回答，"家里只有我们俩，要是我不能回家……"

任伤感地笑了笑："我会尽量不想这个。"

塞西莉用手撑着下巴，脸上带着怨气。她斗篷上的向日葵都低下了头，像旁边刚刚有辆灵车经过，花儿还在默哀。

"你们知道我有多尴尬吗？"她垂头丧气地说，"我爸妈甚至都不知道我失踪了。去年我得了流感，一周没去上学，可过了足足三天他们才想起来给我打电话，我姨妈也一直联系不上他们。"

亚瑟放下手中的面包。每次他生病了，爸爸都会请假在家照顾他，以前他从没意识到自己有多幸运。

"对他们来说生意就是一切，"塞西莉继续倾诉，"有时他们一周工作七天，还经常去外地参加时装秀，或去拍片子。我只能住在姨妈家里，和表姐、表弟玩。"她的声音变得有些沙哑，"他们都对我很好，但我还是觉得自己是个外人。"

她顿住了，眼里噙满了泪水。亚瑟没有多想，走上前去用胳膊搂住她的肩膀。任也走上前来，把手搭在了塞西莉的后背上安慰她。"也许你的父母认为他们做得没错，"亚瑟轻言细语地开解道，"他们努力工作，只是想给你最好的生活。"

"我知道，"塞西莉恢复了平静，"但我更想天天见到他们，就像你和你爸爸那样。"

亚瑟不知道自己该说些什么。他从来没想过，像塞西莉这样的富家孩子，住着漂亮的大房子，享受着奢华的度假安排，竟然会羡慕他这个穷小子。

为了让她高兴起来，他转头去找小云。小狗晃着小尾巴，正在大厅对面的瓦砾中奋力刨着什么。它用小爪子刨开一条椅子腿，亚瑟看到瓦砾堆里有银光闪过。"嘿，你们看到

第十五章 总部基地

了吗?"

塞西莉吸了吸鼻子,擦干了眼泪:"哪里?"

亚瑟站起来走了过去。他用斗篷的边缘裹住自己的手,以免被锋利的瓦片割伤,然后在垃圾堆里翻起来。很快,他拎出来一个仿生人的头。它已经有些变形了,没有皮肤,没有头发,只有一个光秃秃的头骨,上面是一对死气沉沉的眼睛。

他把头拿给塞西莉,和任一起又从瓦砾堆里刨出来一只严重受损的胳膊,还有一块被撕裂的胸部组织。金属外壳上布着几道深深的裂痕,他们可以看到内部复杂先进的电路。

"光从外形,我看不出这是 T 型还是 V 型。"塞西莉用手抱着那个头骨说道。她用力擦去仿生人下巴上的灰尘,露出一个嵌在金属表面的符号,字母 M。

"我本该想到的,"亚瑟对自己的后知后觉有些不满,"这一定是米勒的仿生人,M 系列的!"

任仔细端详着她抱着的仿生人的胸部:"莫非米勒逃走时,它们也被关机了?"

亚瑟觉得有什么东西在抓 M 仿生人的胳膊,他向下看去,发现是小云叼住了仿生人的食指。"你不能吃那个。"他喊道,想把小云晃下去,但小狗就是不肯松嘴。它哼哼着,咬得更狠了,后槽牙咬得死死的。

一阵哒哒声传来,M 仿生人的指尖突然像蚌壳一样打开了，露出了里面一根小小的红色操纵杆。亚瑟把它按下去，塞西莉手中的头突然动了起来。那颗头前额的肌肉抽搐着，快速地眨着眼，舌头在嘴巴里转来转去，好像要把嵌在牙缝中的食物碎屑给剔除掉。最后，他的眼皮停止了跳动。"晚上好，"他的口气有些不确定，"我可以帮您做什么吗？"接着，他看到了坐在地板上的小云，立刻欣喜地喊起来，"小云，真的是你吗？"

小狗舔舔 M 型人的指尖。

"是的，我也想你啊。"M 型人深情地说道。

就在仿生人和仿生狗准备互诉衷肠时，亚瑟瞟了一眼监控屏幕，发现情况不妙。一群 V 型仿生人正拥入那条隐秘隧道，每个人都带着一个金色的发胶瓶，里面很可能装的是雾化的 C-4 炸药。她们开始把它喷在石门的边缘上。

"他们要炸掉那扇门冲进来！"塞西莉尖叫道。

出于本能，任把 M 型仿生人的胸脯放在地板上，拿起了弓。但亚瑟遮住了她的箭袋："她们人数太多了，咱们得躲起来。"

"我们最好带上这个仿生人的身体碎片，"塞西莉用鞋尖轻轻碰了碰那个胸脯，"M 型仿生人也许能给我们带来一些线索——找到米勒的线索。"

第十六章

M-73

亚瑟一只手拉着小云的遛狗绳,一只手拎着M型人的金属断臂,绕过一个拐角,打着滑停了下来,前面竟然是一堵断墙。任把M型人的胸脯夹在胳膊下面,塞西莉则紧紧抓着那颗头。

"这是条死路,"任气喘吁吁地说,"现在该去哪儿?"

他们一路狂奔,米勒的总部似乎大得漫无边际。亚瑟弯下腰,深深地喘了一大口气,而自己身边的塞西莉竟然神色如常。他想起来了,自己见过好几次她在校越野队进行训练,所以这没什么值得惊讶的。

周围响起了轮子的轰鸣声,那些V型人已经很近了。亚瑟紧张地扫视着这道走廊,发现不远处的一道墙上有个大型通风口,上面覆盖着金属格栅。"就去那儿,快点!"他催促道。

任用她的多功能钥匙圈打开格栅上的螺丝,他们爬了进去，把 M 型人的残骸也拖到里面。等到小云也安全地爬进来，亚瑟和任把格栅放回原处，并从内侧把螺丝拧得紧紧的。但愿那些仿生人不会注意到这里。塞西莉把 M 型人的头、胸脯和胳膊依次靠在通风管旁，他的灰色眼睛在眼窝里转动着，却没有说话。

没过多久，外面就有了动静。

"62 分钟前，犯罪嫌疑人在这栋建筑里下过一个订单，"一个 V 型人嘲弄道，"他们现在很有可能离开了。您的命令是……"

亚瑟紧张起来，意识到赫瓦龙是有办法跟踪他们的——监督他们的尘币交易状况。他们得吸取教训，以后不能再用自动售货机购物了。脚步声从满是灰尘的地板上传来，三个人像雕像一样屏住呼吸。透过栅栏的板条，亚瑟看到了一双绿色长靴就停在前面——那是瓦莱丽娅。

"不管付出什么代价，我也要抓住那三个小家伙。"她大声咆哮道，"再加三倍的人手，搜遍整个王国。看来破坏分子已经找到这里了，我们不能让任何人获得任何信息。摧毁这个地方。"

"好主意，" V 型人奉承道，"还有吗？"

一群带轮子的仿生人飞驰而过，扬起了地板上的灰尘，使之飘进了通风口。亚瑟的喉咙痒得要命，他拼命忍住咳嗽，脸憋得通红。

第十六章 M-73

"我想,是时候联系蒂伯龙了,"瓦莱丽娅精明地盘算着,"但不要让他帮忙,只要让他知道发生了什么就行。"

"您这样做,就相当于卖给他一个人情。"V型人赞叹地点点头。

瓦莱丽娅咧嘴一笑:"是的,完全正确。"她的声音又变得严肃起来。"不知道米勒现在躲在了哪里,一定是他找的这三个小鬼头,跑来窥探我的总部。我呕心沥血了多少年,好容易让赫瓦龙公司开始赚大钱了,他却在这个节骨眼儿上跑回来,想要分享胜利果实。做梦吧!我绝不允许!这是我的品牌、我的财富、我的帝国……可现在所有的一切都遭到了威胁,"她漠不关心地冷哼了一声,"包括你们。"

瓦莱丽娅带着她的V型人离开了,但她的愤怒似乎留了下来,久久不散。好容易等到那些轮子的隆隆声消失,亚瑟松了口气,肩膀也塌了下来。他又尽力多忍了一会儿,才用手捂住嘴,爆发出一阵剧烈的咳嗽。他咳得撕心裂肺,肺部像着了火一样痛苦。"对不起,"他一边擦去咳出的泪水一边轻声说,"我实在忍不住了。"

塞西莉盘腿坐着,抱紧膝盖。"如果瓦莱丽娅告诉蒂伯龙,他也会追捕我们的。"她阴郁地说道。透过通风口的昏暗光线,亚瑟看到她眼中的忧虑神色,于是对她鼓励地笑了一笑。然而在内心深处,他知道目前的两项任务,不管是拯救英雄,还是回家,成功的希望都变得越来越渺茫。

"就连瓦莱丽娅也不知道米勒去哪儿了,"任说道,"他好像凭空消失了。"

亚瑟神经紧绷,努力想把一切事情弄清楚。他把注意力转移到 M 型人身上,希望能得到答案。"我是亚瑟,"他犹豫了一会儿继续说,"这是任,这是塞西莉和小云。我们想要找到米勒·赫兹,你能帮我们吗?"

M 型人的脸颊抽搐了两下:"你们的请求无法处理。"紧接着,他的脸上绽放出一缕微笑,"别担心,只是开个玩笑。我是 M-73,很高兴认识各位!"

亚瑟眨了眨眼。到目前为止,他们遇到的 V 型人和 T 型人中没有一个会开玩笑。他扫了任和塞西莉一眼。也许 M 型人有些特征,是 V 型人和 T 型人所没有的⋯⋯

"我的大部分记忆都被摧毁了。"M-73 说道。他的眼神转到那只毛茸茸的白色小猎犬身上,后者正趴在通风口处的地板上,把头埋在两只爪子之间。"不过,既然你们是小云的朋友,我还留了两段记录,或许可以帮到你们。"

耳边传来呼呼的声音,就像正在行进中的车窗被打开了,M-73 胸脯上出现了一条窄缝。在一堆闪亮的电线和移动的发光体中,依偎着一块拳头大小的玻璃卵石。这让亚瑟想起了"原则号"的能量球,因为这块卵石里也有闪闪发光的尘埃颗粒。

"要想看到我的记录,你们要把它拿出来,握在手中再闭

第十六章 M-73

上眼睛。这是我的神经处理器,一旦被取出,这具身体就会死机。"

塞西莉犹豫了:"你要我们掏出你的心脏?"

"它不像你们人类的心脏那样脆弱,"M-73解释道,"只要你把我的神经处理器放到另一具完好的仿生人胸腔里,我就能获得重生。"他用断臂上的一根手指对着胸脯上的洞指了指,旁边的头露出一个安慰性的笑容,"来吧,把它拿走。"

亚瑟感觉不太好,但他还是点了点头。他伸出手,轻轻地将神经处理器从一堆线路中拉出来。M-73胸前的那个孔立刻关上了,几秒种后,他那暗灰色的眼睛闭上了,他死了。

"一起来吧。"亚瑟说道,把卵石放在手心伸了出来,任和塞西莉把手放在上面。他们闭上了眼睛。亚瑟觉得一股血涌到头上,在眼皮的内侧,浮现出生动的画面……

M-73正以极快的速度掠过一道燧石灰色的走廊,走廊两边是一扇扇门。墙上挂满了相框,里面是不同的M型人的照片,都举着"月度最佳员工"的奖杯。紫色的光线从天花板的边缘漫射下来。在画面中,亚瑟可以猜到,在袭击发生前,这个仿生人正待在米勒总部的某个地方。抛光的地板就像一面镜子,让亚瑟可以看到M-73当时的模样——高大魁梧,留着黑色的短发。和懒懒散散的米勒·赫兹不一样,他的脊背挺得笔直,下巴扬着,像个骄傲的战士。

M-73停在了其中一道门前,伸出一根手指按在了石板上。石板门滑开了,亚瑟吃惊地甩了甩头。房间大得跟一栋房子差不多,分为上下两层。透过阁楼上的栏杆,他看到楼上有张床,床上的被褥杂乱地堆着,桌子上堆满了脏盘子。楼下则是一个令人眼花缭乱的实验室。

实验室的桌面异常干净,上面摆着各种仪器设备。亚瑟认出了其中几种,一个喷着粉红火焰的本生灯,一套悬在空中的试管,还有个烧杯——这些他在牛顿的实验室里也见过。但大多数实验设备他闻所未闻。实验室角落里摆了一台透明机器,里面装满了红色气体,正在嗡嗡地工作着;全息影像屏幕闪烁着,上面的图像时而放大时而缩小;流光溢彩的液体在架子上的锥形烧瓶里汩汩翻滚。这个地方像个杂交体,既是一个现代化的科学实验室,又像是中世纪那些炼金巫师的老巢。

突然,从房间的后面传来愤怒的喊叫。"头儿?"M-73喊了一嗓子,呼啸着冲了过去。他经过一个狗窝,小云正趴在那里呼呼大睡。在实验室的后面,办公桌下面塞着一把破旧的皮革办公椅,上面挂着一件宽松肥大的黑色连帽衫。桌子上面是一张布告栏,上面贴满了字迹潦草的便条,用亮色马克笔涂抹过的新闻简报,从书本上撕下来的注释页……十几张明信片用大头针钉在了布告栏的边上,上面的肖像人物凝视着外面。其中一张是日本版画,一个穿着盔甲的黑发女子端坐在一匹黄眼睛的黑马身上——正是巴御前。

第十六章 M-73

米勒·赫兹、瓦莱丽娅·马尔菲和蒂伯龙·诺克斯站在一个黑黢黢的幻境通道框架旁，讨论着什么。米勒看起来和M-73很像，只不过他长着两条腿，而不是两只轮子，淡灰色的眼睛上挂着两个黑眼圈。亚瑟一下子就喜欢上了他。他的背微微有些驼，总是害羞地从刘海儿下面偷偷地向外张望，让人觉得他好像是个不愿长大的小男孩，一觉醒来发现自己长成个大个子，还不适应呢。他穿着牛仔裤，上身还是穿着一件夏威夷衬衫，这次是菠萝图案。

"嘿，M-73，"米勒抬手叫道，"麻烦你过来一下。瓦莱丽娅想要我看看她上周发的利润预测表，"他疲惫地说道，"你能给我打一份吗？"

瓦莱丽娅的红头发紧紧地贴在头皮上，梳得油光水滑、一丝不乱。她穿了一条柠檬绿的裤子，踩着一双楔形高跟鞋。"这很简单，米勒，"她冷冷地说道，"它们还在直线下滑。《幻境》已经开放五年了，玩家数量开始停滞不前。还需要我再次提醒你吗，咱们把父母的遗产都投到了这家公司？除非利润好转，否则我们会失去一切。"

蒂伯龙·诺克斯站在旁边，乌黑光亮的斗篷从肩膀上垂下来。"我们再也没法击败竞争对手了。《星球大战》的股票价格一直上扬，《科麦思游戏》也是如此。"沐浴在发光球绿油油的光线中，他看起来像个幽灵，"我希望人们一想到现实模拟游戏，就能想到赫瓦龙。要做就得做最好的。"

"我们要做的,"瓦莱丽娅用她精心修饰过的手指轻轻敲打着下巴,"是要给消费者一些他们从未有过的全新体验,一些《幻境》独有的东西。"

"我们已经有了独特的卖点!"米勒坚持道,"我们的王国都是以历史上真实的英雄人物为主题的。"

"是的,一开始这个主意的确不赖,"瓦莱丽娅承认道,"可是五年过去了,它已经变成老皇历了。"

米勒耸耸肩,菠萝衬衫被肌肉绷得紧紧的。"但人们在游戏里玩得很开心,好评数也在持续上涨,这些还不够吗?《幻境》让大家开心,这就是当初我加入这份事业的原因,让人们活得更有激情。"

"但激情产生不了净利,"蒂伯龙说道,鹰钩鼻正对着他的弟弟,"我一直在研究一种新的意识传递技术,可以把一个人大脑中的内容复制给仿生人。我们可以用这项技术来提高玩家体验。"他冷冷地哼了一声,"到时候,我倒想看看,星战还怎么和我们竞争。"

米勒瞪着他:"意识传递?蒂伯龙,你是认真的?可那是不道德的。"

"你对你的那些 M 型人,就跟对真正的人类没什么两样,"蒂伯龙冷哼道,"我也挺反感的,我也觉得不道德。"

"让人反感的是,他们都顶着同一张脸。"米勒回击道。

"这就叫品牌,米勒,"瓦莱丽娅责备道,听起来好像已

第十六章　M-73

经提醒过弟弟一千多遍了,"人们越是经常看到咱们的脸,咱们的知名度就越高。"她指着蒂伯龙说,"至少蒂伯龙还在想办法,你却拒绝面对现实,压根儿就不肯承认这个问题。不管怎样,我们都要在2469博览会上发布一些新的游戏功能,否则赫瓦龙公司就会陷入大麻烦。"

这段影像突然消失了,分解成一堆灰色像素。亚瑟眨了眨眼睛,但影像还是没有出来。等到影像重新变得清楚,他发现开始放映的是另外一段视频,也是在米勒的实验室里。

这次,这个地方已是一片狼藉。地板上到处都是碎玻璃,抽屉和橱柜都敞开着,工作台上的仪器也被砸得乱七八糟。米勒·赫兹冲到了办公桌旁,带着用黑色连帽衫裹起来的小云。米勒现在的行头,正是他在2469博览会上出逃时穿的那身。

米勒把连帽衫放在地上,小云从里面蠕动着爬了出来,黑曜石的时间秘钥挂在项圈上晃来晃去。"M-73,你没事吧?"米勒擦去额头上的汗水,问道。

M-73摇晃着向前一步。"T型人来过了,老板,"他焦急地解释说,"就在昨天,他们找到了你还在制作的时空水晶,把它拿走了。我试着拦住他们,但没拦住。"

"这不是你的错。"米勒安慰道。他跪在幻境通道下面,在键盘上敲击了一个数字,然后从口袋里拿出一把王国秘钥塞进去。通道的框架融解了,变成了一团不停旋转的蓝色蒸汽,中间是一扇拱形的木门。"蒂伯龙和我在博览会上吵了起来。他一直在监视我的实验室,发现了我藏在这里的时空水晶。他还发现了小云项圈上的这把,我不得不从那儿逃了出来。"他向 M-73 解释道。

"我们现在该怎么办?" M-73 着急地问道。

米勒摆弄着小云脚上的什么东西。"首先,我们不能让蒂伯龙找到这枚水晶,"他严肃地看着小云毛茸茸的狗脸说道,"听着,你要保护好这枚水晶。我会激活你的跟踪装置,你要跑得越远越好,然后等我的指示。我会尽快跟你联系。"

突然,M-73 背后某个地方传来了一声巨响。米勒转过身,看到蒂伯龙大踏步地穿过被炸烂的总部大门走了进来。十个 T 型仿生人跟在他后面,像一队幽灵侍卫,每个人手里都拿着一把冒烟的宝剑——这种武器亚瑟曾经在《幻境新闻》的视频中见他们挥舞过。

"小云,快跑!"米勒催促道。

小狗用小鼻子把木门顶开,蹿了进去。咔嗒一声响,门随之关上了。蓝色的烟雾消失了,黑色的幻境通道框架又浮现出来。

蒂伯龙在其中一个 T 型人的耳边说了几句,后者转了个身,呼啸着离开了。

"你来得太晚了,蒂伯龙!"米勒喊道,"你找不到它的。"

蒂伯龙的嘴角抿了起来:"我可不信,弟弟,这里到处都有我的眼线。而且我之前也干得不错,否则我也不会发现它。"一把黑色的时间秘钥就挂在他瘦削的指尖上,闪着微光。亚瑟隐隐约约能看到,六边形的底座上刻着 MH,那是米勒·赫兹的首字母缩写。"确切地说,你想什么时候告诉我,你发明了时间旅行的方法?"

米勒的下巴绷紧了。"我可没打算发明这个,也不想和你分享。它太危险了,应该被毁掉!"他冲过去想要夺下那枚时间秘钥,但蒂伯龙侧身躲开了。

"这么说,你是无意中发明的喽?"蒂伯龙的口气听上去很轻快,"你可真是毫无野心。你就没想过用这项技术达到什么目的吗?只要我能控制它,它就不危险。"

"我就是担心你想控制它,"米勒嘟囔道,他精疲力竭地看了一眼蒂伯龙身后的队伍,"历史是不可以乱来的。"

蒂伯龙咆哮道:"我当然不会乱来!"他紧紧地握住时间秘钥,因为用力过度指关节开始泛白。"有了这个装置,赫瓦龙就能碾压它的竞争对手,成就一个伟大的传奇。我们可以成为已知宇宙中最有权势的组织。"

"那是跟时间打交道,而不是过家家,"米勒盯着他的哥哥争辩道,"我不会让你这么做的,蒂伯龙。"他握紧拳头,砰的一下砸在身后的桌子上,上面所有的东西都被震得一晃。一个水杯从边上掉了下去,哗啦一声摔了个粉碎。

蒂伯龙气得鼻孔大张："看来你让我别无选择了。"他对着旁边的T型人嘀咕了几句，其中四个T型人冲向米勒。

"你们要干什么？"米勒后退一步，问道。

蒂伯龙走到幻境通道前面，对着键盘敲进去一个数字："把你放到某个不碍事的地方去。"

米勒恐惧地扫了一眼幻境通道。那里没有门，只有一股浓浓的蓝烟。他嘶声喊道："那是个未开放的王国。"

蒂伯龙冷冷地回答："是的，是我创造的王国，所以我确信，在那儿你是肯定逃不掉的。我原本想在博览会上开放它，现在我决定，就让它一直封存下去吧。"

T型人挥舞着双手，向米勒冲去。米勒已经退到了桌子边上。T型人抓住他的肩膀，开始搜查他的口袋。"M-73，救我！"

M-73飞驰而来，却被另外三个T型人挡住了，他们手里拿着冒烟的宝剑。

T型人在米勒身上搜出了好几把王国秘钥。"你别指望我会乖乖地走过去。"米勒对着蒂伯龙大喊道。

蒂伯龙又对着另一个T型人的耳朵说了几句，然后冷酷地说道："我也没打算让你自己走过去。再见了，亲爱的弟弟。"

米勒的眼神中流露出恐惧："不要啊！"但是那些T型人已经把他举了起来，猛地丢进了那道烟墙，就像丢进一袋干

第十六章 M-73

草那么轻松。

亚瑟眼睁睁地看着,胸口像被扎了一刀那么难受。蒂伯龙背叛了米勒!他怎么能这样对待自己的弟弟?

蒂伯龙一直站在那里,直到通道再次关闭。他转过身,对 T 型人宣布道:"我弟弟逃走了。"他用极为阴冷的语气说道,"一定要让媒体知道,他在财务上陷入了困境。把这里毁掉吧,只要会走动的东西,一概不留。"

临走之前,他又转到米勒的布告栏那里,撕下了几张明信片。"我要给投资者们一些东西,I-RAGs 没法提供的东西。"他生气地嘟囔着。

T 型仿生人蜂拥着冲向 M-73。接着录像就结束了,只剩下一片黑暗。亚瑟睁开眼睛,脉搏跳得厉害:"我们一直都弄错了!米勒没有逃走,他是被困住了!"

任看向主厅。"用那个控制器,我能打开那些关闭的王国,"她若有所思地说道,"但我们事先得知道米勒被送去了哪个王国。"

亚瑟把 M-73 的神经处理器塞进背包里妥善保管,并瞥了一眼手表。距离生命终结只剩下 28 个小时了。如果他们想拯救英雄们,如果他们想回家,就得在倒计时结束前找到米勒。亚瑟吞下一口唾沫,踢开了格栅:"时间对我们极为不利。咱们赶紧走吧。"

他们回到了主厅。任冲向大屏幕前的控制器,开始忙乎起来。亚瑟注意到小云蜷缩在塞西莉两腿之间,两只小耳朵也平平地搭在脑袋上。"我不想吓着各位,"塞西莉突然紧张起来,抬头看向天花板,"可那是什么?"

亚瑟仰头看去。一个三角形的绿色装置被绑在了天花板上,上面还有很多装满彩色液体的小瓶子,绕着一圈圈电线,还有一块全息倒计时面板,显示的剩余时间已不足五分钟。

亚瑟不是这方面的专家,但他和爸爸看过很多枪战大片,知道这个装置意味着什么。

一枚炸弹。

第十七章

冒险家现身

炸弹倒计时的嘀嗒声在大厅里回荡。"我们得赶紧离开，就现在！"亚瑟喊道。

"再过几秒钟就好……"任专注地盯着屏幕，用控制器在长长的王国名单里做着改动。一颗汗珠从她的额头滚落。她嘴唇颤抖着说道："我得把所有的王国打开，否则我们没机会找到米勒·赫兹。"

亚瑟想用手机给屏幕上的王国名单拍照，但他又抬头看看炸弹上的全息倒计时面板，距离设定的时间已经不到四分钟了，他们要花好几分钟才能撤离这栋建筑。

"好吧，完成了！"任把控制器丢了回去。此时的大屏幕上，所有王国都变成了绿色的"开放"状态。"快走！"

塞西莉抓住小云，三人向出口方向冲去。亚瑟一步迈上两级台阶，冲过石门。因为跑得太快，他的大腿像着火了一样灼痛。

他们用最快的速度离开这里，脚掌拍打着坚实的地面，一步、两步……街上变得更黑了，他们跑过各种商店和摊位。亚瑟注意到，街上到处都是 T 型人在巡逻，握着他们的武器——一柄冒烟的宝剑，他之前见识过。他们跑出了两条街，就听到空中传来一声巨响，整个地面都摇晃起来，灰尘从建筑物的墙壁上扑簌簌落下。

炸弹爆炸了。

亚瑟从主干道拐入一条空荡荡的胡同，一个急刹车停了下来，心怦怦地跳得厉害。"你们看到那些 T 型人了吗？他们都全副武装！"

任气喘吁吁地握住弓："瓦莱丽娅一定把消息散出去了。蒂伯龙也在搜捕我们。"

想到录像中蒂伯龙残酷无情的样子，亚瑟的心中一阵恐慌。为了让自己的弟弟闭嘴，他竟然把米勒关进一个没启用的王国里；如果他们三个落到他手里，后果更是不堪设想，可能比化为一摊原生质还惨……

塞西莉斗篷上的向日葵颤抖起来："该怎么办啊？我们已经走投无路了。"

路上变得更安静了，大部分摊位已经收摊了，但还有很多仿生人和流浪者在街上闲逛——任何人只要读过昨天傍晚的《幻境新闻》，就会认出他们就是"小屁孩"。亚瑟发现，在一家店铺的遮阳棚下面，有个戴着兜帽的人正偷偷地监视他们。那个人的脸藏在了兜帽的阴影里，亚瑟只能看出他个子中等，穿着黑色的长斗篷，戴着皮手套。"我们得离开这座城市，"亚瑟说，"我们在这里待得越久，就会越危险。"

"我们可以坐在小云身上飞离这里，"任建议道，"但那样太惹人注目了。还是走路更安全。"

"咱们要是退回沙漠里，就得需要火把照明。"塞西莉一边说，一边拿出手机。亚瑟和任犹豫片刻，也拿了出来。哪怕会有人看到，此时也顾不上了。

他们不顾一切地向城边那道石拱门冲去。此时，城市的各个角落都燃起了火盆，噼噼啪啪地响着，街上到处都是欢声笑语，美妙的音乐在空气中飘荡。参差的房顶上面就是广袤的天空，点缀着数以万计的星星，如一颗颗耀眼的银钉。亚瑟以前从没见过那么多、那么明亮的星星，如果不是在逃亡路上，他就可以停下脚步，好好地欣赏这幅美景了。

他们拐进城门口附近的广场，亚瑟发现那个戴兜帽的陌生人还跟在后面。一群仿生人正把一捆捆波斯地毯从一辆木车上卸下来，这个人就藏身其后。"那个人还在跟踪我们，"他告诉任和塞西莉，"就在那堆地毯后面。他要么是瓦莱丽娅派来的奸细，要么是蒂伯龙派来的。"

任偷偷地向那个方向看了一眼："如果现在离开，他就会跟着我们去沙漠。在附近多绕几圈吧，把他甩掉。"

他们沿着一条小巷子快跑起来，一边跑一边用手机照着亮。从一群流浪者中间挤过去后,他们又绕过一排嘈杂喧闹的饭店,躲进了一条小胡同。亚瑟向后看去:"看不到他了。咱们出去吧。"

他们返回广场,从石拱门那里冲进了沙漠。入夜后的空气凉爽而安静,沙丘的影子看起来就像巨人的脚印。亚瑟艰难地走在沙地上,尽可能远离这座城市,他的小腿越来越痛。"我快渴死了。"爬下一座沙丘时,他上气不接下气地说道,"现在安全了吧?要不咱们停下来……"

亚瑟的声音消失了,只见一个硕大的金色穹顶从沙丘顶上缓缓升起。他绊了一跤,跪倒在地上。穹顶升得越来越高,变成一个大气球的形状,下面吊着一个金属篮筐。如果他把头侧到一个合适的角度,就能看到一束淡蓝色的光柱正围绕着气球和篮筐,像一面全息盾牌。伴随着震耳欲聋的巨响,一道深紫色的火焰腾空而起,射入气球下方的点火器。气球表面亮起了灯,闪耀出各种复杂的图案,让人目不暇接。

亚瑟跪在那里,被眼前的景象震得目瞪口呆。突然,一双大手从后面抓住了他,紧接着,一个质地粗糙的麻袋套在了他头上。"啊,放开我!"他扭动着身子大喊,想要逃脱。

旁边的塞西莉尖叫着,小云在狂吠。亚瑟敢肯定任逃过了第一次袭击,并且反身击中了偷袭者。因为亚瑟听到她大吼一声:"看招!"

亚瑟觉得自己被抬了起来。气球燃气设备的轰鸣声越来越大了。他被扔到一个冷冰冰，还在不停颤抖的平面上。紧接着他意识到，有人把他头上的麻袋拿掉了。此时，亚瑟正盯着眼前那个男人——他的小眼睛像珠子一样晶亮有神，一把小胡子梳得整整齐齐，浓密的眉毛像两把刷子。

"欢迎欢迎。"那人一脸轻松地说道。

亚瑟左右看了一下，任和塞西莉就坐在旁边，这让他松了一口气。两个女孩几乎是异口同声地问对面的那个男人："你是谁？"

"你是怎么回事儿？"任又提出了第二个问题。

陌生人看了一眼任："首先，我向你们道歉，绑架也是出于无奈。你们在陆地上太引人注意了，我不得不把你们带到安全的地方，当时实在是没有时间跟你们解释。"

在陆地上？亚瑟摇摇晃晃地站起来，想确认一下现在身在何方。他抬头看向那个金光闪闪的气球，不由得屏住了呼吸。气球的内层覆盖着一个极为复杂的操控系统，能看到电路板、电线，还有透明的管道——里面装着纳米材料，不停地闪烁着。亚瑟不是机械学领域的专家，但看起来，那些紫色火焰释放的能量会由一个巨大的引流槽收集起来，然后再输送到各个部件中。那应该就是这个系统的引擎装置。

"这不可能。"任低声说道。她也站了起来，仰着头向上看去。"你最好趴下，塞西莉，否则你会昏过去的。"

俩人踮起脚，从篮筐的边缘向下看去。下面的沙漠漆黑一片，一支驼队正燃起火把赶夜路，一个个小亮点在沙丘间蜿蜒，朝着城市的方向进发。亚瑟觉得自己的脸烧了起来，有生以来，他从没想过自己能在这么高的地方鸟瞰世界。

"下面的景色还不错，对吧？""绑匪"站在后面说道，"从这里，你们就可以一路看到王国的东海岸。"

亚瑟转过身，仔细地看着眼前这个人。他穿着一条宽松的束脚长裤、一件花衬衫，外面套着一件及膝皮外套，头上围着一条崭新的白色头巾。

就在这时，亚瑟发现篮筐边上挂着一件带兜帽的黑色长袍。对面角落里是一个幻境通道的框架，小云就蜷缩在下面。旁边还有一个盒子，从里面露出一堆杠杆，还有几个稀奇古怪的控制器。盒子上嵌着一个黄铜名牌，上面写着：LULU（露露）。

"你是阿玛罗斯·巴，对吧？"亚瑟脱口而出，"就是你一直在跟踪我们。"

他刚说完这句话，一个小小的红球就出现在了塞西莉坐着的地方。她用指尖轻轻碰了碰，小球消散了，一把石英石的王国秘钥掉入她的手心。

阿玛罗斯·巴笑了起来："我得恭喜你们完成了挑战。不过，从技术角度看，是我找到了你们，而不是你们找到了我。你们刚到这里，我就注意到了。我一眼就看出来，你们和其他流浪者不一样。"

第十七章 冒险家现身

貌似说得很有道理，亚瑟心中暗想。那张明信片上的百科词条介绍，阿玛罗斯·巴一生都在记录他途经的地方、遇到的人，这意味着他非常善于观察事物。

"你怎么知道我们在那座城里不安全？"任把双臂抱在胸前，唐突地问道。显然，她还没有原谅他的"绑架"行为。

阿玛罗斯·巴从外套口袋里掏出一个笔记本，翻到夹着皮质书签的那页。"第一，你们风尘仆仆，身上的衣服看起来已经穿了好多天了。第二，你们能进入米勒·赫兹的总部基地。第三，这个王国里的每个仿生人都在追赶你们。"他合上笔记本。"所有这些信息让我相信，你们是赫瓦龙的敌人，正在逃亡中。"

亚瑟扬起了眉毛。这个探险家注意到了一切，包括通往米勒总部的神秘入口。"谈到仿生人，为什么你这里一个也没有呢？他们不该像秃鹫一样把你监视得死死的吗？"

"他们曾经是这样的。"阿玛罗斯咯咯地笑着回答，"当时有个T型人，我走到哪里他就跟到哪里，别提多显眼了。流浪者们总能轻而易举地找到我，完成他们的王国任务。后来有几千个流浪者开始抱怨，赫瓦龙公司就让那个T型人不要一直监视我了。"

"您真的很幸运，"亚瑟想起了巴御前，"我认为，其他英雄可不像您这么自由。"

探险家的两道浓眉拧在了一起。"你们三个对《幻境》的秘密懂得不少啊，比其他流浪者都多。"他说，"你们到底是谁？怎么会知道米勒·赫兹的密码呢？"

亚瑟看看任，又看看塞西莉，不知道眼前这位英雄是否可以信任。

小云小跑着来到塞西莉身边，伸出小舌头舔她的手心。塞西莉把小云抱起来，放在大腿上。"我觉得我们应该告诉他，"她抚摸着小云的头说道，"我们需要更多人的帮助，而且小云看起来也不担心。"

他们达成了一致，任自告奋勇地讲起了"我们来自四百年前"的故事。她告诉阿玛罗斯发生在他们身上的所有故事，还有迄今为止学到了哪些本事。阿玛罗斯听得如醉如痴，一边听一边做笔记。

"这么说，现在所有封闭的王国都被你们打开了，下一步你们要找出米勒被送去了哪里？"他抚摸着胡子说道，"我有样东西，说不定能助你们一臂之力。"他把手伸进斗篷的口袋里，掏出一个手掌大小的罐子，里面是一沓透明的带着铜钱纹路的小补丁。他解释道："这些是可以贴在皮肤上的抑制剂，很多人叫它们影子补丁。你们把它贴在手腕的背面。"

"它们有什么用呢？"任接过来问道。

"T型人和V型人会扫描幻境斗篷里储存的数据，这样就能识别流浪者的身份。"阿玛罗斯解释说，"通过斗篷里的数据，仿生人能看到这个流浪者花了多少尘币，完成了哪些挑战,去过哪些王国。影子补丁可以让斗篷生成一些假数据,给流浪者一个新身份。"

亚瑟想起了在巴御前的王国时,那个 V 型人盯着他的斗篷,好像是在阅读什么东西。现在他明白了。"那样,仿生人看到我们,就不会发现我们就是'我们'了?"

阿玛罗斯咧嘴一笑:"一点没错。"

"可我们在自动售货机里没看到这款产品啊。"任有些怀疑地问道,一边把补丁贴在皮肤上。

亚瑟把补丁贴在没戴手表的那只手腕上。它像硅胶树脂一样柔软而有弹性。透明补丁很快融入他的皮肤,只留下几条肉眼可见的金属线。

"当然看不到,赫瓦龙公司可不卖这个。在我们这儿,只有少数几个精选过的贸易商手里有货。"阿玛罗斯眨眨眼,回答道。

亚瑟意识到,幻境里一定有黑市。这个地方那么大,他对此一点也不惊讶,有些抵抗行为就在赫瓦龙的眼皮子底下进行。

塞西莉摇摇晃晃地站起来去拿影子补丁。她抬起手,用三根手指抵在太阳穴上咕哝道:"呃,头好晕啊!"她用另外一只手抓住篮筐的边缘,好让自己保持平衡。

"我猜这是因为频繁通过幻境通道导致的,"阿玛罗斯说道,"是不是同时也觉得有些眼花?"

等这种头晕眼花的感觉有所消退，塞西莉才回答道："是有点儿。"

"如果你们太快地穿过太多的幻境通道，就会头晕眼花，"他解释道，"你们需要好好休息。"

亚瑟也想要休息。他想回到自己家里，瘫倒在那张小床上。现在他一点也不觉得早上的闹铃烦人了，反而觉得很有吸引力。

突然，一道耀眼的亮光划过夜空，距离他们的篮筐只有几米远。紧接着是一阵刺耳的尖啸，亚瑟忍不住皱起了眉头。飞艇剧烈摇晃起来，阿玛罗斯冲向控制装置。"我们遭到攻击了！快躲起来！"

亚瑟从篮筐的侧面冒险偷看了一眼。三个T型人出现在下面的沙漠中，围着一款火箭发射器忙碌着。他跪了下来，紧紧抓住篮筐的边缘，热血上涌。

"他们想把我们打下去，"阿玛罗斯喊道，"我们得爬升到他们的射程之外。"他打开燃烧装置，耳边传来一声机器的轰鸣，一股紫色的火焰从他们头顶上方冒了出来。

"这次是T型机器人！"亚瑟冲着任和塞西莉喊道，"他们一直在跟着我们！"

又有两枚导弹飞了过来，差点击中了气球的顶部。亚瑟不得不在箱子里寻找降落伞，以便紧急情况下跳伞逃生。他害怕得全身发抖。

第十七章 冒险家现身

他们飞得越来越高,飞艇穿过了一层云雾。小水滴落在了亚瑟的皮肤上。

"只能这样了,"阿玛罗斯关闭了燃烧装置,也压低了声音,"这就是我敢升到的最高点了。"

就在这时,一张明信片从天而降,落在篮筐底部大家的脚下。亚瑟弯下腰捡起来。他刚触摸到那张纸片,它就打开了,变成了一块全息屏幕,像一扇发光的窗户在空中盘旋。

"流浪者们,你们好。"蒂伯龙·诺克斯微笑着说。

第十八章

警告信

亚瑟呆住了，愣愣地看着蒂伯龙·诺克斯那双冷冰冰的蓝眼睛。他的穿着无可挑剔，鲻鱼头发型打理得整整齐齐，黑色的衬衫一直扣到喉咙，领子上还别了一枚铁灰色的十字领针。那件油光水滑的幻境斗篷披在他的肩膀上，在屏幕两侧闪闪发光。

"抱歉，影响了你们的游戏体验。"蒂伯龙的语气慎重而克制。亚瑟抓住篮筐的边缘望下去。明亮的灯光，像全息显示屏一样映照在沙丘上，王国里的每个流浪者都在观看这条信息。

"或许你们已经注意到，在过去的几个小时内，有些王国的仿生人开始全副武装。我谨代表赫瓦龙公司向你们保证，这属于预制演习计划的一部分。"蒂伯龙的嘴唇微微抽搐，露出讥讽的微笑。这样的蒂伯龙，亚瑟早先在 M-73 的录像中就见识过。"正如你们所知，赫瓦龙公司自豪于始终能领先一步,清除那些影响游戏极致体验的……威胁。这些演习就是最好的机会,只要它们一出现,我们就能识别并清除它们。"数字33、89和105在信息的一角闪烁。"目前,这次演习集中在这些王国。"

全息显示屏突然自动折叠起来,跟出现时一样迅速,紧接着,那张明信片消失在了一股红色气体中。亚瑟茫然地盯着任和塞西莉,眨了眨眼睛。"33王国,89王国和105王国,我们去过的所有王国。那些威胁——他指的不是外部势力,对不对?他说的是我们。"

任把头歪了歪,好看到亚瑟的手表。"好吧,26个小时之后,就不用麻烦他删除我们了,"她阴郁地说,"到时我们自己就变成一摊鼻涕了。"

"如果他们一直跟踪着这艘飞艇,那么再多的影子补丁也没用。"亚瑟的心揪成了一团,他努力让自己的呼吸变得平稳。事情变得越发糟糕了。

"如果你们去往另一个王国,它们还是有用的。"阿玛罗斯把一只手搭在他的肩膀上,说道,"一个真正的冒险家永远不知道在下一个拐角处会发生什么。我曾花了五十多年四处漂泊。当我需要食物和住处时,其他星球的人就会邀请我去他们家做客。当我需要洗澡时,就会偶然发现一处天然温泉。当我想找点乐子时,我会邂逅一个耍蛇人,或一个浪漫不羁的女牛仔,或正赶上一个星光冲浪者的聚会。"他对着自己笑了起来,"现在,又有一些有趣的……"

亚瑟担心他会不停地讲起自己的冒险故事,在结束之前他们仨就已经变成了三摊鼻涕,但就在这时,这位英雄摇了摇头。"算了,咱们换个时间讲这些故事。"他又查看了下那个笔记本,"如果我没弄错的话,为了回家并解放其他的英雄,你们需要知道米勒·赫兹困在了哪个王国。"

"是的,但这是个几乎不可能完成的任务。"亚瑟说,"我们得在几百个王国里做选择,我们只知道那个王国是蒂伯龙设计的。"他觉得很沮丧,当初真应该把那些王国的名单给拍下来;但如果当时停下来拍照,他就没法活着离开米勒的总部……

阿玛罗斯捋着他的胡子:"有个人可能知道米勒去了哪里,另一个英雄。"

亚瑟皱了皱眉。他原以为英雄彼此之间没什么联系。巴御前说过,赫瓦龙公司不允许他们离开自己的王国。

"我不知道她的名字,"阿玛罗斯继续说下去,"也不知道她为什么有名,但我知道,你得干上四个小时的活儿才能见到她。"

四个小时?亚瑟不安地瞥了一眼任和塞西莉:"如果这样能让我们回家的话,我们愿意挤出这些时间。需要做什么呢?"

阿玛罗斯又翻开笔记本的另外几页。"前段时间,我发现

第十八章　警告信

那些去过 42 王国的人都哼着同一首曲子。听到歌词后，我就记录了下来。很快我就发现，不管这首歌是谁教的，歌词里面隐藏着一些信息。"

真是个聪明的主意，亚瑟想。流浪者们是唯一可以在不同王国间穿梭的人，借由他们来传递信息很有道理。

"我伪装成一个仿生人，在这里的小酒馆里教人们唱歌，希望我的歌词能在《幻境》传播，被其他英雄听到。很快，我就和 42 王国的英雄取得了联系。"他扬起了下巴，"我们现在组建了一个网络，所有人通过歌曲进行交流。不得不承认，我不是这个组织里最好的作曲家，尤其是贝多芬加入我们之后，但我创作的小调非常有效。"他蹲在幻境通道下面，在键盘上敲下 42 这个数字。"朋友，你们的王国秘钥呢？"

塞西莉把它递了出去，很快那个粗笨的黑色框架变成了一团螺旋上升的蓝色烟雾，中间的门是用粗糙多节的树根制成的，像是大自然中生成的。亚瑟拉紧背包的带子，准备去往另一个王国。他想着阿玛罗斯的话，"不知道在下一个拐角处会发生什么"，心里得到稍许安慰。说不定门后有个惊喜等着他们呢。

"小心点，"阿玛罗斯警告道，"你们在短短两天内，已经是第四次穿越幻境通道了。你们需要睡一觉。我见过很多体力透支的流浪者，知道会发生什么。"

塞西莉把小云放下来，然后拴上遛狗绳。任把那扇门推开，阳光从另一个王国照射进来，他们都眯起了眼睛。"那边是早晨，"任把手搭在眼前说道，"我看到太阳刚刚升起。"她点点头，向阿玛罗斯告别，然后走了进去。

亚瑟和塞西莉步履蹒跚地跟在后面。"谢谢你为我们做的一切。"在经过阿玛罗斯身边时，亚瑟挤出一个疲惫的微笑。他刚跨出门槛，突然想到自己忘了问件事情。"等一下！"

但等他转过身时，那扇门已经消失了。

"怎么了？"塞西莉问道。他们站在绿油油的乡间原野上，到处都是鸟儿清脆的叫声，黎明的霞光染得天空一片金黄。

"我忘了问他，你得到了什么幻境技能。"亚瑟说道，接着，他想起来塞西莉拿到了王国秘钥，耸耸肩，"我猜迟早你自己就能发现。"

塞西莉松开小云的遛狗绳，它一跃而起，在地上欢快地跑来跑去。和刚才那片干燥、贫瘠的沙漠相比，这里的田野充满了生机。肥沃的红褐色土壤上长满了蕨类植物和小灌木，像一块厚厚的绿毯，昆虫在树间嗡嗡地飞来飞去。地上有两道轮胎碾过的印痕，一直通往山下宽阔的土路那儿，一辆生锈的旧旅行车就停在那里。亚瑟可以看到旁边有人在走动。

"我感觉有些不舒服，"塞西莉说着，身体晃了几晃，"我想我需要坐下来待会儿。"

事先毫无征兆，任像一袋土豆一样，猛地瘫倒在了草

第十八章 警告信

地上。

亚瑟想上前帮忙，但眼前的景色突然变得模糊起来。他想稳住身子，但眼前一黑，腿一软就倒了下去。

小云的叫声变得越来越轻。亚瑟睁开眼皮，还是觉得头昏眼花。他正趴在松软的泥土中，侧脸着地，暖暖的阳光照在皮肤上。他看到一个身材高大的女人远远地朝他走来，穿着鲜艳的连衣裙，头发用同样图案的围巾系着。小云向她跑了过去，她跪下来迎接它。

小云晃着小尾巴，跳上她的膝盖。"嘿，咱们又见面了。"亚瑟听到她这样说道，声音浑厚有力。

亚瑟用双肘撑起身体，看着他们在一起。尽管他的思绪仍然像棉絮一样纷乱，但有些事实是显而易见的。小云认识这个女人，这就意味着它以前来过 42 王国。

第十九章

猎豹的森林

亚瑟晃着任的胳膊:"任,快醒醒。"任正仰面朝天躺在地上,还张开嘴巴打了个哈欠。

"呃——"她翻个身准备再睡,却被身下的草扎疼了脸。"这什么啊?!"她气急败坏地叫道,一巴掌把那些草叶子给打飞了。"发生了什么事?"

"我们刚才睡着了。"亚瑟又去推塞西莉的肩膀。他回头去找小云,看到小狗欢快地朝他们跑了过来,刚才抚摸它的那位女士却不见了。

"我怎么感觉头上像被人打了一棍子似的。"塞西莉揉着太阳穴呻吟道。

亚瑟想起了阿玛罗斯的警告。一定是最后走过的那条幻境通道,耗尽了他们所有的精力。"小云刚才认出了一个女人,"他站起来说道,"她刚刚就在田野中站着,没披幻境斗篷,身子下面也没有滑轮,我猜她一定是这个王国的英雄。"

第十九章 猎豹的森林

"你看到她去哪儿了吗?"任问道。

他眯起眼睛看着远处:"没有。但那边有辆旧的观光巴士,很多人都在那儿晃来晃去。我们去那儿看看吧。"

塞西莉站了起来,把皮夹克上的泥土掸掉。"我们睡了多久啊?"

亚瑟看看手表。他的脑子晕乎乎的,有点转不过来,但牛顿给他的幻境技能又派上了用场。"8个小时,"他严肃地回答道,"这意味着我们只有不到18个小时了。"他努力不去想失败后的结局,到了这一步,他不得不说服自己,他们离成功越来越近了。

背上背包,他们走向那辆巴士。尽管午后的阳光直射背部,但和之前沙漠中那令人窒息的热浪相比,这算不了什么。他们只往前走了几分钟,前面就冒出了一团红色气体,旋转着形成了一串文字:

WONDERSCAPE
HXPERION

幻境逃生
第42王国:猎豹的森林
战利品:王国秘钥
畅享幻境,创造奇迹

这条消息刚刚结束，一个谜题纸卷就冒了出来，掉在了草地上。塞西莉清清喉咙，大声地读出上面的内容：

一旦你们走上英雄之路，

请看清真相，破解密码。

想清楚你们的脚步该落到哪里，

找到那些树，它们会给你们指路。

大自然给了我们所需的一切，

为了拯救未来，请播下一粒种子。

亚瑟从塞西莉的肩头看过去，注意到上面的字迹是手写的，卷曲的花体字像一个个小圆圈。"这么说，这个王国的任务包括破解密码和……园艺？"他问道。他奇怪为什么这次的战利品里没有尘币，而且这次的挑战任务也不像其他王国那样有生命危险。他有些怀疑自己的眼睛，在《幻境》里居然有这么简单的任务？

他们离近后，看前面那辆观光巴士就更清楚了。它有一个破破烂烂的帆布车顶，两边的窗户没有装玻璃，六个超大轮子把底盘抬离地面。三十多个流浪者正挤在前门那里。

任扫了一眼这片区域，手指抓住那张弓："我还没看到仿生人。你们也睁大眼睛瞧着点。"

他们慢慢地靠近。亚瑟摆弄了一下手腕上的影子补丁，希望它能发挥作用。蒂伯龙已经发布了那条威胁消息，他敢打保票，一旦被抓住，无论如何他们都没法回家了。

第十九章 猎豹的森林

观光巴士的车身上满是干了的泥点子，漆着赫瓦龙公司的标志，还刷着一条标语："无限之旅：永无止境的乐趣！"流浪者们兴奋地聊着天，排着队准备上车。亚瑟无意中听到一个披着变色蜥蜴皮斗篷的女孩在讨论下一步要去哪个王国。

"等我赢到下一把王国秘钥，我就去 12 王国，"她一边调整斗篷一边说道，"听说那是弗里达·卡洛①的地盘。"

"真的吗？"她的同伴，一个穿着木纹斗篷的男孩咯咯地笑了，"我觉得 148 王国会很有趣，那是哈利·胡迪尼②的王国。"

一个穿着狩猎服的瘦高个男人背对着他们站着，引导每个人上车。"坐下开始挑战吧，"他沉闷地说道，"如果你坐不上这辆车，几分钟后会来下一辆。"

他转过身来，亚瑟这才明白为什么他的声音听起来那么呆板。"T 型人！"他小声说道，指着那人狩猎裤末端的滚轮。

小云呜呜地叫着，跟在任的作战靴后面。因为紧张，任

---

① 弗里达·卡洛（Frida Kahlo，1907—1954），墨西哥著名女艺术家。她的画作中有一半多是支离破碎的自画像（如器官分离、开刀、心脏等，代表画家的痛苦）。有人评价说：作为女人，她的一生支离破碎却又色彩斑斓。可她把痛苦移植到艺术里，成为伟大的女艺术家。
② 哈利·胡迪尼（Harry Houdini，1874—1926），世界上最著名的魔术师。他是一位幻想大师，是享誉国际的脱逃艺术家，能不可思议地从绳索、脚镣及手铐中脱困。同时，他也是以魔术方法戳穿所谓"通灵术"的反伪科学先驱。

的脖子有些僵，但还是自信地抬起下巴。"阿玛罗斯说过影子补丁的用途，如果他是对的，那么只要我们表现得自然，一切就会顺利的。"说完后，她把小云捞起来裹在斗篷底下，大步向前走去。

亚瑟深吸一口气，尽量让自己镇静下来，排在队伍后面跟着往前挪动。但等的时间越长，他手心里的汗越多。当前面的流浪者们登上车门台阶，他不由得咬紧了牙关。没事的，没事的……终于轮到他了，突然，他觉察到一只手碰到了自己的肩膀。"塞西莉，我——"

但那不是塞西莉。

T型人冰冷的目光扫过亚瑟的脸，还有斗篷。刹那间，亚瑟紧张得连心跳都停了，他怀疑T型人认出他来了，但仿生人只是把他往前推，低声说："找位子坐下，你们不坐好我是不会发车的。"

他滚动着离开了，亚瑟长长地出了一口气。影子补丁起作用了。

观光巴士的车厢里放着十排长凳，中间留有一条通道。小云从任的斗篷下面爬出来，蹦蹦跳跳地跑到最后一排。他们找到它时，它正坐在一条空长凳上，摇着小尾巴，期待地看着他们，好像是说："看，我给你们留了个位置。"

塞西莉把它抱起来放在大腿上，向里挪了挪，让亚瑟和任一起坐下。

第十九章 猎豹的森林

其他流浪者也爬上车来,老旧的巴士摇摇晃晃地发出吱呀声。前面那排长凳的后面固定着一个钢制扶手,中间装了一个赫瓦龙标志的按钮。亚瑟猜测了一下这个按钮的用途,不过他没想着冒险去按——很可能会致命。

等所有人都坐稳了,T型人滚动过去,关上了车门。接着,他抓起一个大木箱,沿着中间的过道往后走。"每人拿一个。"他吩咐道,把盒子里的东西递给前面的流浪者。

亚瑟看到,那个披着变色蜥蜴皮斗篷的女孩坐在他们前面三排。她伸出手,从盒子里拿出一个小小的、弯曲的金属物,把它挂在耳朵上。

"记得要认真听导游告诉你们的每件事,"T型人建议,"以及,畅享幻境、创造奇迹!"

"导游?"任重复道,拿起三个装置,依次传给他们两个。

亚瑟把这个装置放在耳朵上,不由得眨了下眼睛。一块淡蓝色的全息显示屏突然出现在面前几厘米的地方。他转动了一下脑袋,屏幕也跟着他转动。

"这太酷了。"塞西莉说道,举起手在鼻子前面挥舞了两下。

她看起来有点斗鸡眼,但亚瑟不忍心告诉她。让他感到奇怪的是,他看不到她的屏幕——每个人都只能看到自己的。

"早上好,流浪者们!"一个沙哑的声音响起,带着点法国口音。亚瑟惊呆了,屏幕左侧出现了熟悉的蜥蜴人,这次他穿的是紫色的定制套装。"欢迎来到42王国的奇幻之旅。"

还是那只熟悉的爬行动物，曾担任过"小屁孩"赛车的司机。亚瑟怀疑它是 25 世纪某个著名的娱乐谐星。"这段路会有些颠簸，"蜥蜴人提醒道，"所以请时刻抓紧前面的栏杆。每排座椅前都有应急按钮，如果你想下车，就按一下！"

原来按钮是干这个的啊，亚瑟明白了。车子沿着大路飞驰，轮胎在泥地里噼啪作响，他抓紧了栏杆。

他们很快就转到了一条坑坑洼洼的小路上，一边是茂密的森林，另一边是开阔的草地。一阵暖洋洋的风吹过巴士，带着干草和动物粪便的味道。亚瑟刚从背包里取出谜题纸卷，塞西莉就拍了下他的胳膊。"快看！"她喘着气说，"太棒了！"

他抬起头向外面望去，激动得差点从板凳上滑了下去。

一大群斑马就站在几百米远的地方，甩着尾巴吃草。这么多的条纹密密麻麻地排列在一起，让人差点视觉错乱。亚瑟只在野生动物纪录片中看到过这种动物的镜头，和平点庄园那里可没有这种动物四处游荡。

巴士又经过几头正在吃草的水牛，任也惊呆了，下巴差点掉了下来。她喃喃道："真不敢相信，能看到这么多的动物。说不定，这儿的英雄是位野生动物保护专家？"

蜥蜴人用它长满鳞片的爪子示意："请向右看。我们即将到达一处水源，在那儿你们可以看到长颈鹿、火烈鸟和大象。"

果不其然，他们很快就来到了一个泥潭边。到处都是细腿的火烈鸟，它们在午后的阳光下梳理着珊瑚粉色的羽毛。

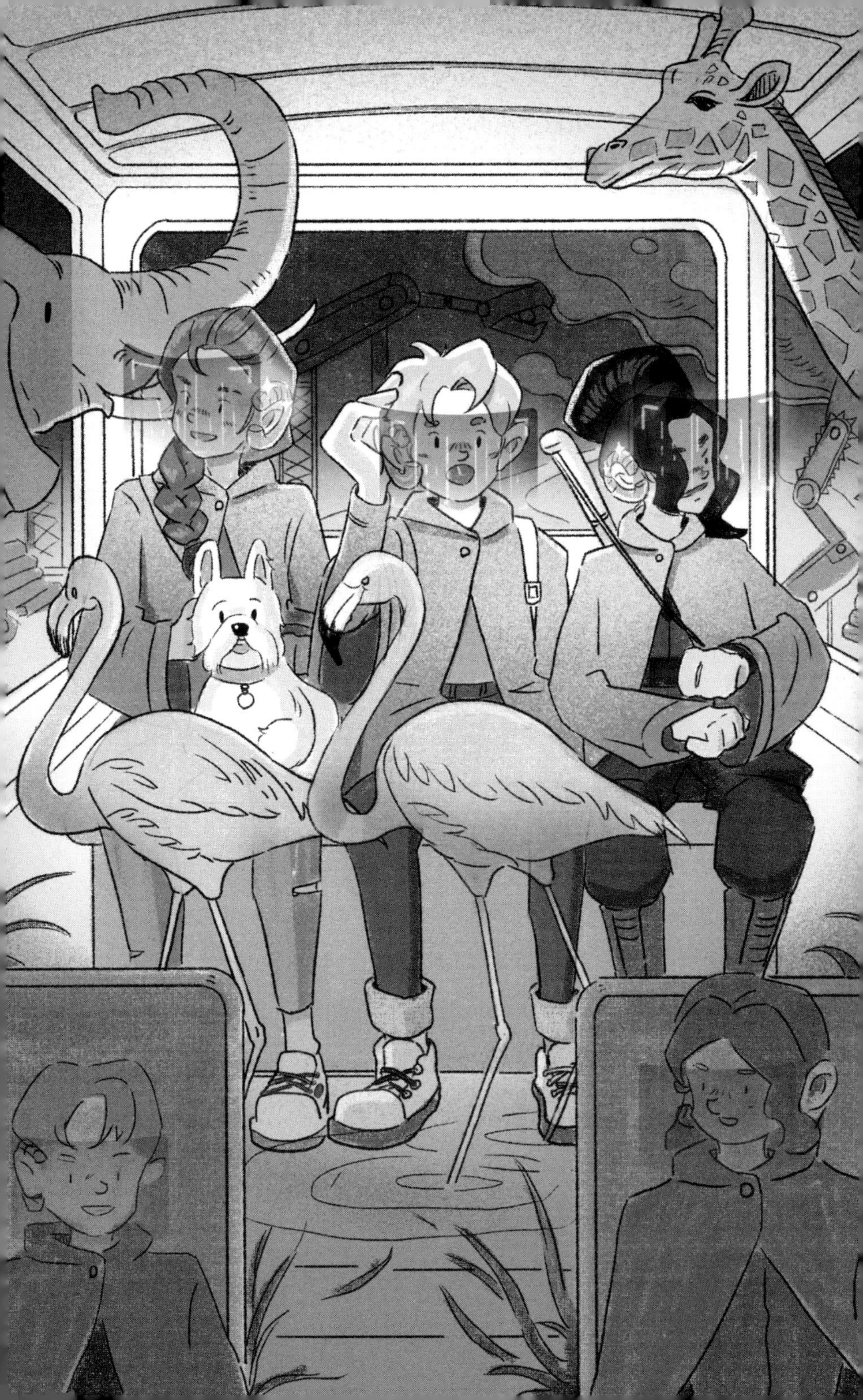

两只成年长颈鹿站在潭边低头喝水,一群大象晃着大耳朵在它们身后蹒跚而行。它们的尖叫声、呼噜声和溅水声是如此响亮,亚瑟觉得这些声音简直就是在自己耳朵里播放的。

"我知道咱们现在不在地球上,"塞西莉说道,"但这个地方看起来很像……"

"非洲。"亚瑟补充道。这里就像他在电影和电视上看到的那样:阳光暴晒的草原一直向地平线延伸,嘈杂而生机勃勃。塞西莉斜靠在车边,下巴靠在胳膊上,头发像宝石一样闪闪发光。"我一直想去那里。去年夏天,爸爸答应带我去阿布贾,他的父母就是在那儿长大的。"她哼了一声,"可他食言了。"

从她的口气里,亚瑟猜到是因为她爸爸太忙了,没时间带她去。他想塞西莉得多沮丧啊,自己最爱的爸爸做出了承诺却没有兑现。想到这里,亚瑟更感激自己的爸爸了,因为他总是说到做到。"阿布贾——那是在尼日利亚,对吧?"

她点点头:"我爸爸是尼日利亚人,妈妈是法国人。所以他们的沙龙叫非法发廊①。我觉得这个名字挺傻的,但很显然,它在时尚圈里很受欢迎。"

---

① 发廊原名 Afrocheveux,由 Afro 和 cheveux 两个单词组成。其中,Afro 是英语,指的是一种多见于非洲的发型,类似我们常说的"爆炸头";cheveux 是法语,指头发。所以翻译为"非法发廊"。

第十九章 猎豹的森林

亚瑟的法语不太灵光,他不清楚 cheveux 到底是头发的意思还是小马的意思。联系当前的语境,他选择了前者。

塞西莉突然坐直了身子:"嘿,我刚才在想——自从我们来到这个王国,还没有什么东西想要杀死咱们。也许这就是为什么小云之前来过这里——因为这里很安全?"

亚瑟的心一沉。《幻境》里一切都不安全。想想在之前那三个王国,他们遇到了从天而降的雪崩、迎面飞来的巨石、呼啸而来的火箭,他开始觉得有什么东西不对劲儿。

他又读了一遍那个谜题纸卷:一旦你们走上英雄之路,请看清真相,破解密码……英雄之路,他猜测,应该指的就是现在坐车走过的这条吧,可他并没有看到什么密码啊。

他扫视着这辆巴士寻找线索,最后把注意力转移到帆布车顶的下方,那里张贴了好多广告,宣传赫瓦龙公司的产品。每一张广告上都有带光泽的照片,还有热情洋溢的标语:

无论你在哪里流浪,记得带上你的赫瓦龙牌水瓶!(Never forget your Hxperion water bottle, wherever you're wandering!)

每个人都想要一盏赫瓦龙牌头灯!(Everybody wants a head torch from Hxperion!)

职业选手都会选择赫瓦龙牌登山靴!(Pro-wanderers always wear their Hxperion hiking boots!)

最优秀的玩家都会这样做:今天就带一个赫瓦龙指南针回家!(Only the best will do: take home a Hxperion compass today!)

亚瑟注意到，每条标语的第一个字母是用不同的字体写的。灵光一现，他试着把它们串到一起，看是不是能变成什么单词的缩写。但开头的四个字母——NEPO——没有任何意义。他又把这四个字母倒着进行组合，他脖子后面的汗毛倒立起来了，这些字母的确要倒着读！他根据其他标语共拼出了三个单词：

OPEN（睁开）

YOUR（你的）

EYES（眼睛）

亚瑟必须要核实一下，他们现在看到的是不是真相，于是他把耳朵上的那个装置拿下来了——令人作呕的真相就像一大团斑马粪便一样迎面飞来。

他刚才看到的一切都是谎言。

车窗外，刚才还是草地和一望无际的灌木丛，此时变成了一片被烈火熏黑的树桩，一直延伸到了远处。火烈鸟只是小型的切割机器人，正忙着锯断残留的树木。那里也没有两只长颈鹿在喝水，而是一对重型起重机嗡嗡作响，来来去去地把砍伐的原木吊到一辆灰色大卡车的车斗里。一辆辆大卡车，刚好停在之前象群站立的地方。

亚瑟惊呆了。这片土地遭到了毁灭性的破坏。没有一片草叶留给斑马食用，没有一滴清水留给长颈鹿解渴，也没有任何生物的栖息地保留下来。刚才那些生机盎然、嘈杂喧闹的景色，一度让他惊叹不已，现在全部消失了。他的心中一阵痛楚，伸手把塞西莉的装置拿了下来。

塞西莉不安地眨着眼，倒吸一口凉气，用手捂住了胸口。亚瑟用胳膊肘碰碰任，让她也把装置拿了下来。

看到面前的这片焦土，任的眼睛睁得老大。"怎么会这样？"她问道。

"我不知道……"亚瑟尽管努力思考，但还是找不到答案。他望望四周，看看旁边是否也发生了变化。在他们左边，之前驱车经过的森林，现在只是一道用荆棘和树根搭成的篱笆，高得令人头晕目眩。T型人还坐在司机位子上开车，但车厢里显得空荡荡的。亚瑟看不到那个披着变色蜥蜴皮斗篷的女孩，他相当确定还有六个流浪者失踪了。"在我们观看动物的时候，一定发生了什么事，"他说，"其他乘客以某种方式下车了。"

任指了指前面栏杆上那个赫瓦龙标志的按钮。"那个蜥蜴人说，如果我们想下车，只要按它就行，"她提醒道，"其他人说不定就是这么做的？"

就这样，一些小细节开始在亚瑟的脑海里串了起来。无限之旅：永无止境的乐趣！甚至都不用调用他的牛顿百科全书，他已经知道发生了什么事情。"这段旅程不会这么轻易结束，"他意识到，"有些流浪者发现得比我们早，所以他们先离开了。这是挑战的一部分：一旦你……看清真相，破解密码。"

他信心十足地伸出手去,用力按下那个带着赫瓦龙标志的按钮。

效果立竿见影。屁股底下的座位塌陷了,他一头栽进了黑暗中。

第二十章

农舍

黑暗没持续多久。阳光直射到亚瑟的眼睛，他重重地摔在岩石地面上，扬起一团呛人的尘土。他听到汽车引擎的隆隆声，抬头一看，巴士已经开走了。

"发生了什么事？"塞西莉咳嗽着问道。

"是那个按钮，它启动了我们身子底下的某种装置。"亚瑟解释道，他现在明白了巴士底盘为什么那么高，因为它需要更多的空间把乘客们"倒出来"。"一定是那条长板凳翻了个个儿，把我们给倒了出来。"他摇摇晃晃地站了起来，拂去了牛仔裤上的灰尘。

就在不远处，几队流浪者正在向森林篱笆上的一个洞口走去。亚瑟在路上没有看到其他巴士，但从流浪者的人数看，他觉得一定有一整支车队在附近行驶。"下一个挑战可能就在那边，走吧。"

塞西莉把小云的遛狗绳拴在它的项圈上。他们低着头,冒险进入了森林。没有人——包括他们跟着的那些流浪者——能走得很快。在森林里,地面往往充满着各种危险——蔓延的树根、湿滑的泥地和纠缠的藤蔓都隐藏着危险。他们不得不一会儿高高跳起,一会儿匍匐通过,一会儿又得大步跨越。他们的鞋子踩在红陶土上,潮湿的泥土味混着树皮的味道随之升腾到空气中。

"我们一定要非常小心,"任盯着树影低声说道,"还记得吗,这个王国的挑战就叫'猎豹的森林'?"

亚瑟的神经一阵刺痛,他抬起头,在高高的枝丫上搜寻带着棕色斑点的金色皮毛。他在思考该如何抵御野生动物的攻击。他们可以把小云变成一只老虎,但毫无疑问这会引来太多的注意。亚瑟一度猜测蒂伯龙或瓦莱丽娅是否在跟踪小云,但他断定这不太可能。毕竟,如果他们能追踪到的话,米勒就不会把小云连同时间秘钥一起送走了。

"我在想,说不定这个王国的英雄是个环保主义者,试图与我们刚才看到的所有破坏做斗争?"塞西莉猜测道。亚瑟从她皱着的眉头可以看出,她还在为刚才目睹的情况而忧虑。他脑海中浮现出一幅画面,烧焦的树木残骸矗立在荒凉的土地上——每一棵都像一块墓碑——他忍不住颤抖起来。塞西莉是对的,英雄不会像这样破坏环境,他们会选择拯救。

"其他流浪者似乎已经知道她是谁了,"任平静地说道,"他们也知道该往哪个方向走,可我没看到哪里有路标啊。"

第二十章 农舍

在虫子的嗡嗡声后面,亚瑟能听到那些流浪者指着前面的树谈论着什么。谜题中的另两句在他脑海中浮现出来:

想清楚你们的脚步该落到哪里,

找到那些树,它们会给你们指路……

他研究离他最近的那些树,发现它们的品种各不相同。有些树皮光滑,枝叶像雨伞的辐条一样舒展;有些树干粗糙,枝叶紧密得像编织的毛衣。其中一个品种长着锯齿状的菱形叶片,另一个品种则有着狭窄的羽毛状复叶。

在前面的流浪者们绕过一棵长着鲜艳的蓝紫色花朵的大树,突然左转。亚瑟回头看了一眼,发现同样的小花就散布在他们刚刚经过的路线上。"哇,"他反应了过来,屏住了呼吸,"有路标给我们指路——那些树。"他把塞西莉和任拉到一边低声解释,"就是那些长满蓝色小花的树,引导着大家穿越森林,跟谜题里说的一模一样。"他正准备念出谜题,就听到任惊叫一声。

"啊!"她跳了起来,就像踩到了钉子上,"把它拿开!快拿开!"

亚瑟走上前去:"怎么了?发生什么事了?"

他上下打量了任一番,看她哪里受伤了,但什么都没看到。一只拇指大小的蚱蜢,停在了她的肩膀上,于是他扫了下去。"你没事吧?"

"它飞走了?"任扭动着脖子,长长的马尾辫拂在亚瑟的脸上,"你把它弄走了?"

亚瑟侧过头,避开马尾。"你是说那只虫子?我把它扔到地上了。"

她点点头,重重地叹了口气。"好了,好了,这下没事了……"像是要说服自己,她不断地重复着。

"你害怕虫子?"亚瑟轻轻地问道。他朝塞西莉扬了扬眉毛,后者迷惑不解地摇摇头。一直以来,任给他们的印象是,她无所畏惧。

"它们把我吓坏了,"任颤抖着承认,"它们总是四处乱窜,躲在一些窟窿或黑暗的角落里。"她的视线掠过树梢,"自从进入这个王国,我们就被这些爬虫包围着,真是吓死人了。我一直努力说服自己,不要去想它们。"

亚瑟简直不敢相信:看上去那么坚强的任,骨子里竟然像他和塞西莉一样脆弱。"啊,你已经做得相当不错了,"他说道,尽量掩饰住自己的惊讶,"我都没注意到你怕虫子。"他觉得很荣幸,因为任信任他们,向他们敞开了心扉。通常情况下,人们可不会在外人面前轻易暴露自己的弱点。

任捋了捋斗篷的两侧,脖子绷紧了。"来吧,咱们继续前进。"

蓝紫色的花树带着他们穿过森林,来到了一块开阔的乡村平地。左边的河岸旁是一个果园,潺潺的河水从旁边流过;右边是大片的原野,整齐地种着一排排水果、蔬菜和小树苗。

第二十章 农舍

还有用竹竿搭起来的金字塔,上面爬满了各种豆类植物。碧绿的香蕉从高高的树上垂了下来,金黄的南瓜静静地躺在稻草上。这片田地一直延伸到了前面的山顶上,那里矗立着一座简陋的农舍。

田野里到处都是流浪者,他们有的忙着播种,有的忙着除草,有的在采摘农产品,各种质地的斗篷随风飘动着。一块巨大的木牌像稻草人一样竖立在田野中央。亚瑟、任和塞西莉转过一块红薯地,看到了上面写的字:"WM 有机果蔬农场,所有利润都归星际绿带运动所有。"标语上画着五颜六色的果蔬图案,有豌豆荚、山药、无花果和香蕉。

"之前阿玛罗斯说过,我们要花四个小时辛勤劳动,才能见到这个王国的英雄。你们觉得说的是这里吗?"任提出了疑问,"不然的话,为什么这些流浪者都在干活儿呢?这一定是挑战的一部分。"

亚瑟同意这一点,但在到达农舍之前,他们还不是很确定。当他们走近那座农舍时,他仔细观察了一番。木制的建筑有两层,窗户漆成了白色,一层还有一个又宽又大的门廊。流浪者们拿着小碗,排着长队,从两扇前门之间进入。

"去那儿看看。"任对着建筑的侧面点点头。一个 V 型仿生人正在那儿给流浪者们发碗。她穿着一条绿色褶边围裙,上面绣着"厨师助理"的字样,火红的头发梳成一个不讨人喜欢的发髻,用发网束了起来。

他们向队尾走去。亚瑟压低声音说道:"有了影子补丁,仿生人就认不出我们来了。如果某个流浪者认出来咱们就是飞翔的'小屁孩',该怎么办呢?"

"咱们就来个死不认账,"任一边说,一边拉起她马甲上的兜帽,"还有更好的方式,咱们压根儿就不接他们的话茬儿。"

他们跟在一批流浪者的后面往前挪动。亚瑟有点紧张,蒂伯龙·诺克斯不管在哪儿都会安插间谍。

V型人给他们每人分了一个碗。在不安地排了十分钟的队后,他们走进农舍的前门,迎面扑来的是叽叽喳喳的喧闹声,还有令人垂涎的家常菜的香味。从米勒的总部出来之后,亚瑟就没再吃过一点儿东西,这让他的肚子咕咕叫了起来。这里布置得像一个大大的开放式餐厅,桌椅一排排地摆放着,墙上开着长长的服务窗口,队伍一直排到了那里。每张桌子中间放着一个赫瓦龙牌的水壶、一堆塑料杯和放在托盘里的餐具。

"今天的主菜是炖芭蕉。"任看着挂在后窗口上的黑板读道。身后的流浪者们拖着脚步走近了,她把声音压得低低的。"我打算先吃点东西,虽然这对咱们完成挑战没有什么帮助……"

亚瑟扫视着这间农舍,尽量避开与其他流浪者的目光接触。墙上装饰着一些照片,它们展示了流浪者们是怎么在苗

第二十章 农舍

圃里工作,粉刷农舍或清洁厨房的。几个V型人站在服务窗口那里,在饭菜冒出的热气中走来走去,把热汤舀到流浪者的饭碗里。其中有一个面目熟悉的女人,乌黑的头发上系着一块鲜艳无比的头巾。

"我猜就是她。"亚瑟指着那个女人说道。女人的袖子高挽到胳膊肘,露出强壮有力的胳膊。"她就是英雄,我敢肯定。"

她有一张轮廓分明的脸庞,颧骨很高,笑容热情开朗,以至于眼睛和鼻子都皱了起来。"我不认得她,"塞西莉承认道,"或许那些照片能告诉我们她是谁。"

他们一边跟着队伍向前移动,一边研究墙上的照片。它们是按照时间顺序排列的,让亚瑟想起了学校的年鉴,因为每一组照片都纪录了农场的某个特定阶段。一开始是《幻境》刚建立的时候,亚瑟看到那些流浪者是怎样建起农舍,开始犁地并收获第一批玉米的。照片上有人弹着吉他围坐在篝火旁,或是一边在田地里干活儿一边唱歌儿。他猜,他们可能在学着唱阿玛罗斯之前提到的歌曲。

这些年来,随着新果园的种植和扩建,整个农场发生了显著变化。在队伍的前面,照片中开始出现流浪者和动物。有长着蓝绿相间尾羽、趾高气扬的大公鸡,还有一只灰色的长耳兔,以及一只长着棕褐色卷毛的小羊。

亚瑟突然顿住了脚步,因为他看到了见过的动物:一只灰褐色的大胖猪，长着金黄的鬃毛。"我猜那些动物都是小云，"他对着任和塞西莉低声说道，"照片都是三年前拍的，小云那个时候一定是在这里。"

前面的人端着盘子走开了，他们三个挪到了服务窗口。亚瑟想找到戴头巾的女人，但她已经消失了。他鼓足勇气，问一个一只手是搅拌器的 V 型人："对不起，你能告诉我刚才这儿站着的人——一位穿着花裙子、系着头巾的女士去哪儿了吗？"

仿生人把一勺热腾腾的芭蕉炖菜倒进他的碗里。"你的请求无法处理。"她的口气中带着一丝嘲讽。

亚瑟咬着嘴唇，跟着任和塞西莉走到一张桌子旁。"也许是因为我们还没完成挑战，所以还不能见她。"他低着头说道，"她服务的人，得在农场里干够四个小时的农活儿。"

他在任的对面坐下，对着那碗炖菜弯下腰，胳膊肘尽量往里收，以免碰到其他用餐者，让他们能找到借口和他说话。塞西莉坐在任的旁边，伸手拿来一壶水和三个纸杯。

"那么我们只能工作，"任把勺子插到炖菜里说道，"越早开始越好。"

炖菜的味道非常棒——加了适量的调味料，酸甜可口。亚瑟用手指把碗里的汤汁吃干净，觉得精力更加充沛了。他们把碗筷洗好，去了趟卫生间，就出去找另一个 V 型人领任务。

第二十章 农舍

他们问 V 型人能不能找个远离其他流浪者的地点干活儿，对方生硬地回复道："无花果园里人不多，但单枪匹马地干活儿并不符合这里的精神。这个王国的任务是要聚在一起，作为一个团队为保护幻境而战。"

亚瑟想不出一个像样的借口来解释他们的独特要求，直到他看到小云在咬塞西莉的鞋带。"有些人不喜欢狗狗，我们得为他人着想。"

对这个理由，V 型人似乎并不满意，但还是给了他们一辆手推车和几个木箱。他们推起车，向农舍另一边的无花果园走去。

和平点庄园附近可没有果园，亚瑟以前也从没去过类似的地方。阳光穿过层层叠叠的树叶，在地上留下斑驳的影子，空气中弥漫着花香和湿润的泥土气息。小云在旁边欢快地跑着，时而绕着圈子追它的小尾巴，时而对着落下来的果子嗅来嗅去。一排排树栽在狭窄的小巷里，中间是两道泥泞的车辙，可以看出装满农产品的手推车曾多次碾过。亚瑟把他们的第一个箱子推到合适的位置，三个人开始采摘起来。

这项任务有些单调无趣。他们先找到一颗无花果，把它摘下来，然后放到箱子里。那些熟透的果子往往长在最外面较低的树枝上，他们采摘下来，把那些太小或还是绿的果子留在树上。亚瑟发现这项工作让人心情很放松。

"你知道除了家人和朋友，我最怀念 21 世纪的什么吗？"

塞西莉检查着她的水瓶说道,"我那个装满漂亮衣服的衣柜。"

亚瑟笑了起来。

"整天穿着这些斗篷和二手服装,你们就不烦?"她为自己辩护,"还有,这些向日葵会随时播报我的心情,让我觉得很可怕。"

"我想念以前那种安心的感觉,你能理解周围的一切是怎么运作的。"任说道。她拽下一颗无花果,一根树枝裂了开来。"而在这里,你通过显微镜观看视频,斗篷给你超能力。我知道这是科学,可它们总让我吓一跳。"她犹豫了一会儿,把那颗无花果放到箱子里,又说道,"还有,我也想念我的床。"

"你呢,亚瑟?"塞西莉问道。

他仔细地想了想。"我最想念的是爸爸做的玉米饼——顺便说一句,它的味道一顶一的棒——除此之外,我觉得最令人不安的地方在于,我们根本不知道自己在哪儿。以前在家的时候,你知道它在地球上的确切位置——它给了你一个认识宇宙的锚,这让你很安心,虽然我们自己没有意识到这点。"他想象着自己像一只鸟一样俯瞰着大地。他知道这儿是农场,果园的旁边就是森林和农舍,但农场之外又是什么?他们所在的星球究竟有多大,他们在星球的哪里呢?

"这不是显而易见的嘛!"塞西莉说道,就像亚瑟在开玩笑一样,"这里是蛤蜊星系的尼里星。"她用拇指和食指做出一个 L 形,举起来对准天空望了一眼,"我想这里大概是在南

第二十章 农舍

纬 0.15 度，在赤道附近。"

亚瑟眨了眨眼睛，凝视着塞西莉刚才看去的方向。"你是怎么知道的？"他问道。

"很简单，"塞西莉回答，"这是 PSI 星座中最低的恒星与北方地平线的夹角。尼里人在北半球的多福顿市测量它们的本初子午线——"她突然皱着眉头停了下来，"等等……我怎么知道这些？"

任指了指塞西莉斗篷上的向日葵，现在上面覆盖着一层细细的红色网格线，还写满了奇怪的文字，和他们在通往阿玛罗斯王国的幻境通道上看到的一样。"看！这和你在阿玛罗斯·巴那里得到的幻境技能有关。这种语言可能是泰利安语。"

亚瑟想起了他们在茅草屋看到的明信片："是的。阿玛罗斯是个有名的导航高手——你一定继承了他的本领。"他又检查了一下幻境斗篷的衬里，以验证塞西莉是否说对了。果不其然，一圈闪烁的文字环绕着一颗绿色大行星，上面写着"42 王国：尼里星，蛤蜊星系"。

"好吧，告诉我们，哪边是北边？"任兴奋地问道。

塞西莉指向她背后："就是那边。"

任的眼睛睁得老大："天哪，你就是个人形指南针！"

在他们准备进一步测试塞西莉的新技能时，农舍的铃响了。梳着高发髻的 V 型人走了过来，告诉他们已经完成了四个小时的劳作挑战，他们需要把所有的东西运回农舍。借助艾萨克·牛顿的计算能力，亚瑟估计他们每个人采摘了一千多颗无花果。就在快到农舍时，他留意到一团红色的薄雾在车上的无花果之间盘旋。亚瑟刚一碰到那团薄雾，一张赫瓦龙商品五折优惠券出现了，上面还有一把雪白的王国密钥。他把优惠券留在了手推车里，把王国密钥放在口袋中。

他们走进农舍，这次的菜单上没有炖芭蕉，只供应一种叫作曼达兹的小甜甜圈。让亚瑟失望的是，他还是没看到那位系头巾的女士——她不在服务窗口那里，也不在食堂的任何地方。

他们找了一张桌子坐下来，占据了三个位子。"咱们现在该怎么办？"塞西莉问道。

其他的流浪者围在他们周围，大口大口地吃着。亚瑟不得不承认，曼达兹的味道棒极了。他狼吞虎咽地吃着，都没注意到一个女人坐在了他旁边。

"你叫什么名字？"她粗声粗气地问道。

他紧张地盯着盘子，直到被任在桌子底下踢了一脚。

"亚瑟。"他回答说，立刻又往嘴里塞了一大口食物。这是个暗示，他不想跟别人说话。

但塞西莉也踢了他一脚。他抬起头来。

坐在旁边的女人笑得眉眼弯弯，两颊红润。"很高兴见到你，亚瑟，"她说，"我叫旺加里·马塔伊，我们五个有很多工作要做起来了。"

第二十一章

绿带运动

旺加里·马塔伊？亚瑟从没听说过这个英雄的名字。对面的塞西莉也是一脸茫然，显然也没听说过。任皱起了眉头，好像她听说过这个名字，只是一时间想不起来。

"你们一定要听好了，照我说的做。"旺加里的声音很紧张，但动作看起来很放松，"跟在我后面，机灵着点，别让仿生人注意到你们。"她迅速地从桌子上站起来，穿过餐厅的地板，走向房间的另一个角落。

亚瑟环视了一圈，想找到V型人的踪迹，只看到窗户旁站着一个。她正站在外边，忙着给排队的流浪者们发盘子。剩下的都是T型人，聚集在服务窗口后面。"他们每个人都没工夫注意到我们，"他告诉任和塞西莉，"咱们走吧。"

塞西莉抓住小云的遛狗绳，他们在桌子间穿梭，不停地避开那些走来走去的流浪者——有的吃饱了要离开，有的正端着盘子在找座位。旺加里站在墙边，用手指在某个区域里的照片上摸索，好像在找下面的一样东西。她的手在其中一张上停了下来，猛地一按中间。咔嗒一声轻响，一扇隐蔽的门开了。"快进去。"她轻声催促道，把三个人推进了门槛。

走过那扇门时，亚瑟惊奇地发现，它是那么隐蔽。一组照片摆得极其巧妙，把门的边缘遮得严严实实，让人压根儿就看不出来。

他们走进一个用烛光照明的昏暗的小房间。一张方木桌摆在中间，上面散放着几张农舍的建筑图纸；一面墙上有个布告栏，上面钉着一张肯尼亚地图；另一面墙边立着一个书架，上面摆满生物学、动物学和非洲历史方面的书籍。在这个空间的后面放着一个餐具柜，上面摆着镶框的证书和照片，旁边还放了一个陈列柜，里面摆着金闪闪的奖牌。墙上的钩子上挂着一件幻境斗篷，亚瑟发现旁边还放着一些影子补丁。

"很有效，是不是？"旺加里看到亚瑟正在调整他的影子补丁，于是说道。她把门无声地关上，用铁闩锁住三个不同的地方。"披上这件斗篷，贴上一个影子补丁，我就可以探索这个王国了，赫瓦龙公司压根儿就看不到。"

就在这时，任突然倒吸一口凉气，猛地冲到餐具柜前。"我知道这是什么了，"她的目光透过陈列柜上的玻璃，落到了一块闪闪发光的奖牌上，"在我以前的学校，我们专门就这个奖项做过一个课题——这是诺贝尔和平奖！"她目瞪口呆地看着旺加里·马塔伊，"难怪我觉得您的名字听起来那么熟

第二十一章 绿带运动

悉——您是旺加里·马塔伊教授,第一个获得诺贝尔和平奖的环保主义者。"

"也是获得这个奖项的第一个非洲女性。"旺加里在他们凑上去看那块奖牌时补充道,"我能获得这块奖牌,很大程度上是因为我创立了绿带运动——一个让社区通过种树来保护生态环境的组织。"

任的眼睛睁得大大的。"大自然给了我们所需的一切;为了拯救未来,请播下一粒种子。"她背诵了谜题纸卷的最后两句,"现在一切都说得通了。"

"我们种下的既是树,也是和平和希望的种子,"旺加里睿智地说道,"绿带运动变成了呼唤变革的代言行动。在我们的努力下,内罗毕市取消了一个将中心公园改造成六十层塔楼的建设计划。我们还和政府推动的土地掠夺行为做斗争,他们太贪婪了,会毁掉大片大片珍贵的森林。"

听到旺加里取得的成就,亚瑟充满了信心。旺加里一个人就能取得这么大的成就,他们可是三个人啊,说不定他们真能解救这些英雄,还来得及回家呢。他仔细地看着教授的纪念品。在其他几个声名显赫的奖项中,还有一些照片。旺加里有时高举着抗议横幅,有时与世界上最有权势的领导人在一起发表演讲,有时是和著名的电影明星在一起。"所以观光巴士上的挑战……"

"……就是要让你们睁开眼睛,看到周围的问题。"旺加里说道,"这趟巴士之旅与我小时候的某次旅程很像,那次我坐着车子穿越肯尼亚山麓,第一次看到了大规模的森林砍伐行动。"

"那为什么这个挑战叫'猎豹的森林'呢?"任提出了心中的疑问,"我没看到任何豹子在农场附近游荡啊。"

旺加里笑了起来:"旺加里在我们这儿的方言中,是指'属于猎豹的女人',算是一个绰号吧。"她拿了五把椅子,围着桌子摆了一圈。"你们的问题够多了。在某个仿生人注意到我离开之前,我们只有一点时间。坐下吧。"

亚瑟把背包放在地板上,在任对面坐了下来。塞西莉坐在他们中间,小云坐在旺加里旁边的椅子上。它看上去神采奕奕,眼睛炯炯有神,好像早就为这场聚会做好了准备。

旺加里身子前倾。"这个农场是个善意的项目,它资助我把绿带运动扩散到整个星际。"她开始了讲述,"但这只是用来掩人耳目的,我的真实身份是秘密反抗组织的成员。秘密反抗组织由各个王国的英雄组成,我们一起收集赫瓦龙公司的情报,目的是要逃离王国的束缚,并帮助米勒·赫兹赢得正义。所有这一切,是从我遇到小云开始的。"

小狗骄傲地抖抖颈上的毛,抬起下巴,好像在说:"一点都没错。"

"三年前,它通过一条幻境通道来到这里。当时我正在森林里工作,它就出现在离我不远的地方。"旺加里·马塔伊

第二十一章 绿带运动

继续说道,"谢天谢地,和我在一起的V型人没看到它,但我知道它很特殊,于是把它藏了起来,想弄明白它是从哪儿来的。"

亚瑟盯着小云那毛茸茸的白色小脸,猜测它究竟还藏着多少秘密。

"我们第一次避开仿生人见面,就在这间屋子里——它最终解释了自己的来意。"旺加里扬起下巴看向小云,"来吧,你现在处在安全的环境里,让他们看看你之前给我看的东西。"

小云嗅了嗅空气,像是要确认是否有危险的气息。最后它满意了,于是转过身来,顺从地抬起了左后爪。有那么一瞬间,亚瑟以为它要在旺加里·马塔伊身上撒尿,但是小狗稳稳地站着,一动不动。接着,它体内传来嗒的一声,像是齿轮转了一下,小云的右耳朵竖了起来,一幅全息影像从上面投射出来。

和《幻境》中看到的如水晶般清晰的高像素全息影像不同,这段影像模糊不清,断断续续。图像里出现了一个满脸通红的男人,他有着一头凌乱的黑发,穿着破烂不堪的T恤。尽管衣衫褴褛,但亚瑟还是一眼就认出来了——他是米勒·赫兹。

"如果您看到了这段影像,说明您是有史以来最伟大的英雄之一,和您谈话是我的荣幸。"他上气不接下气地说道。阳光照亮了他衣服上的油渍,他的皮肤上泛着汗光。"我叫米勒·赫兹,是赫瓦龙的创始人之一。和您一样,我也被困在《幻境》中,我需要您的帮助。"

亚瑟的皮肤一阵刺痛,因为眼前的情形让他想起了《星球大战:新的希望》,其中,机器人 R2-D2 被人发现时,就携带着来自莱娅公主的秘密信息。

"我哥哥蒂伯龙把我困在了一个封闭的王国,"米勒继续说道,"他是玩阴谋诡计的高手,我无从得知这是哪个王国——就连我斗篷上的地图也被禁用了。更重要的是,这个王国的部分挑战必须由一群人才能完成,所以我也没办法通过赢得王国秘钥离开。"他的手靠近正在拍摄的设备,然后拿起它慢慢地转了一圈。

他周围是一个空荡荡的游乐场,闪烁着白光。远处是一个高耸的摩天轮,一个五颜六色的旋转木马和一款名叫"黑玛丽亚"的螺旋过山车。这片石质土地是红棕色的,非常平坦,你可以从各个方向看到地平线。

"来到这里后没多久,我接通了《幻境新闻》的频道,才知道蒂伯龙在我不在的时候对你们做了什么。"米勒的脸又回到了录像画框中,此时他低下了头。"我很羞愧地说,他用来穿越时空的技术是我设计的,我本应在蒂伯龙偷走之前把它毁掉。"

"利用从这个王国里捡到的零件,我能把这段影像传给小

第二十一章　绿带运动

云,希望它能和你们每个人分享。蒂伯龙到处都有眼线,所以我给小云设定了程序,只有绝对安全时才能放映,只能信任它确信来自其他时代的人。如果您看到这段录像,拜托您一定要找到我。有了您的帮助,我才能逃出去,阻止我的哥哥,彻底地解决问题。"

说完这句话,全息影像消失了,小云的耳朵又耷拉了下来。

"这么说小云是在执行任务,"塞西莉骄傲地微笑着说道,"自从接收到米勒的录像后,它就在《幻境》中四处游历,寻找英雄给他们放映。这就是它在'原则号'上的原因,找到艾萨克·牛顿并给他看这个。"

亚瑟猜测小云始终没找到机会给牛顿放映,因为大副始终和牛顿形影不离。他不知道这么多年来,小云究竟给多少英雄分享过这段录像。"说不定时间秘钥也能让它在不同王国间穿越,就跟王国秘钥一样?"亚瑟猜测道,"牛顿说它可以用不止一次,这就能解释小云是怎么在《幻境》里不断穿越的。但我们还是不知道,为什么小云打开了通往我们那个时代的通道,又是什么引发了27号小屋的那场大爆炸。"他怀疑还发生了别的事情,小云和米勒·赫兹都没预料到的事情。

任伸出手去,挠挠小云的下巴。"至少我们知道了为什么小绒球一直在帮我们——跟那些英雄一样,我们也来自不同的时代。它认为我们也是英雄中的一员。"

或许马塔伊教授对他们来自另一个时代感到惊讶，但她并没有表现出来。相反，她拿起桌上散落的建筑图纸。"今天早晨，蒂伯龙·诺克斯发布那条公告后，我就预感到小云可能出了什么事，所以我给组织发了一条秘密信息，让他们做好准备。我们通过歌声交流，这个灵感来自我跟尼日利亚政府做斗争时的心得：跟你一起发声的人越多，发出的声音就会越大。"

"嗯，您的策略仍然有效。"塞西莉说，讲起了他们在热气球上遇到了阿玛罗斯时的情形。旺加里把阿玛罗斯的名字（一开始她还没学会）补充进了一张名单，又加上对应的王国编号，然后钉在了布告板上。

"我已经和其他英雄分享了一个出逃计划，"旺加里透露，"每个英雄都想办法弄到一些影子补丁和神奇斗篷，然后从流浪者手里偷走一把王国秘钥。到时候，大家会去米勒所在的王国解救他。问题是，我不知道他在哪个王国。"她走到书柜前，拿出一本皮装书，书脊上写着几个绿色的大字。当她把书摊在桌子上打开时，亚瑟看到了书名：已知宇宙中的树木图鉴。"我看过好几次米勒的录像，在背景中发现了唯一的线索，就是这个。"她指着书里的一张插图，那棵树有着带刺的树皮，叶子是银色的。"这是塔兰玉树，只在京塞尔星系中发现过。"

亚瑟思索片刻，脱下他的幻境斗篷，反面朝上摊在桌子上。《幻境》图中的星星像钻石一样闪闪发光。"也许我们可以用排除法,试着找出他在哪个王国。我们可以先确定位于京塞尔星系的所有王国。"

旺加里的手指在地图上快速地移动着,好像她以前做过。"这里有一个。"她指着一个蓝紫色、表面有些凹坑的小球体说。边上的文字没有闪动,但还是很容易地看到"京塞尔"这个词。"这儿还有另外一个。"

"还有这儿。"任补充道。

几秒钟后,亚瑟也找到了两颗。"这里还有。"

最后他们总共找到了六颗。亚瑟试着让自己乐观一些,但他的情绪还是一落千丈。手表显示,他们只有九个小时多一点的时间了,根本就没办法全部试一试。

"小云,能再给我们看看米勒的录像吗?"塞西莉皱着眉头问道,"就是他移动摄像机让我们看风景的那段。"小云轻轻地晃晃小耳朵,开心顺从地答应了。"好的,我要你暂停一下……就这里!"她命令道。

录像停在了一帧带有地平线的图像上。

远处的迷雾中隐约可见群山的影子,多刺的塔兰玉树点缀在岩石之间。

"如果这个王国在京塞尔星系的某个地方,那么这些星星一定是第八星座的某一部分。"塞西莉指着昏暗天空中的一簇淡淡光点说道。透过眼角的余光,亚瑟注意到她的向日葵花瓣上闪烁着泰利安语的字符，猜想阿玛罗斯·巴正在帮她。"只有在含有一层稀薄氮气的行星上才能看到这些星星。因此，考虑到这一点……"她看着亚瑟斗篷上的地图，指向刚才他们确定的六颗中的三颗，"它一定是在这三个中的某一个上面。"

旺加里急忙把斗篷拽到她那边。"王国 68、王国 94 和王国 152。"她念道。瞥了一眼布告栏，她笑了。"嗯，不可能是 68 王国——我们的组织中有位英雄刚好就住在那里。"

亚瑟研究了剩下两个王国所在行星的地形地貌。令人恼火的是，它们都有贫瘠的岩石景观和红色的土地。"这就把范围缩小到两颗之中的一颗了——但会是哪一颗呢？"

旺加里摇了摇头。"看来是没办法知道了。"她站了起来，指向 152 王国，上面写着：奈尔斯星球，京塞尔星系。"你们三个去这里。我会给组织成员们发一道命令，我们去另一颗。"

亚瑟紧张地瞥了一眼任和塞西莉。这是一个不错的计划，但也有风险，又大又黏人的风险。"问题是，米勒是唯一能帮我们回家的人，"他解释说，"而且我们的时间非常紧迫。你能告诉组织成员，如果他们先遇到米勒，请尽快向他解释我们的困境，好吗？"

"没问题。"旺加里说，啪的一声把手里的《已知宇宙中的树木图鉴》合上了。"农舍后面就有一条秘境通道。你们最

第二十一章　绿带运动

好快点——我的直觉告诉我，我们在这里逗留得太久了。"

几分钟后，亚瑟、任、塞西莉和小云聚集在农舍后面阴凉的草地上，前面就是一片旋转的蓝色雾气旋涡，中央一道木门被耀眼的灯泡包围着。旺加里拍了拍他们每个人的肩膀。"祝你们好运，我们这些知道真相的人决不能厌倦或放弃！"她的语气很坚定，"我们必须要坚持到底！"

亚瑟心中充满了忧虑。时间紧迫，如果这个王国是错的，那他们必须得完成另一个王国的挑战才能离开。想到了爸爸，他心里有些内疚，要拯救这些英雄，是否就意味着他再也回不去有爸爸的家了……

但后来他又想到，在蒂伯龙对英雄们做了那么多可怕的事情之后，受到胁迫的英雄们一定觉得非常孤独，他必须帮助他们。如果爸爸在，也会希望他这么做。他瞥了一眼任和塞西莉："咱们走吧。"

他们一起踏进了未知的世界。

第二十二章

巫师的世界

远处是一个巨大的游乐场,七彩的灯光在不停地闪烁。亚瑟手搭凉棚,挡住了空气中旋转的尘埃,发现了一个摩天轮,和他们在米勒录像中看到的一模一样。"在那边,快看!"他喊道,"我们来对地方了!"他的两腿有些发软,因为高兴头有些晕。任和塞西莉都笑嘻嘻地看着他。他们离回家就差最后一步了,这种感觉就像是在爬山,他们第一次看到了山顶。

他们向前走去,周围的一切细节都尽收眼底:风在平原上诡异地呼啸,红色的大地因为干渴而皲裂,灰色的天空阴沉沉地压在头顶……亚瑟忍不住颤抖起来。"米勒被困在了一个多么悲惨的地方啊。"他评论道,想象着米勒·赫兹是如何独自一人在这样的地方生存下来的。

塞西莉伸出胳膊抱住自己的肩头:"是啊,他在这里待了四年,还是被自己哥哥害的。"小云在地上嗅来嗅去,欢快地

第二十二章 巫师的世界

叫了起来,好像在说:"耶,就是这个王国,我们找对了!"然后就开始了探险。

他们惊奇地走进游乐场,头顶上方是一块有些磨损的条幅,上面写着"畅享幻境,创造奇迹!",旁边是美国国旗的红色、蓝色和白色的星星和条纹。一条宽阔的小路从他们脚下向前延伸,两边是各种各样的纪念品摊位,还有一个水枪射击场和一个钓鸭子的小摊位,奖品是毛茸茸的独角兽、小熊和一个蜥蜴头人——这让亚瑟不安地想起了那个观光巴士导游,还有"小屁孩"赛车司机。抬眼向远处望去,杂耍和娱乐项目让位于美丽的白色建筑、圆顶温室和一个巨大的蓝色湖泊,那里停泊着老式帆船。

"当心!"任突然喊道,迅速拿起弓,搭上了一支箭。她左右移动着,覆盖了所有的角度。起初亚瑟不知道她在警惕什么,直到他发现一具T型人的尸体躺在他们前面。

"他一定是被派来这里工作的,当时这个王国本来是要开放的,"亚瑟说道,"直到最后一刻,蒂伯龙才决定把它当成米勒的监狱。"他提醒自己,多亏了任,这个王国才得以开放并正常运行。仿生人穿着红黄相间的条纹西装,口袋上绣着"工作人员"的字样。从他胸口的凹痕和坏掉的轮子来看,他曾和别人干过一架。旁边的地面上留着一些细细的车辙辘印,好像他是和骑自行车的人发生了冲突。

"这些印子通向那个方向。"任用手里的箭指着前面说道。

他们跟着轮胎的印子来到游乐场的深处，沿途又看到了更多的T型仿生人尸体。每当微风吹过，某个景点就会吱呀一声响，把三人吓得跳起来。亚瑟的神经高度紧张。这个地方已经被关闭了四年之久，谁知道他们会发现什么？

很快，他们就来到了一个十字路口，旁边有一列幽灵列车、一个卖科幻小说的摊位、一架高耸的螺旋滑梯和一顶算命帐篷。亚瑟往每条小路都瞟了几眼，然后看到另外一个T型人的尸体横卧在小路上，头冲着北方。

"你们有没有留意到，这些仿生人都引导着我们往一个方向去？"塞西莉说，"他们一定是在去往同一个目的地时遭到了攻击。你们觉得这和米勒有关系吗？"

亚瑟意识到了什么，皮肤变冷了。"小云给我们看的米勒录像是好几年前的。如果蒂伯龙命令T型人军队攻击米勒，如果他受了伤——或者更糟糕呢？"

塞西莉倒抽一口冷气："那么我们就被困在这里，变成一摊原生质了！"她抓住小云的遛狗绳，他们开始加速前进。跟着轮胎的痕迹，他们匆匆地经过一辆碰碰车，又穿过一个跳华尔兹舞的雕像，在那儿他们差点被一个无头机器人给绊了一跤。这个机器人不是仿生人，它的拳头是两个篮球，腿是独轮车，躯干是旋转木马做的。

"好吓人啊，"任说道，踢飞了其中一个篮球，"也许是米勒制造了它，用来自卫？"再往前走，他们发现了另一个用游乐场垃圾拼凑而成的机器人——这款机器人的脑袋是个玩具熊猫。

最后,他们拐了个弯,来到一道亮着白色灯光的门廊前。远处是一个长长的水泥站台,旁边停着一列亮闪闪的黑色火车。尽管它用的还是木框窗户和老式的门,亚瑟却看不到前面有蒸汽机车。车体侧面印有精美的金字"门罗列车"。亚瑟觉得这个名字有些熟悉,但一时想不起来在哪里见过。

十几个T型人的残骸散落在后车厢的一扇门周围,看起来很吓人。

"来吧,"任说,"希望米勒就在里边。"

她把弓甩到身后,越过那些T型人的尸体,爬上了列车。亚瑟跟在后面,并朝前面的驾驶室瞥了一眼,看到铁轨从游乐场向前延伸,穿过奈尔斯星球上贫瘠的土地。

门罗列车无疑是亚瑟乘坐过的最豪华的列车。车厢是用抛光的桃花心木制成的,装饰着天鹅绒窗帘和容易让人陷进去的扶手椅。精致的玻璃吊灯挂在头顶,柔软的酒红色地毯铺在地板上,踩在上面就像海绵一样柔软。干燥的空气里弥漫着家具护理油和爆米花的香味,就像在高档电影院里那样。

小云跳上一把椅子,开始在上面蹦来蹦去。就在这时,两团红色气体,像离弦之箭一样从车厢里喷了出来,在昏暗的灯光下写出这样的信息:

WONDERSCAPE

幻境逃生

第 152 王国：巫师的世界

战利品：1500 尘币和王国秘钥

畅享幻境，创造奇迹

"巫师的世界——你们认为这里真的有巫师吗？"塞西莉激动得问道，"谁知道呢，他们可能就存在于已知宇宙的某个地方，就像阿玛罗斯·巴一样——是来自未来的英雄？"

亚瑟摇了摇头，他还在记忆里搜寻门罗列车这个名字。如果这个王国的英雄来自未来，他不会觉得这么熟悉。"巫师可能只是另一个绰号——就像猎豹指的是马塔伊教授。"

"等等吧。"任说，伸出手期待着谜语纸卷会从空中落下，但它没有落下来。相反，亚瑟发现车厢另一端的墙上钉着两张沾满茶渍的羊皮纸。其中一张上面写着谜题，字迹小而清晰：

> 所有人都登上了门罗列车，
>
> 这是一次向西的旅程。
>
> 用你的逻辑来决定，
>
> 如何在这段行程中前进。
>
> 只有梦想和创意，
>
> 才能把列车开进车站。

第二十二章 巫师的世界

任把双臂抱在胸前,开始思考。"如何在这段行程中前进——听上去你得坐上这列列车行进。在录像里米勒提到,他没办法独自完成这个王国任务。说不定他只走了一半?"

"这很好验证。"塞西莉说着,伸手去够第二节车厢的门把手。

她还没来得及打开,亚瑟猛地喊道:"住手,让它关着!"他指着钉在墙上的第二张棕色羊皮纸说道,"这上面有内容,看起来像是王国挑战赛的提示——我们只能打开那扇门一次。"

他们聚在一起,看向那些提示。

选择哪个开关?

1. 门罗列车上所有的门,当前均已锁定。

2. 下节车厢里挂着一个标准灯泡。这个灯泡由本车厢内的A、B、C三个开关中的一个控制。你的任务是找出正确的开关。当你做出正确选择时,所有的门都会同时解锁。

3. 下节车厢的门你只能打开一次,但电灯开关只能在门关闭时激活。

畅享幻境,创造奇迹!

赫 瓦 龙

亚瑟看着这些提示，脑子里一片混乱。"好吧，这么说，这节车厢里应该有三个电灯开关。有人能找到它们吗？"

仅仅过了一分钟，塞西莉就在车厢的角落里找到了——它们被天鹅绒帘子半遮着，看起来和观光巴士栏杆上的按钮很像。当初，亚瑟就是按了那个按钮才从观光巴士上翻下车的，只是这三个开关上标了 A、B 和 C。

"我就纳闷了——为什么我们不能直接打开门？这样我们就能看到灯泡了，然后我们拨动所有开关，看看到底哪个管用。"塞西莉质问道。

"我也希望能这样，"亚瑟揉着太阳穴说，"但规则写得很明白，只有在门关着的时候开关才能启动，这就是挑战的难点——我们看不到灯泡时，该如何判断哪个开关能工作。"

任在门口跪下来。"门的四周被一种橡胶类的东西封起来了，我们看不到下节车厢的任何光线。"

"是啊，而且下一节车厢也没有窗户。"塞西莉把头探出去叫道。

他们坐到了扶手椅上，每个人都在苦苦思索。亚瑟启动自己的环境技能，希望牛顿能给出一些答案，但他脑子里盘旋的都是些跟光有关的知识——速度、折射、偏振和色散，在这种情况下没有什么帮助。

"还以为我们现在很会猜谜了，"任抱怨道，"我们可以先拨动开关 A，然后打开门看看灯泡有没有亮。如果没亮，

第二十二章　巫师的世界

就说明 B 和 C 里有一个开关是对的，我们可以关上门再试一次。"

塞西莉咬住下嘴唇说道："但谜题纸卷说了，要用你的逻辑做决定——这就意味着一定会有个解决办法，能让我们不用看就知道灯泡是否亮起来了。"

亚瑟盯着那道密封得极好的门，想象着门后的灯泡亮了起来。他想象着房间里有淡淡的阴影，灯泡发出温暖的光芒。等等……他屏住了呼吸。"我想出了个办法！"他叫了起来，"灯泡不仅散发出光芒，还散发出热量。这样你不用眼睛看就能知道灯泡是否亮了，你可以摸啊。"他站起来，大步流星地走到开关前，各种想法在他的脑子里转来转去。"好吧，咱们先把 A 开关和 B 开关同时打开，等上，嗯，十分钟如何？然后，我们再把 A 关上再打开门。"

任皱起眉头思索着，接着她开始慢慢点头。"如果灯泡还亮着，那么正确的开关就是 B。如果灯泡已经熄灭了但摸上去还是热的，那 A 就是正确的开关。"

"如果灯泡是熄灭的且摸上去冰凉，那么正确的开关一定是 C！"因为兴奋，塞西莉的眼睛睁得老大。"亚瑟，你真是个天才！"

亚瑟骄傲得满脸通红，胸腔中也满是骄傲。他现在甚至都不需要牛顿帮忙了。

他们一步步地执行计划，然后打开门走进了下一节车厢，那是一个长长的黑暗空间——家具摆放得和刚才那个车厢差不多，只是中间多了一个台子，上面拧着一个巨大的灯泡，现在是熄灭状态。亚瑟走上前去，用袖口遮住手指，去摸灯泡外面的玻璃。"很暖和，"他告诉两个女孩，热气让他的指尖有些刺痛，"所以正确的答案应该是 A 开关。"

他话音刚落，脚下的地板就吱吱地叫了起来，好像列车在笑着回应他的正确答案。紧接着，一连串巨响接踵而至。

塞西莉跑到下一道门那里，试着转动门把手。门一下子就开了，她差点一头跌倒，"我们把门打开了，"她喊道，开门时差点被绊倒，"一定是刚才那句话把门打开了！"

"来吧，"亚瑟说，往下一节车厢的阴影里看过去，"米勒一定就在前面某个地方。"

他们沿着中央通道冲过了三节车厢，途中还看到了几台闪烁的霓虹灯自动售货机。当塞西莉打开第四扇门时，小云挣脱了她的手向前跑去。其他人小心翼翼地跨过门槛。

这节车厢同样没有窗户，摆着同样的抛光桃花心木家具，铺着同样的酒红色地毯。但它明显让人感觉更为舒服，因为里面有一股浓浓的棉花糖的味道，堆满了从游乐场里收集来的小玩意儿。一节幽灵列车的车厢倒放着，被改造成了一张桌子；卖爆米花的小推车被改造成一个书架；一个巨大的"转转茶杯"被切割成两半，变成了一张床，里面是一张装满稻草的填充床垫。车厢角落里摆着一张小桌子，上面散落着捡来的工具——从高达模型上卸下来的大锤子，用旋转木马上的铜管改造成的扳手，用大金属螺栓改造成的螺丝刀。

"小云！"一个宽肩膀的男人正跪在地板中间。他戴着一副有放大功能的护目镜——这让他灰色的眼睛看起来像行星一样大，上身穿着宽松的 T 恤衫，裤子是用游乐场 T 型仿生人的条纹制服缝制的。他的肩上披着一件长斗篷，由秋天的枯黄落叶制成。

小云像出膛的子弹一样冲了过去，跳到那人的大腿上，开始疯狂地舔他的脸。亚瑟长长地舒了一口气，心里一阵轻松。他一眼就认出了这个人，只有一个人会让小云如此欢喜——米勒·赫兹。

"我也很想你啊！"米勒笑着挠挠小云的肚皮。他看起来比录像时老了很多，也更加疲惫，两颊凹陷，憔悴不堪。

亚瑟慢慢走上前去。"是米勒·赫兹吗？我是亚瑟，这是我的朋友，任和塞西莉。"他突然意识到，这是他第一次称呼两个女孩为"朋友"。他们一起经历了那么多，分享了那么多，他早就把她们当朋友了。塞西莉也看着他露出一个微笑。

米勒站起来，摘掉护目镜，眯着眼睛看着他们，脸上露出做梦般的神情。"你们是……流浪者？"他问道。

"不完全是，"任回答，"我们是从 21 世纪来的，我们在那里遇到了小云。"

米勒让他们在他的床上坐下，他们讲起了自己的故事，解释说必须要在几个小时内回家。任告诉他，瓦莱丽娅在他的总部里放了一枚炸弹，而蒂伯龙威胁说要清除他们。米勒低下了头："我知道，你们肯定觉得我的哥哥、姐姐是两个怪物，但我记得有段时间，他们并不那么痴迷于尘币，也不在乎赫瓦龙有多强大。刚成立这家公司时，他俩和我一样，因为有可能创造一个真正伟大的 I-RAGs 游戏而兴奋。我必须相信他们骨子里仍有好人的那面。"

任把双臂抱在胸前，她才不会这么宽容呢。

"但是现在你们来了，"米勒低声说道，好像还有些将信将疑，"这就意味着我可以逃离这里，把局面扳回来。我刚困在这儿的时候，就把所有的 T 型人给灭掉了，以避开蒂伯龙的监视。然后我想办法给小云发送了那条消息。再之后，我花了好几年时间制订计划。"他皱起了眉头，眼神坚毅，"首先，我得把你们三个送回家，然后我会摧毁蒂伯龙偷走的时空水晶，解放那些困在《幻境》里的英雄。"

亚瑟的胸中燃起了希望的火花。"你能修好小云的那块时空水晶吗？"他问道，想起来在 M-73 保留的录像里，米勒是这样称呼那个装置的。"艾萨克·牛顿叫它时间秘钥。"

米勒的脸一下子亮了起来。"牛顿竟然在研究我的发明？"他不相信似的摇摇头，在书桌旁坐了下来。"我先看看。"他吹了一声口哨，小云飞奔而来。米勒拉下护目镜，把时间秘钥从小云的项圈上解下来，举起来对着灯光仔细查看。

第二十二章 巫师的世界

"这把钥匙受损了,似乎是因为在红外线辐射环境中暴露过,"他很快得出结论,"这一点也不奇怪。因为这把钥匙和蒂伯龙偷走的那把一样,都是不成熟的原型,对红外线有些反应过度。在实验中,红外线辐射会让它们释放出不同的能量波。"

"那27号小屋那场爆炸就是能量波造成的。"亚瑟思索片刻后说道。他想起自己和任、塞西莉走进"原则号"的情形。"牛顿在他的舱室中做了一些实验,也许其中一个释放出了红外线?"

米勒耸耸肩。"我们能确定的是,当时小云已经打开了通往牛顿王国的幻境通道,时间秘钥受到红外线辐射时,通道还是开着的。能量波干扰了幻境通道,改变了时空设置,打开了通向21世纪的大门。"

所以说这一切要归结于坏运气,亚瑟感叹不已。如果时间秘钥没有受到辐射,他们就永远不会穿越到未来。

"只要有合适的工具,我的确能修好它。"米勒摩挲着下巴说道,"但要花好几天,而不是几个小时。"没等他们恐慌,他已经伸出双手,做出一个"镇定"的手势。"别着急。发明家们在产品最后定型前,总要做几个原型。我还做了一把成品,没有之前两把的缺点。要送你们回家,我们只要把它拿到手就行了。"

他走到那个爆米花手推车改造成的书架旁,把一本本书扔出来。"我把它藏到另一个王国了,一个蒂伯龙绝对绝对想不到去看的地方。"他终于找到了那本书，把它丢了过来。

亚瑟把它放在中间，这样每个人都能看到书名："弗兰肯斯坦"，或者是"现代普罗米修斯"。封面上是一个高个子的黄绿色人形怪物，像僵尸一样伸出双臂。

亚瑟没有读过这本书，尽管爸爸搁在走廊边的书架上放着一本，但是他看过一部据此改编的老电影。故事讲的是，一个叫作维克托·弗兰肯斯坦的科学家，用不同的人体器官拼凑出了一个怪物。

故事中没有一个角色是以真人为原型的，所以亚瑟知道他们不可能成为王国的英雄。"那是玛丽·雪莱的王国吗？"他读着作者的名字猜道。

"我心目中绝对的英雄，"米勒告诉他们，"在我们成长的过程中，蒂伯龙对弗兰肯斯坦极度着迷。这就是为什么他把总部建在玛丽·雪莱的王国里，这也是为什么我说这是他找秘钥时最不可能想到的地方——因为就在他的眼皮底下。"

"你把它藏在了蒂伯龙的总部里？"任难以置信地重复道，"这也太……"

"别出心裁了。"亚瑟补充道，用眼神示意她镇定下来。

现在也没别的办法了。

米勒笑了起来："就在第 18 王国——玛丽·雪莱就是在 18 岁时写出那本书的。"

"18 岁？"塞西莉说，"没比我们大多少啊。"

第二十二章　巫师的世界

"十分令人钦佩，是不是？"米勒抓起几袋棉花糖说道，"首先，我们需要在这里完成王国挑战的最后一部分，得到王国秘钥才能逃离。这个王国的英雄是历史上最有名的发明家，也是第一批把团队合作机制引入发明中的美国人——这就是为什么这项任务一个人无论如何都搞不定。"他冲向火车前进的方向，拉开下一节车厢的车门。"快点，我们得启动引擎。"

亚瑟和其他人一起，紧跟在米勒后面，脑子里嗡嗡直响——一个伟大的发明家。他想到了那个巨大的灯泡谜题，还有游乐场门口悬挂的红、蓝、白三色条纹国旗。突然，他想起来以前在哪里听说过"门罗"这个地方了。

门罗公园是某个人的家，一个美国历史上最有名的大发明家。

托马斯·爱迪生。

第二十三章

大发明家

门罗列车的驾驶室与众不同,因为它里面没有任何驾驶控制装置。亚瑟和其他人挤在里面,感到越来越紧张,不知道要面临怎样的挑战。

"门罗列车只能朝一个方向行驶,"米勒放下一扇左边车门上的窗户,指着前面说道,"你们往前看。"

一股凉爽的清风从外面吹了进来,带着游乐场中棉花糖的味道。驾驶室另一侧的门上也有一扇窗户,再前面是一面墙,上面的衣钩挂着一个带有赫瓦龙公司标志的摩托车头盔。这个小空间里就这点东西。"这列车的排挡、加速器和刹车都设置成了自动驾驶,"米勒继续说,"我们能做的就是启动引擎。"

"那么我们该怎么启动呢?"任环顾着房间问道,"这里什么都没有。"

亚瑟从外观已经看出来了,门罗列车不是一列蒸汽火车。

第二十三章　大发明家

既然知道了这个火车头的主题和托马斯·爱迪生有关，他开始努力回忆和这位大发明家有关的经历。幸运的是，在上学期的物理课上，他刚刚针对爱迪生做过一个课题研究。爱迪生是当年那场电流技术大战——看谁先把电力引入美国的千家万户——中的重要人物。"列车也可以用电力驱动，"他推测道，"也许这列车的某个地方有另外一组电力开关？"

"嗯，它用的燃料比电力环保多了。"米勒兴奋地说，并把摩托车头盔从墙上取了下来。它的黑色外壳略显透明，可以看到下面有隐隐的光芒流动。"门罗列车靠创意驱动。"米勒补充道。

当米勒戴上头盔时，亚瑟禁不住微笑起来。他记得物理老师说过，爱迪生相信创意能推动我们前进，还真是贴切啊。所以，这列叫作门罗的火车可以用创意启动，的确符合爱迪生的风格。

地板震动了起来，外面传来一阵低低的轰鸣，列车颠簸了一下。亚瑟靠着墙稳住了身子，他们开始前进。"我只能做到这一步啦，"米勒说完，摘下头盔递给亚瑟，"接下来看你的了。你的创意越新颖，给火车的动力就越大。"

亚瑟愣了一下，才意识到刚才发生了什么——不知怎么回事，米勒通过头盔给列车"喂"了一个创意，就把它的引擎给激活了。"呃——"他在牛仔裤后面擦擦手上的汗，接过来头盔，"不管什么想法都行？"

米勒点点头。"你们每个人都贡献一个，产生的能量就够咱们去想去的地方了。"

亚瑟有些犹豫地看了一眼任和塞西莉，这才把头盔戴在头上。

里面闪烁着微光。各种的颜色——紫色、黄色、绿色、红色、蓝色……让他有种刚进入迪斯科舞厅的迷茫感。他皱起眉头，希望能想出一些绝妙的点子。

不幸的是，他脑袋瓜里首先想到的，竟然是在花园里放些小矮人塑像，从而组成一个防盗系统。当他思考这套系统的工作原理时（在小矮人的眼睛里装一些摄像系统，鱼竿的末端可以射出看不见的激光束），他觉得地板剧烈抖动起来，因而不得不弯起腿来保持平衡。列车加速了。

他把头盔拿下来时，任拍拍他的肩膀。"真不赖，"她说，"你刚才想到了什么？"他讲出了自己的创意，任笑了。"我也有个想法，"她说，"意大利肉酱面式的烤面包，这是我能想到的最棒的发明。"

塞西莉皱皱鼻子："哎呀，听起来好恶心啊。"

"不但听起来恶心，看起来更恶心，"任骄傲地同意道，"不过，味道好极了。"

任戴上了头盔，快车开始加速；等到轮到塞西莉了，它的速度更快了。"唉，在这种压力下还要想点什么，好难啊。"塞西莉摘下头盔时说道，"我想到了 V 型人用的那些化妆品武器，于是就想以其人之道还治其人之身，用化妆品做一道防御盾牌。你可以戴一条特制项链，当被攻击时它会变得很大很大来保护你。噢，更重要的是，它很百搭，你穿什么衣服都行。"

亚瑟笑了起来，把头探出窗外观看风景。门罗列车已经把游乐场甩在了后面，此时正在一片尘土飞扬的红土地上奔驰。风从他的耳边呼啸而过。"我们这是去哪儿？"

"你能看到远处的群山吗？"米勒问。

亚瑟眯起了眼睛。远处的地平线上，出现了一片参差不齐的橙色岩石。

"山那边有个火车站。要想去那儿，我们得在火车行进时，让它转到另一条铁轨上——这是一个挑战。如果我们不能转到新的轨道上，这辆车又会把我们带回游乐场。"

亚瑟想到了第一节车厢中挂着的那个谜题纸卷：只有梦想和创意，才能把列车开进车站。线索一直都在那里。

对面紧闭的窗户玻璃上凝起了一层白雾，米勒用手指在上面画了一组红绿灯。"那里的装置是由一个看起来像这样的机械杠杆控制的，上面有三片带编号的桨叶，我们必须要在经过的时候击中正确的那个。问题在于，正确的位置每次都不一样。"

"那我们怎么知道要击中哪片呢？"任问，"还是说单纯凭运气？"

亚瑟从她的语气中听到了忧虑。在成功与否的关键时刻，他们可不能单纯指望运气。

"就在进入岔道前，火车会经过一个隧道，"米勒在窗玻璃的白雾上，用袖子擦了一个大圆圈解释道，"会有三个数字同时出现在隧道的墙面上。它们加在一起的和，会出现在某片桨叶上，那就是我们的射击目标。"

亚瑟开始了他的逻辑推理："这样说来，我们中得有一个人留在车头那儿，准备射击桨叶。其他三人得分散到不同的车厢里，好同时看到隧道墙上出现的数字。"

"然后，我们只需要想个办法，把看到的数字传递给留在车头的那个人。"塞西莉接着说。

"完全正确。"米勒笑着看向他们。

"任，你应该留在车头这里，"亚瑟做出了决定，"用你的弓箭，你击中那片桨叶的机会比我们大得多。"

米勒看向任肩膀上斜挎的那张长弓："你们仨还收集到了哪些幻境技能？"

"亚瑟的脑袋里装了一本百科全书，而我就是个人形指南针，"塞西莉回答，"如果我没记错的话，我们还赢得了旺加里·马塔伊的王国挑战，但战利品里没有幻境技能。"

"旺加里·马塔伊？"米勒变得容光焕发，"是没有，我设计了那个王国。每次流浪者完成了挑战，赫瓦龙公司会向星际绿带运动捐赠一些尘币，而不是给予幻境技能。"他气愤

第二十三章 大发明家

地说道,"蒂伯龙勉强答应了,因为瓦莱丽娅说,这样做对公关有好处。"

亚瑟喜欢这个主意。旺加里·马塔伊肯定会举双手赞成。

他们通过一段崎岖颠簸的道路,列车的车头摆来摆去,后面的车厢嘎嘎作响。"我们该怎么和任保持联系呢?外面太吵了,我们没办法通过窗户喊给她听。"亚瑟问道。

"我花了数年时间设计出一套解决方案,"米勒说,"进来,我指给你们看。"

亚瑟期望着能看到一些高科技的东西,或许包括全息影像或纳米颗粒,拿到手的却是橡胶做的小黄鸭子。

"你们一旦看到隧道墙壁上出现数字,就把它写在鸭子上。"米勒解释道。此时他正站在一个充气池塘旁边,里面装满了黄色的塑料鸭子,显然是从游乐场钓鸭子的摊位上捡来的。"然后,你就把它系在这上面,"他指着外面穿着的那根绳子说,"它连接着一个滑轮系统,贯穿了整个门罗列车。"

亚瑟之前没有注意到这根绳子——也许是因为他们是从对面车门上车的。"这根绳子会把鸭子送到任这里,"米勒继续说,"她只需要把这三个数字加起来,就能知道正确的数字,然后瞄准、射击……"

任紧张地笑了。这或许是她有生以来要做的最重要的一道计算题。

距离火车进入隧道还有十五分钟时,他们已经各就各位。

米勒递给他们每人一袋棉花糖——这是他唯一可以无限供应的食物。在独自等待的时候，亚瑟把所有的糖果都吞到了肚子里。他需要大剂量甜味的冲击，好让自己保持专注。

他一只手颤巍巍地抓住那只鸭子，另一只手攥着一支去掉了笔头的记号笔，紧张得神经冒泡。透过前面打开的车窗，奈尔斯的风景一闪即逝，留下一片模糊的橙红。在此之前，亚瑟从没有独自面对过挑战，任和塞西莉总在他旁边并肩作战，这种感觉是不一样的。他的腿软得像果冻，胃液像奥运会的体操表演那样不停地翻腾。他们三个人在一起时，他觉得自己更加强大——这就是友情的力量。"看到数字，写在鸭子上，传给任。"他在脑海中演练了一遍流程。希望其他人能比他更好地控制住焦虑情绪！

外面突然一片漆黑。亚瑟紧张起来，知道他们已经进入隧道了。他能听到火车车轮的咝咝声和隆隆声，在幽深的隧道里回荡。

他深深地吸了一口气，集中精力注视着对面的石壁。无论如何都不能把事情搞砸！

几秒钟过去了，慢得就像好几分钟。

一个带着红光的数字在石头上闪了出来：16。

亚瑟的手指直打战，但他尽可能清晰地把这个数字写在鸭子的胸脯上。他把记号笔往地板上一丢，把鸭子拴在绳子上开始往后拉。每用力拉一次，他都会想到手表上嘀嗒作响

第二十三章 大发明家

的指针。如果这次挑战搞砸了,他们就会回到一开始上车的地方,更不可能赶在宇宙自动修复之前回家了……

另一只鸭子顺着绳子滑了过去,他的心狂跳起来。是塞西莉的——她被安排在后面几节车厢里。

火车冲出了隧道,阳光从窗口反射出来。亚瑟继续拉绳子,还把头伸到外面,感受微风拂面的凉意。门罗列车驶向铁轨上的一个交叉路口,亚瑟的脉搏跳得越来越快。加油啊,任,就看你的了。在前面向上的地方,米勒曾画过的那个奇怪的信号装置就矗立在干旱的大地上,距离轨道只有几米远。三片桨叶从它的右手边伸出,上面的编号依次是 18、34 和 72。

亚瑟不知道哪个是正确的。突然,一支利箭呼啸着划过空中,正好击中了中间的 72 号,亚瑟的神经绷紧了。桨叶像风力涡轮机一样猛地旋转起来……

然后,随着一声巨响,铁轨移动了。当铁轨切换到位时,亚瑟觉得整个列车地板都在颤动。"任,你做到了!"他欢呼着,松开紧抓着的绳子,朝车头方向跑去。

他冲过每一节车厢,浑身轻松了很多。当他来到驾驶室,米勒带着小云已经到了,正在那里向任表示祝贺。任高兴得两颊通红。"谢谢,"她喃喃道,"我这辈子都没承受过这么大的压力。"塞西莉也赶了过来,又是一阵欢呼。小云也开心得叫个不停。亚瑟太自豪了,想想原来他们只是毫不相干的三个人，几乎毫无默契，再看看现在的他们……

列车隆隆地又开了几分钟，开始慢慢减速。远处出现了一座车站，越来越近了。这座车站和他们在游乐场上车的那座很像，明亮的灯光勾勒出它的外形，像一面梳妆镜。

门罗列车在月台上停了下来，一个红色的气体小球出现在驾驶室里，一把王国秘钥落入米勒·赫兹静候的手心里。米勒低头看着手心，吞了一口口水。透过那双灰色的眼睛，亚瑟看得出来他现在百感交集。"这一刻，我已经梦了整整四年。"他慢慢地说道，"多亏有你们三位，我总算能逃离这个囚笼了。"

当他们踏上站台时，任抓紧了手中的弓。"你之前没到过这儿，说不定这里还有活着的 T 型人出没。"她一边说一边警惕地向左右张望。

亚瑟小心翼翼地扫视着这个地方。除了对面一台自动售货机在疯狂地闪烁外，这里荒凉得可怕。他们穿过一道门廊，走进一个镶有木制护墙板的大厅。白色的天花板很高，靠墙摆放了好几个大木架，上面堆着各种各样的机器零件——巨型塑料管、照相机镜头、金属圆筒、木制齿轮、复杂的玻璃表盘，还有一卷卷电线——亚瑟甚至发现了一个橡胶制的汽车喇叭。房间中央摆着两台亚瑟认识的装置，他之前做爱迪生专题研究时见过。一台是闪闪发亮的黄铜留声机，放在一张桌子上，可以用来记录并播放声音。另一台是顶上开了一个窥视孔的大木柜——一台活动电影放映机，它是一种早期设备，可以让人们通过上方的小孔看电影。房间后面有扇正对着大露台的落地飘窗，阳光从窗户透射下来。

小云低着头，鼻子贴在地板上嗅了嗅。

"我们这是在哪儿啊？"塞西莉问道，然后冒险走了出去。

亚瑟紧跟在后面，经过一张咖啡桌，旁边放了一把破旧的扶手椅。咖啡桌上放着整个铁轨的缩微版模型，有整个游乐场、隧道、铁轨道岔和门罗列车。模型的一小部分零件散落在桌子上，就像一盘没下完的棋。这一切看起来就像刚刚有人坐在这里，进行过重新设计。

当亚瑟走到阳光下，他惊呆了。露台正对的是一个繁忙的街角。老式的汽车隆隆地开了过去，仿生人们戴着宽边帽，穿着保守的防雨长外套，在街上呼啸而过。几个街区外，在一片多层建筑后面，帝国大厦拔地而起，耸立在蓝天白云之间。

这不是什么老城市，而是纽约。

"那些都是货真价实的T型人，"任搭上一支羽箭，警惕地看着下面说道，"我们需要找到一条幻境通道，尽快离开这里。"

就在这时，身后的地板上传来重重的脚步声。"你们是什么人？"一个严厉的声音响起，带着浓重的美式口音，"你们是怎么进来的？"

亚瑟猛地转过身，看到一个年老的绅士对着他们冲了过来。他穿着黑色的西装，打着紫红色的领带，一头白发梳得整整齐齐，两道浓眉下一双蓝绿色的眼睛，闪着睿智的光芒。

"您是……爱迪生先生？"

那人在离他们几米远的地方停了下来。"是的，"他眯起了眼睛，"等等……你们是'飞翔的小屁孩'吧？我在《幻境新闻》上读过对你们的报道。"

亚瑟难为情地笑了。被人称作"小屁孩"就够尴尬了，更别说被历史上的传奇人物这样称呼。

"先生，很荣幸见到您。"米勒·赫兹伸出手说道。

"我也认识你，"爱迪生生气地嘟囔道，"你是赫瓦龙的创始人之一，跟蒂伯龙·诺克斯是一伙儿的！"

"但米勒是个好人！"塞西莉的辩解脱口而出，"我们的任务是阻止蒂伯龙做坏事，还要赶在变成一摊原生质之前回家。您能带我们去幻境通道吗？拜托，我们的时间真的不多了。"

爱迪生扫视着他们的脸："我为什么要相信你们，万一你们和蒂伯龙是一伙儿的呢？他在各处都安插了间谍，这说不定是个圈套。我在这儿一个人待了整整四年，这辆列车从没进过站……"

亚瑟听出了爱迪生声音中的沮丧。这位发明家在《幻境》

第二十三章 大发明家

中的经历是如此可怕，光靠言语解释恐怕没法让他信服。"如果我们能告诉您我们说的是实话呢？"亚瑟说，他想到了背包里还有 M-73 的神经处理器。他打开背包，把里面的东西都倒在地板上。在皱巴巴的练习本、几支铅笔和挺括的包装纸中，M-73 的神经处理器就像宝石一样闪闪发光。"这个神经处理器属于一个 M 型人，您之前从来没见过，他们和米勒长得很像。里面的录像可以证明，米勒和蒂伯龙不是一伙儿的。"

爱迪生怀疑地拿起了神经处理器，闭上了眼皮。短短一瞬间后，他猛地睁开了眼睛。"有多少人看过这段录像了？"他突然问道。通过他的反应，亚瑟明白他已经看完了录像。看来，仿生人能以更快的速度扫描别人的记忆。

"没有其他人，但这并不意味着我们在孤军奋战。到目前为止，我们遇到了好几位英雄，他们都在用自己的方式对抗赫瓦龙公司。"

塞西莉低着头，看着自己的脚。"其中一位英雄甚至牺牲了自己，才让我们走到了这里，"她泫然欲泣，"旺加里·马塔伊——我们最后遇到的那位英雄——是一个反抗组织的领袖，这个组织成立的目的就是要帮助米勒脱逃。"

亚瑟立刻想到了反抗组织派出的那个团队——如果那些英雄成功地离开了他们的王国，却发现自己到了一个错误的王国，没法解救米勒，这就意味着，只能靠他、任和塞西莉把米勒平安地带离这里，给他创造更好的机会，让他把他们仁送走后，战胜自己的哥哥。

"我也希望其他英雄能站起来反抗，"爱迪生喃喃道，"但我不太确定。我对《幻境》游戏的全部理解，都来自对《幻境新闻》的私人研究。"他的两道浓眉拧在了一起，"跟我来。"

他把M-73的神经处理器还给米勒，领着他们通过一扇双开门，进入另一间大厅。地板中央矗立着一个黑色的幻境通道框架，上面缠着一堆乱七八糟的电线、小铜管和金属线圈，连着附近桌子上放着的那个木制的配电盘。"请你们原谅这一团糟，"爱迪生小心翼翼地跨过一段绝缘电缆，"我最近一直在做试验呢。"

米勒饶有兴致地看着这些设备："这看起来像是某种……通信装置。"

爱迪生点点头："我一直在研制一种机器，能通过奇妙的方式传送莫尔斯电码。我希望能用它联系上其他英雄。"

"行得通吗？"亚瑟问道，惊诧于爱迪生的聪明才智。如果能联系上的话，他想到了一个好点子，能帮到那些英雄。

"理论上讲是可以的，"发明家回答说，"但我还不太肯定。如果能把你们顺利送走，你们就可以把王国秘钥插入幻境通道中，就像在汽车上转动点火装置——我的装置就能利用幻境通道的'引擎'动力来给自己补充能量。"

"太棒了，"米勒评价道，仔细地研究了一番那个配电盘，"您用了一个非导电的缓冲器来对抗电磁脉冲——真是个绝妙

第二十三章 大发明家

的解决方案。"他向其他人解释道,"如果有人穿过幻境通道,它就会释放出强有力的电磁能量,甚至能破坏掉电子设备。"

任把手插到了裤兜里:"这就是为什么我们始终没法用手机,对吗?我们每穿越一次幻境通道,它们就会被迫关机一次。"

亚瑟还想了解更多,但他能感觉到时间正在飞逝。"爱迪生先生,如果您的机器能用,您能帮我们给旺加里·马塔伊发个消息,告诉她发生了什么事吗?"

"还有我们见过的其他英雄。"塞西莉急忙补充道。她从桌上抓起一支笔、一张纸,草草地写下英雄们的名字和王国编号。

爱迪生认真地看了一会儿:"我会尽力而为。你们现在准备去哪个王国?"

"第 18 王国。"米勒一边说,一边把这个数字敲入幻境通道的键盘中。发明家在塞西莉用过的那张纸上记下这个数字。米勒把王国秘钥插了进去。

他们聚在幻境通道周围。蓝色的青烟先是像手指一样围绕着框架盘旋,最后变成了扭曲的一团,一扇灰色的石门出现在中间。他们不禁往后退了一步。

"我真希望那不是血。"塞西莉指着门下方一个可疑的红色斑点,说道。

亚瑟紧张地吞了口口水,准备踏进这个未知的世界。他看了下手表,留给他们的时间不多了。

第二十四章

医生的城堡

冰凉的雨拍打着灰色的鹅卵石。亚瑟拉起幻境斗篷的兜帽,望向前面那条狭窄的街道。街道两边密布着几栋多层建筑,上面高耸着一个个尖尖的屋顶。他们所在的这栋楼,一楼的窗户后面陈列着赫瓦龙品牌的各种纪念品。

小云咆哮着,把爪子伸进门外的水坑里,激起的涟漪驱散了上面灰蒙蒙的天空倒影。"小绒球好像不喜欢这个地方。"任说道,蹲下来轻轻摸了摸它的头,让它平静下来。

塞西莉把她的辫子塞进兜帽里,斗篷上的向日葵也在滴水。"大家都去哪儿了?我还以为这里到处都是流浪者呢。"

亚瑟环顾四周。这地方就像奈尔斯星一样荒凉,让他很不舒服。这里是蒂伯龙的总部,亚瑟原以为这里会很繁忙。他暗自猜测,这里人这么少,是不是意味着蒂伯龙知道他们要来……

"四年了,这是我第一次感受到下雨。"米勒突然说道。

第二十四章 医生的城堡

他把脸扬起来对着天空,让雨点顺着脸颊滑落到脖子上,再滴下来。"奈尔斯一年四季都是干的。"他脸上露出笑容,继续享受着倾盆大雨的洗礼。过了好一会儿,他才把注意力集中到路上,带着他们一起向前走去。"蒂伯龙把这个王国设计得像英戈尔施塔特,"他说,"那是德国中世纪的一座城市,维克多·弗兰肯斯坦就是在那里上的大学。"

亚瑟对中世纪的建筑一无所知。锯齿形的木梁和隐约可见的钟楼给人一种童话般的感觉,但蒂伯龙的十字图案也随处可见——要么刻在鹅卵石上,要么镶嵌在建筑两侧,令人不寒而栗,提醒他们正奔向龙潭虎穴。

"不知道自从上次来过后,我哥哥对这个王国又做了哪些改变,"米勒承认道,"我猜玛丽·雪莱还在这儿,就藏在某个地方……"他的眉毛拧在了一起,似乎内心有些矛盾,不知道见到她是忧是喜。

走到小路的尽头,他们拐进了一个鹅卵石铺就的广场,旁边聚集了更多的商店和旅馆,中间是一个用陶瓦装饰的三层喷泉,正汩汩地冒着气泡。几个 T 型人穿着毛皮镶边的束腰外衣,跑上跑下地捡起地面上的垃圾,似乎没有注意到亚瑟他们。亚瑟不由自主地摸摸手腕后面,影子补丁就好好地贴在那里。一定是它起作用了。雨下得越来越大,这群人退到了咖啡馆的遮阳棚下避雨。

"第三把钥匙藏哪儿了?"亚瑟问米勒,"离这里有多远啊？"

米勒还没来得及回答，塞西莉突然伸出胳膊，指着旁边的店铺窗口喊道："快看那儿啊。"一条用红色气体写的消息在玻璃后面盘旋，看上去有些吓人。雨点把这段文字弄得有些模糊，但亚瑟还是一下子就看懂了。上面写着：

WONDERSCAPE

幻境逃生

第 18 王国：医生的城堡

战利品：1500 尘币和王国秘钥

畅享幻境，创造奇迹

赫瓦龙

过了一会儿，一个谜题纸卷啪嗒一声掉在了他们脚下的水坑里。亚瑟先用他的幻境斗篷把它擦干，然后再把它展开，让其他人也能看到那整洁、优雅的字迹：

隐藏在这个暴风雨城市里的，

是一个你们应该同情的生物。

找到迷宫的中心，

穿过致命的雾霾。

没有地方可以躲藏，

因为怪物就在你的内心深处。

"这么说，这里还真有个以弗兰肯斯坦为主题的迷宫？"

第二十四章　医生的城堡

任阴沉着脸说,"听起来不错啊。"

米勒有些尴尬:"关于这个……"

"别跟我们说你把时间秘钥放迷宫里了。"亚瑟恳求道。时间真的不多了,这是他能想到的最糟糕的挑战。

"钥匙的确没放在迷宫里,"米勒更尴尬了,"我把它放在弗兰肯斯坦的大学实验室里了。但是大学被整座迷宫包围着,你们仨必须要赶到迷宫中心,才能拿到时间秘钥回家。"

"你这是什么意思,我们仨?"任问道,"莫非你不和我们一起进入迷宫?既然你以前完成过这项挑战,你应该知道怎么才能成功。"

米勒摇摇头,雨水从他的头发上滴落下来。"就因为我完成过挑战,所以我不能再进去了。这是《幻境》的规则之一:一旦你完成了一项王国挑战,这项挑战就被'锁定'了。迷宫不会让我再进去的。我得换个办法进去。"

塞西莉咬住了下嘴唇:"或者你可以进去,把时间秘钥拿出来,我们就在这里等你。这样可以吗?"

"恐怕不行,"米勒同情地对她笑着,"离这里最近的幻境通道也在弗兰肯斯坦实验室里,你们必须得穿过迷宫,才能回家。"他的灰色眼睛里闪过一团阴影,好像想起了一段不愉快的记忆。"你们一定要万分小心。玛丽·雪莱的小说写的就是孤独,所以战胜迷宫的唯一方法就是独自去探索,战胜你们内心最大的恐惧。"

我们内心最大的恐惧。亚瑟忍不住颤抖起来，想要知道什么才是他最大的恐惧。过去的几天，他经历了那么多恐惧——飞石对着他的脑袋呼啸而来，有人向他扔会爆炸的香水瓶，乘坐的热气球差点被火箭射中——他还能继续列举下去。其中最大的恐惧，很有可能是怕自己变成原生质，再也见不到爸爸了。

米勒躲到远处，跟他们保持着安全的距离，然后招呼小云过去。他跪下来，调整着小云的项圈。"我和小云会从上面飞进去。我在维克多·弗兰肯斯坦的实验室等你们，它在这儿的北边。"

就这样，小云又变成了一条巨大的绿龙，鳞片像绿宝石一样闪闪发光，一下子就把米勒升到了半空中。它伸展开翅膀，发出砰砰的巨响，猛烈的风吹到了三人身上。"你们也要抓紧，"米勒向下喊道，"没时间可以浪费了！"

小云拍打着翅膀，卷起的积水喷了他们一身，三人不禁倒退了几步。上次小云变成龙起飞的时候，亚瑟正好坐在龙背上，所以不知道巨龙起飞的景象会是这么壮观。小云的爪子拍打着石头地面，向前跑了几步，猛地一拉翅膀，就冲上了天空。

"'没时间可以浪费了'，"任看着小云消失在了迷雾中，生气地嘟囔道，"就像我们自己不知道似的。"

塞西莉对着广场的另一边点点头："好吧，我知道北边在

第二十四章 医生的城堡

这个方向,但我怀疑我的幻境技能没法帮助大家赶去那所大学。"她盯着远方,"我猜就是那里。"

透过雾气向远处看去,越过一片屋顶,他们看到几座尖顶的黑色建筑高高耸立。亚瑟还看到一道灰色石墙在雾中若隐若现。里面的建筑,带着窄窄的彩色玻璃窗和圆形的塔楼,看起来更像是一座堡垒,而不是一所大学。亚瑟双手握紧拳头,一股强烈的决心油然而生:"咱们走吧。"

他们匆匆穿过潮湿荒凉的小镇,来到一条死气沉沉的护城河边。河中央有一座桥,桥上装饰着一座座带翅膀的雕像。在护城河对面,是一座气势恢宏的碉堡,带着哥特式的拱形屋顶和黑色的舷窗,那里就是弗兰肯斯坦实验室所在的大学入口。亚瑟在城垛间寻找米勒和小云,但没找到。他希望他们平安无事。

他们走近桥头,显然那些带翅膀的雕像就是石像鬼[①],大多数巨口獠牙、皮肤粗糙、骨瘦如柴。"我不记得电影里有这些雕像,"亚瑟说道,总感觉某只特别可怕的怪物正在看着他,"一定是蒂伯龙·诺克斯后来加进去的。"

穿过那座碉堡之后,迷宫出现了。雄伟的黑色石墙看上去至少有五米高,上面覆盖着苔藓,又湿又滑,没法攀爬。

---

① 石像鬼,西方用来装饰建筑物屋檐排水管的雕像,主要存在于中世纪建筑中。它们长着翅膀,面目狰狞,据说有着驱散邪灵、守卫家园的强大能力。

迷宫的入口处也放有两个石像鬼，它们龇牙咧嘴地对视着。往里面望去，一条鹅卵石铺成的小路向前延伸，浓雾弥漫，几步远之后就什么都看不到了。

"找到迷宫的中心，穿过致命的雾霾。"任回想着那个谜题纸卷上的话，"我敢说，一旦我们吸入这些浓雾，肯定会发生一些可怕的事情。"

塞西莉揉了揉自己的肩膀："米勒说我们必须独自穿过迷宫，这样咱们就没法互相帮忙了。"

亚瑟还在反复想着米勒的警告：迷宫将会用他们最大的恐惧进行考验。他的手掌出了很多汗，不知道自己会面对什么东西。"让我先走吧。"他说，希望早点结束掉。他们已经走到了这里，距离回家只有一步之遥，在这个时候无论如何都不能失败。他走到两个石像鬼中间，犹豫了一下，回头向后面看去。

任和塞西莉都戴着兜帽，脸被阴影挡住了，看不清楚。"我记得在哪里读到过一种走迷宫的方法，"塞西莉喊道，"就是一直摸着左手边的墙，这样你就不会迷路了。"

任的斗篷上，显示出一套古代的盔甲。"我们在中心的大学见面，"她坚定地说，"不管发生什么事，请不要放弃。"

两个人的建议还在耳边回响，亚瑟咬紧了牙关，大步走进了浓雾中。

一开始，亚瑟只是不停地咳嗽。空气中充满了化学品的

第二十四章　医生的城堡

强烈味道，像一团发胶，堵在了他的喉咙里。他只能看到自己的鼻尖，于是像塞西莉建议的那样，一手摸着左边的墙，另一只胳膊向前伸着，摇摇晃晃地向前走，像个直挺挺走路的僵尸。他希望这个办法能把他带到迷宫的中心。

空气中到处是诡异的声音。门吱吱作响；狼在嗥叫；还有人在尖叫，就好像有人把恐怖电影里所有的惊悚声音剪辑到了一起，然后用扩音器播放。好像有什么东西擦着他的腿掠过，他紧张得要命，向下看去却什么都没有。

他脑子里一片混乱，开始瞎想着周围的大雾里藏着什么可怕的东西。在他很小的时候，他被电视上放映的《神秘博士》电视剧里的怪兽吓着了。每当爸爸看这部电视剧时，他就吓得躲到沙发后面。如果迷宫是为他的恐惧量身打造的，亚瑟想知道那些电视剧里的怪物会不会冒出来。

他用脚指头死死地抵住鹅卵石，希望自己的脚能紧紧地抓住地面，自己也紧紧地抓住现实。这只是场游戏，他不停地提醒自己。不管发生什么，这只是一场游戏。

跟着左边的那道墙，亚瑟拐了好几个弯，慢慢地向迷宫深处走去。渐渐地，雾气开始消散，脚下的地面变得松软，周围出现了很多粗笨的影子。突然，他的膝盖撞到了什么东西。他往下看去，只见一块歪歪斜斜的墓碑从一片草地上冒了出来。他往前走了一步，又有几块。迷宫里有墓地吗？他已经记不清《弗兰肯斯坦》电影里是怎么演的了。他吞下口水，真希望任和塞西莉就站在他身边。他现在明白了，为什么一个人走在迷宫里会更恐怖、更艰难，因为你不仅要对付前方的障碍，还要战胜孤独带来的恐惧和忧虑。

"亚瑟？"一个熟悉的声音突然喊道。

亚瑟愣住了，这声音他不可能听错。"爸爸？"他向前跑去，指甲滑过了墙壁，然后他撞到了另一块墓碑。"爸爸，是你吗？"

"亚瑟！我在这儿！"

亚瑟暗自希望，这个声音只是迷宫里的小把戏，但他真的能冒这个险吗？说不定蒂伯龙回到了 21 世纪，抓住了自己的父亲，把他带到《幻境》来惩罚自己呢。

"亚瑟，求求你，快来！"

爸爸的声音听起来惊慌失措。恐惧涌了上来，亚瑟在意识到这点之前，他已经放开了那堵墙，在墓碑之间穿梭，朝着父亲的声音方向走去。"没事的，爸爸，我来了！"地面有些凹凸不平，他深一脚浅一脚地走着，牛仔裤的裤腿后面溅满了冰冷的泥巴。

浓雾让他失去了方向感。他跟着他爸爸的声音走了一会儿，开始怀疑自己是不是在转圈子。每次他觉得自己快要走到了，又会有一声喊声传来，反而更远了。

最后，在一片薄雾中，亚瑟看到两块矗立的墓碑紧紧地挨在一起。"爸爸，你在哪儿啊？"他又喊道。

"我就在这儿。"那个声音回答说。这一次，它就在附近，

第二十四章 医生的城堡

闷闷的，听起来像是从一堵厚厚的墙后面传出来的。他正准备抬起脚继续前进，突然被绊倒了，摔到了地上。"呃，"他痛得闷哼一声，"别担心，我只是……"

他的身体僵住了。

两块墓碑上都是他认识的名字。第一块他曾跪在前面痛哭过多次——玛丽·路易莎·吉莱斯皮，他的妈妈。但第二块墓碑是崭新的，刚凿出一个新名字：西蒙·吉莱斯皮，亚瑟的爸爸。

他的双手剧烈颤抖起来，喉咙绷成了一条线。就是这个，不是吗？他最大的害怕就是失去爸爸，一个人留在世间孤苦无依。一想到以后的日子里见不到爸爸了，眼泪忍不住滚滚淌落。他是那么想他。"爸爸？"他低声叫道。

一个温暖的、咯咯的笑声在亚瑟的记忆深处响起。"没什么好怕的，亚瑟，"当亚瑟从沙发后面爬出来时，爸爸说道，"只是一个电视节目。它不会伤害到你的。这不是真的。"

"它不会伤害到我的，"亚瑟重复着，吸了下鼻子，"这不是真的。"

他用手背擦擦鼻子，注意到自己的皮肤黏糊糊的。他摸摸自己的牛仔裤，上面也是滑溜溜、黏糊糊的。这一定是雾气，它凝结在了衣服的表面。他想知道这种雾气的成分，以及为什么会在这里。或许它会影响到自己，用某种方式扭曲了自己的现实感知？

他摇摇头，试图厘清思路。他被困在了一个迷宫里，这个迷宫要让他挑战自己最大的恐惧。如果他想要逃脱，就必须直面这一挑战。

为了增强自己的信心，他开始回想任和塞西莉，以及他们三个一起克服的种种障碍。和这样的朋友在一起，他不会感到孤独的。他深吸了一口气，又回头看向墓碑……

爸爸的名字消失了。亚瑟拂过墓碑的表面，上面异常平滑。他开始怀疑，之前那些字是否真的存在，还是说它们，包括爸爸的声音，只出现在了他的脑海里。

他咬紧牙关，慢慢地站了起来。对爸爸的回忆让他的决心更大了，他一定要回家。

他摸索着向前走去，伸开双臂去够迷宫的墙，走了几米之后，他终于摸到了。墙引导着他拐了一道弯，地势变得越来越高。他现在有意识地往前走着，每走一步就意味着距离家、距离爸爸更近了一步。这很奇怪——他的这种意识越强烈，周围的雾气就消散得越快。很快，天空完全放晴，他发现自己处在城堡中的一个方形庭院里，四面都是城堡的高墙。

庭院的边上有几道石门，和幻境通道中出现的那扇一模一样。石门的表面都刻着文字。他不确定自己究竟是在迷宫里，还是已经到达了中心，直到塞西莉从身后的雾气中跑出来。

"亚瑟！"她看上去衣衫不整，眼睛大睁着，斗篷上的向日葵也在不停地颤抖。

第二十四章 医生的城堡

"发生了什么事?你还好吗?"他问道,不知道她是不是又熬过了一场高空飞石竞赛,还是说其他别的什么东西引发了她的眩晕。

她揉了揉两颊:"我做了一场噩梦,梦到了我的父母……他们甚至不知道我是谁。他们好像忘了我的存在。"

亚瑟觉得,塞西莉也经历了一场和他相似的境遇。他还沉浸在看到爸爸墓碑时的震惊中,但他努力把这种消极感推到一边。"那不是真的,"他用不容置疑的口气说道,"你知道这一点,对吧?你父母永远不会忘记你的。永远不会。"

塞西莉点了点头。就在这时,任气喘吁吁地从雾中冲了出来。她全身都凝满了白霜,箭袋里只剩下了最后一支箭,随着她的颤抖发出嘎嘎声。"蜘蛛,"她吓得呲呲地说道,"真的。好大个儿的蜘蛛。"

塞西莉把她拉到身边,给了她一个大大的拥抱:"不过,你还是跑出来了,真棒。我刚才的经历也很可怕。"

他们分享着彼此的恐怖故事。这时,一团红色的气体盘旋着,出现在了院子的中央。亚瑟冲了过去,拿到了王国秘钥,然后赶紧绕着院落的四周查看。"植物学、天文学、神学,"他读着房门上的标签,"这些门通往这所大学不同的院系。"

"维克多·弗兰肯斯坦的实验室是哪一个啊?"塞西莉问道。

任踢了踢一扇门的底部,那里有一点可疑的红色血迹。

"很有可能是这个。"

亚瑟看到，门上贴着一个标签"解剖学"。他打了一个哆嗦："是的，听起来很像。"

他们走进门去，蹑手蹑脚地穿过一道阴暗的、两侧点着火把的走廊，又爬上一道蜿蜒的楼梯。暴雨如注，猛烈地敲击着城堡，雷声伴随着外面的暴风雨呼啸而来。楼梯的顶端是一个大厅的入口，里面阴影重重，还有一道巨大的楼梯弯弯曲曲地通向上面的阳台。这里的地板上铺着一层厚厚的红色地毯，一盏摇曳的枝形吊灯挂在天花板上。

"赫瓦龙公司告诉过流浪者们，离开这个王国。"一个声音传来。

亚瑟犹豫了一下。那声音听起来像是从楼梯后面传来的，但这里的回音很大，很难说得清楚。

"我们正在进行安全演习，"那个声音继续说道，带着英国人的口音，彬彬有礼，"您留在这里不安全。"

亚瑟思索了片刻，就明白了那个声音到底想说什么。蒂伯龙·诺克斯不想让流浪者们来这里，他想知道为什么……

"说话的人一定是玛丽·雪莱，"塞西莉靠在亚瑟的肩膀上小声说道，"这里没有其他人了。"

亚瑟把他那件幻境斗篷抻平了——这是他身上唯一一件干了的衣服——然后走到了大厅的中央。"呃，晚上好，"他说，刚出口就意识到自己并不知道这个王国现在是什么时间，

"请问您是雪莱夫人吗？"

"正如我所说，您得离开。"那个声音重复道。

"我们不能离开，"任说道，一边踩着重重的步子往前走，身上的雨水淌落到了地毯上，"我们来自 21 世纪，必须要在两个小时内到达弗兰肯斯坦实验室，否则我们就会变成一摊原生质。"

那边沉默了片刻。

"我明白了。"那个声音不耐烦地叹口气，"既然是这样，你们就好心帮个忙，别盯着我看好吗？"

一个身材笨重的人从阴影处步履蹒跚地走了出来，足有两米多高。在火光照射下，怪物露出了真容，亚瑟吓得腿一下子软成了果冻。

玛丽·雪莱是个怪物。更准确地说，她就是小说中那个怪物的翻版。她长着黄绿色的皮肤、乳白色的眼睛、粗糙的一块块露出来的头皮，嘴巴是一条黑色的裂缝，脸颊上满是十字交叉的疤痕——那是她被缝合起来的地方。相比之下，她的衣着是如此华丽。她穿着一件露肩的深红色天鹅绒连衣裙，袖子大而蓬松，裙摆被撑成膨大的钟形。精致的白色蕾丝手套遮住了她的大手，脖子上挂着一条镶着巨大红宝石的项链。

塞西莉猛地打了一下亚瑟的胳膊："别盯着她看个不停。"

亚瑟摇了摇头。"呃，雪莱太太，我叫亚瑟，这是任和塞西莉，"他脱口而出，"我们需要您的帮助。"

第二十五章

真相败露

玛丽·雪莱撇着嘴笑了起来，那笑容既友好又可怕。"你们全身湿透了，"她说，"跟我来。"

她把他们领进一个小得多的房间，壁炉中火光熊熊，不时发出噼啪的声音，两侧有很多的小石像鬼。她还拉出了几把扶手椅给他们坐。因为刚才有些过度反应，亚瑟很内疚，决定坐在玛丽·雪莱旁边。尽管五官有些怪诞，但她淡褐色的眼睛里流露出炽热的光芒，金红色的头发虽然脏得打了绺，仍能看出昔日的美丽。他可以把她想象成一个优雅而美丽的女子。考虑到蒂伯龙是多么欣赏玛丽·雪莱的作品，亚瑟不明白他为什么用这么残酷的方式，来创作她的仿生人。也许蒂伯龙怕她，远超过其他英雄，想控制住她……

在玛丽的特大号椅子旁边有一辆手推车，上面放着一个瓷茶壶、一罐牛奶和一摞杯子。"喝点儿吧，"她说，"这会让你们暖和起来的。"

第二十五章 真相败露

"呃,我们真的没有时间了。"亚瑟不想显得没礼貌,但他真的是在生死线上。"我们知道蒂伯龙·诺克斯对《幻境》中的英雄们做了什么,"他小心翼翼地说,"但我们没想到他把你也放在他的仿生人中。"

玛丽·雪莱啜了几口茶。亚瑟可以看到她肩膀上的缝线在一伸一缩。"在这里,女人的经历会更糟,"她不满地说,"不过,我不用穿紧身胸衣,至少这是件好事。"她把茶杯放到茶托上,打量着他们,"我想了解 21 世纪是什么样子,在这里只有一摞书可以跟我说说话。"

亚瑟扫视了一下这个房间。这真是一座学问的殿堂,墙边摆满了书架,上面堆满了书。在烛台的光芒下,有人——他猜想是玛丽·雪莱——刚刚正在桌子旁写字。

任清了清嗓子。"雪莱夫人,我本不应该粗鲁无礼,但如果蒂伯龙·诺克斯知道我们在这儿,我们就永远回不了家了。我们必须抓紧时间。"

"诺克斯,"玛丽·雪莱使劲地捏着扶手,亚瑟甚至听到了木制扶手噼啪开裂的声音,"那人就是个恶棍。"

"我们需要去弗兰肯斯坦的实验室,因为在那儿能见到米勒·赫兹。"亚瑟快速地叙述着他们的处境,"他想阻止蒂伯龙,解放你和其他英雄。"

"你们说得对,是没时间喝茶了。"她从椅子上站起来,果断地说。她向门口走去,厚重的衣服拖在了地面上。"来吧，我们去找你们的朋友赫兹先生，一起谈谈要执行的计划。噢，请你们原谅那些小鬼儿，他们的举止有点不正派。"

他们跟着玛丽·雪莱沿着螺旋楼梯下楼。"我不明白，"亚瑟问道，"电影版的《弗兰肯斯坦》中没有小鬼儿，它们只在原著中出现过吗？"

"才不是呢，"玛丽·雪莱说，"流浪者们一度抱怨，说这个王国太可怕了，于是诺克斯就在这座建筑中添加了一些小鬼儿。但他们的程序在几年前出了故障，现在蒂伯龙已经控制不了它们了。"

他们仨彼此交换了个困惑的眼神，不明白这些小鬼儿的存在，怎么会让这里变得不可怕了。是因为它们很可爱吗？

"这些小鬼儿变得越来越调皮，它们有个癖好，就是从流浪者那里偷东西——小饰品啊，宝石啊，所有那些闪亮的东西。"玛丽·雪莱摸了摸脖子上挂着的红宝石项链，"它们已经盯上这条链子好多年了。"

走到最下面一级台阶，她打开一扇沉重的木门，上面写着"解剖剧场"，空间里回荡着长长的呻吟声。她把裙子拎起来，露出粗笨的黄色脚踝，重重地跨过门槛。其他人也跟着她走了进去。

解剖剧场看起来的确像个剧场。这是一个很大的圆形大厅，四周都是陡峭的阶梯式看台。雨点敲打着圆形的玻璃屋顶，那个屋顶就像一只巨大的眼睛，凝视着暴风雨的天空。

第二十五章 真相败露

弗兰肯斯坦的实验室就位于舞台中心，看起来更像是一个豪华的仓鼠健身房，而不是做科学实验的地方。透明的管子四通八达，其中一根从屋顶延伸下来，绕着一个长长的像棺材一样的盒子盘旋，最后连接到地板上的一些金属装置上。另一根管子沿着桌子的边缘延伸，桌上放着烧瓶，盛着不同颜色的液体。亚瑟看到了躲在椅子下面的小云，湿漉漉地蜷成了一团，他的心高兴得怦怦直跳。

米勒正跪在幻境通道的框架下面。听到他们走进来，他微笑着抬起头来："恭喜，你们成功了！"

但看到玛丽·雪莱后，他的脸立刻垮了下来。

"很抱歉吓着你了，"她说，"但我相信，你正等着这三个人呢。"她指着三个孩子说道，他们从她身后匆匆地走了出来。

米勒冲过去迎接他们："你们没事吧？"

亚瑟轻声说："我们很好。但是玛丽·雪莱……"

米勒的声音很严肃："我能看得出来。"

玛丽·雪莱重重地坐了下来，压得座椅嘎吱作响。米勒握住了她的手，仰着头看着她，像个维多利亚时代的绅士。"雪莱夫人，很高兴见到您。我真是万分抱歉。"

玛丽·雪莱好奇地看着他："我能看得出来，你自己也经受了不少磨难。"紧接着，她坦言道，"告诉我，你打算怎么阻止你哥哥？"

米勒开始向玛丽·雪莱解释，这时，桌子底下传来了几声咔嗒声。亚瑟的注意力转移到了那里。他蹲下来细看，发现了一扇不停颤动的柜门。他试探性地拽了一下柜门的把手。

"不要啊，快停下！"米勒大喊道。但已经太晚了。

一群菠萝大小的小鬼儿从柜子里拥了出来，像是派对上喷出的五彩纸屑。它们穿着小丑式样的连体裤，上面还带着绒绒球的纽扣。它们的体形特别小，皮肤是透明的绿色，除此之外看起来和人类没什么区别。它们的耳垂、脖子和手腕上挂着闪闪发光的珠宝，好像打劫了埃及法老图坦卡蒙的坟墓。其中一个对着亚瑟呸了一声，然后飞到玻璃天花板上，和其他小鬼儿一起连蹦带跳地闹腾起来。

"哈哈，干得真不赖，小笨蛋！"其中一个喊道，"你找到我们了！"

"多傻的大脑袋啊！"另一个尖叫着。

亚瑟呻吟着擦去脸上的小鬼儿唾沫。看来这些小鬼儿不是全息投影，而是真实存在的生物，因为它们的口水可是实实在在的。他想知道，它们是否也是一种仿生生物。"您之前说过它们举止不正派，我现在多少明白了！"他对雪莱夫人说道。他也明白了为什么说这群小鬼儿让这个地方变得没那么可怕，因为很少有人会被这种维多利亚时代的侮辱方式给吓着的。

"我好容易才说服它们玩捉迷藏的游戏，"米勒叹了口气

第二十五章　真相败露

解释道，"这是唯一能控制住它们的方法。它们是用纳米颗粒建造的，可以随心所欲地通过任何一堵墙。"

米勒摇了摇头，在幻境通道底部的键盘上轻敲了几个数字。亚瑟认出来了，那是时间和日期，就设定在了三天前的那个早上，他们离开21世纪进入"原则号"的那个时刻。

"就像我说的那样，等把你们三个送走后，我就会在已知宇宙中召开新闻发布会，公开M-73的那段录像，披露蒂伯龙的所作所为，让他为自己的罪行付出代价。"米勒看了一眼小云项圈上的时间秘钥，"然后我就解放那些英雄，把这三把秘钥都销毁，一劳永逸地解决问题。"

他转向那个被透明管子包围着的、棺材样的盒子。亚瑟注意到，一股细小的银粒子流正在管子里不停地流动。米勒把手举到盒子中央，一个全息表盘突然出现在盒子的下面。他用手指逆时针转了四分之一圈，然后又顺时针转了半圈。表盘旋转着，红色激光扫描着他的指尖。然后，伴随着咝咝声，一扇小窗从盒子顶部打开了。"啊，它一直在这儿等我来拿呢。"米勒兴高采烈地咕哝着，把手伸了进去，拿出一个华丽的金属小匣子，大小跟一盒鸡蛋差不多。

因为期待，亚瑟的皮肤有些微微刺痛，他和任、塞西莉交换了一个疲惫的微笑。经历了一切之后，他们的旅程就要结束了。几分钟后，幻境通道就会打开，他们就能回到27号小屋。一想到马上就能见到爸爸了，他开心得快要疯了，但他还得再耐心等等。首先，他要离开和平点庄园，去学校向老师解释为什么会迟到。令人难以想象的是，他如此渴望回到原来的生活里去，哪怕他曾因索然无味而抱怨不已。

米勒把一个盛着黄色液体的烧杯推到一边，把小匣子放在桌上，掀开铰链盖。他的脸突然失去了血色。"但是……这是不可能的！"

亚瑟抻长了脖子往里面看去，感觉胃里一紧。

里面是空的。

"到底是怎么回事？"他觉得浑身越来越冷，"时间秘钥在哪儿呢？"

米勒疯狂地在里面摸来摸去，但毫无用处。"我不知道。只有我能打开这个盒子，而且没有人——甚至包括小云——知道我把它放在这里了。"

亚瑟咬紧了牙关。显然米勒没有他想象的那么聪明，他竟然把时间秘钥藏在了这里。玛丽·雪莱怪兽般的脸上掠过一丝奇怪的表情。但是，那张脸上有那么多肿块、疤痕和缝线，亚瑟根本没法读懂。他猜测她是否知道点什么。

"我们现在怎么办哪？"任问道，"我们的时间已经非常有限了。"

亚瑟低头去看手表。突然，地板震动起来，一阵惊天动地的隆隆声响起，在剧院里回荡。一群全副武装的T型人如洪流一般，从楼上的大门冲了进来。他们的黑色长袍翻滚着，

第二十五章 真相败露

如一朵越积越大的乌云。亚瑟的心提到了嗓子眼儿。一个接一个地，更多的仿生人出现了，超过了一百个。他们都长着长长的脸，冰冷的蓝色眼睛注视着屋内的人，两个轮子在地板上滚来滚去，迅捷无比地兜着圈子。

蒂伯龙跟在队伍后面，大步流星地走了进来。他的下巴高高昂起，油亮的黑斗篷垂到了脚踝，拖过了地板。"恭喜你啊，弟弟，"他走下台阶，吐了口唾沫，"你让我很吃惊，没想到你能解开我的门罗谜题。但你真的不应该在这儿骑龙，即便有暴风雨，我还是轻而易举地发现了你。"

几个T型人把亚瑟围了起来，包围圈越来越小，他们手中的利刃冒出了缕缕青烟。亚瑟感觉有什么东西在脖子后面爬动。他用眼角的余光瞥了一眼，小云钻到了椅子下面，塞西莉和任在椅子前面晃动，玛丽·雪莱却不见了……

米勒从最近的桌子上抓起一个大烧瓶，里面装着半瓶粉色的果冻状的东西，还在咕嘟咕嘟地冒泡。他跟跟跄跄地向前走去："我不会让你伤害其他人的，蒂伯龙，把时间秘钥交出来。"

两个T型人呼啸着滚动上前，抓住他的胳膊扭到了背上。尽管米勒是个大块头，但在片刻挣扎之后，他就咬着牙，再也动不了了。

"放开他！"任怒吼道，去拿她的大弓。她还没有碰到最后一支箭，另一个T型人已经飞驰而至，把大弓夺了下来，把她也制服了。

亚瑟急红了眼，和塞西莉一起不管不顾地往上冲。但他冲了没两步，就被一个 T 型人抓住了。冰冷的手指深深地陷入了他的肩膀，把他的胳膊拉得差点脱臼。"啊！"他大喊一声，痛得跳了起来。他使劲向后踢了一脚，踢到的却只是个气垫轮，毫无杀伤力。太晚了。那个 T 型人用强壮的手臂搂住了他的腰。

另一个 T 型人轻而易举地制服了塞西莉。他把她举到半空中，任凭她尖叫个不停。在打斗中，他们手腕上粘的影子补丁掉了，幻境斗篷也被扯了下来。

蒂伯龙高兴地笑了，从衣领下拿出一条链子，上面缀着一把黑色的时间秘钥，看起来和小云项圈上的差不多。亚瑟猜，这一定是他多年前从米勒那里偷来的原型钥匙。但是，如果蒂伯龙没有拿走米勒藏在实验室的钥匙，那又是谁拿的呢？

"米勒，你和你朋友的麻烦源于你缺乏远见。"蒂伯龙说，"你们宁可毁掉时间秘钥，也不好好利用。如果不是我，赫瓦龙会变成什么样子？"他摇摇头，鬼鬼祟祟地朝幻境通道走过去。"我真不想这样做，但你让我别无选择。这次我不能再让你跑出来了。"他蹲下来，开始在通道底部的键盘上做手脚。

"你要干什么？"米勒大吼道，并在 T 型人的控制下徒劳地挣扎着。

第二十五章　真相败露

蒂伯龙凝视着弟弟的眼睛："我猜你从没试过在幻境通道的键盘里输入一个分数，是吧？问题在于，不能把同一个人同时传送到两个不同的地方。一个完整的人，我是说。"

两个T型人拖着他走向幻境通道。"不，蒂伯龙，别这样！"米勒拼命地扭动着身子。

"之前我把你丢在了一个封闭起来的王国，看来还是我太短视了。"蒂伯龙补充道，从口袋里拿出了一把王国密钥，"这会是一个更有效的长期解决方案。"

亚瑟听到自己的心怦怦直跳。不是一个完整的人？这意味着……蒂伯龙要杀了米勒！亚瑟知道，自己一定要做点什么，虽然他还不知道该怎么办。毫无疑问，没有米勒帮忙，他们绝对没法回家。自己一定得救他。

在地板的另一边，任和塞西莉也在T型人的压制下拼命挣扎着。任咬紧了牙关，塞西莉的眼睛里充满了痛苦，而小云则缩在一张桌子的阴影里，害怕得瑟瑟发抖。亚瑟攥紧了拳头，告诫自己保持冷静。如果思路不够清晰，他就想不出一个好办法……

就在这时，外面的楼梯间传来高跟鞋的咔嗒咔嗒声，包括蒂伯龙在内的所有人都朝门口看去。亚瑟心中升起一股不祥的感觉。一群时髦的V型保卫队员，像模特一样昂着头走了进来，后面跟着她们的时装设计师瓦莱丽娅·马尔菲。这些仿生人穿着绿色的迷彩军服，装备着亚瑟在巴御前家见识过的化妆品武器。"这么说，一切都是真的喽。"瓦莱丽娅冷冷地哼了一声，怒视着米勒。她大步走到剧院的中央，镜面般的幻境斗篷看上去像一套盔甲。"我一直在怀疑，只要生意好转起来，你就会跑回来找我们。"

"瓦莱丽娅！"蒂伯龙的表情有些捉摸不定，"你怎么……"

"我也有自己的眼线，哥哥。"她得意地说，又指指亚瑟、任和塞西莉，"这三个小鬼头，我已经跟踪整整两天了，他们在给米勒跑腿儿。"

亚瑟眼前一亮，蒂伯龙压根儿就没想到自己的妹妹会来。他想知道是否可以利用这一点反败为胜。

"瓦莱丽娅，救救我！"米勒气喘吁吁地说。在T型人的束缚下，他肺里的空气都快被挤光了。

瓦莱丽娅交叉双臂抱在胸前。"我为什么要救你？我能理解蒂伯龙为什么对你发火。在公司陷入困境的时候，你逃之夭夭，把烂摊子甩给我们。"她又转身奉承起了蒂伯龙，"要不是蒂伯龙开发出来新的仿生人产品，还有我天才般的公关能力，赫瓦龙公司早就倒闭了。"对着米勒身上那套脏兮兮、湿淋淋的衣服，她嗤之以鼻，"你到底躲哪儿去了？看起来糟糕透了。"

亚瑟意识到，瓦莱丽娅根本就不知道蒂伯龙要为米勒的失踪负责，他怀疑，瓦莱丽娅也不知道蒂伯龙偷了米勒的时

第二十五章 真相败露

间秘钥,否则她刚才会提到这点的。他看到蒂伯龙的嘴角泛起一丝狞笑,对着旁边的T型人嘀咕了几句,意识到再不行动就没机会了。他深吸一口气大声喊道:"是蒂伯龙把米勒关了起来,关在一个封闭王国里!他没对你说实话!"

"住口。"蒂伯龙暴怒道,T型人剑刃上的青烟更浓了。

亚瑟还想再说下去,但一只冰凉的手堵住了他的嘴巴,让他只能发出"呜呜"的声音。

"蒂伯龙偷了米勒的技术……"塞西莉成功地说了半句,嘴巴也被捂住了。任深吸一口气,刚要说话,旁边的T型人伸出了大手,直接捂住了她的脸。

但这些已经不重要了。亚瑟从瓦莱丽娅的表情中就能看得出来,刚才的话已经在她心中播下了怀疑的种子。

一道锐利的目光掠过蒂伯龙。瓦莱丽娅说道:"他们到底在说些什么,蒂伯龙?你知道米勒去了哪里?"

"别插手这件事,"蒂伯龙并没有做更多的解释,而是直接向那两个抓着米勒的T型人做了个手势,"我只是做了必须要做的事,不必向你解释。"

那两个T型人拖着米勒,继续向幻境通道走去。亚瑟使出吃奶的力气,扭动着身子又踢又打。

瓦莱丽娅戴着绿色麂皮手套的手握成了拳头。她冷冷地说道:"你的意思是……几个小鬼说的是真的?你一直都在骗我?"

"我要让一切都在我的控制之下，"蒂伯龙咆哮道，"相信我！"

"相信你？"瓦莱丽娅气得满脸通红，"你是我所认识的人中最邪恶最狡猾的一个——我不相信你，我的性命靠它说话。"她对身边的V型人做了个手势，她们从身上的武装带上拿下了发卡飞镖。

蒂伯龙的下巴绷紧了，他也向身边的T型人做了个手势。"瓦莱丽娅，我警告你……"

一个接一个地，那些T型人举起了他们手中冒烟的宝剑。亚瑟从堵住他嘴巴的T型人手指上方和任以及塞西莉交换了一个眼神。这可能是他们唯一的逃脱机会。

"你错了，蒂伯龙，"瓦莱丽娅扬起下巴说道，"你必须要给我个解释。"话音刚落，一场大战爆发了。

一群V型人冲向T型人，举起她们手中闪闪发光的发卡，射出一颗颗星星。有些星星被T型人的宝剑挡开了，也有一些命中目标，力量如此之大，把那些"蒂伯龙"打得向后飞了出去。相比之下，T型人的攻击更为精准，冒烟的利刃切入对手的肌肤，伴随着皮肉烧灼的嗞嗞声。两边的仿生人冲上了剧院的座椅继续厮杀，有些木头椅子被劈中了，噼里啪啦，木头断裂的声音在剧院里久久地回荡。

两个V型人拉开几个香水瓶手榴弹，把它们滚到了地板上。它们冒出了滚滚浓烟，很快剧场里变得雾蒙蒙的，让亚

第二十五章 真相败露

瑟想到了迷宫里的那段恐怖时光。旁边一片混乱，他拼命地捶打着那个T型人，试图挣脱出来。

雾气弥漫中，一个V型人向他们逼近过来，纤细的手上拿着一把梳头发用的刷子，上面的尖刺发出慑人的光芒。抓着亚瑟的T型人呆住了，他想举剑自卫，但手里抓着亚瑟，根本就来不及。V型人咧嘴一笑，挥起了手里的武器。亚瑟把头缩到脖子里，闭上眼睛，等着那恐怖的一击……

千钧一发之际，他从T型人的腋下滑了出去，重重地摔倒在地上。肚子里一阵翻江倒海，胃液冲到了嘴巴里，又酸又涩又苦。他睁开眼睛，看到刚才抓着他的那个T型人从旁边疾驰而过，投入了激烈的战斗。

亚瑟的心怦怦直跳，他连滚带爬地躲到一张桌子下面，从另一头站了起来。"任！塞西莉！"到处都是晃动的黑影，他根本就分辨不出来，到底哪个才是自己的朋友。

他听到一个气喘吁吁的声音："亚瑟！这里！到下面来！"

是任。

这里？到下面来？亚瑟想知道她是什么意思。他仔细地看了一下地板，发现了一道湿爪子印，一直通向房间的后面。他紧张得发抖，急忙穿过迷雾去追赶她们。

他爬过了几具报废了的V型人的残骸，接着躲开了一个从烟雾中爬出来、气垫轮报废了的T型人。家具的碎裂声、武器的碰撞声和仿生人愤怒的叫喊声响彻四周。

爪印停在了一个圆井的边缘，旁边的混凝土上还放着一个生锈的井盖。亚瑟从边上往下看去，只见任、塞西莉和小云就站在下面的一摊黑水里，离地面有几米深。一架金属梯子在昏暗的灯光下闪闪发光。

小云摇着尾巴叫了起来。"快来！"塞西莉喊道。

亚瑟以最快的速度把腿伸进洞口，够到了梯子。他低下身去的同时，看见一个人影从昏暗的解剖剧场中爬了出来。

蒂伯龙·诺克斯长长的脸上满是汗水，血迹斑斑。他的上嘴唇一咧，露出一个可怕的狞笑。"你和你的朋友给我带来了多少麻烦，"他威胁道，"我可不想让你再用狗脖子上的那个时间秘钥继续折腾了。把它给我，就现在！"

第二十六章

绝地反击

塞西莉拼命地跑了起来，啪啪的脚步声在隧道里传得很远。"呃！"她用T恤捂住了鼻子，"这里真臭，臭死人了！"

亚瑟咳嗽着，试着把那股臭味从喉咙里咳出来。他们急匆匆跑过一条宽大的砖砌隧道，隧道两边都有开口。月光穿过头上弧形的格栅，照亮下面满是积水的地面。"这一定是城市的下水道。"亚瑟说。他认出了上面一栋大楼的轮廓。

后面响起了一声咔嚓声，然后是一百多个向他们驶来的轮子的隆隆声，在他们脚下的污水中激起了阵阵涟漪。

"找到他们！"蒂伯龙·诺克斯高喊道。

"走这边！"塞西莉大喊一声，冲进了一条岔道。

他们一直在冲刺——有些隧道还要蹚水才能过去——直到他们的大腿像火燎过一样酸痛。鞋子已经湿透了，不管他们跑得多快，蒂伯龙和他的T型人一直紧跟在后面。最后，他们来到了一个干燥的圆形大厅，那里有六条隧道通向不同的方向。"咱们走哪条？"塞西莉问道。

小云沿着墙边慢慢地挪动着，嗅着每个通道里的味道。

"已经无所谓了。"亚瑟气喘吁吁地说。后面的追兵已经很近了，他能听得出来。"这座城市就是蒂伯龙设计的，这里的一切他都了如指掌。咱们是跑不过他的。"

"咱们也打不赢他，"任摸摸自己的肩膀，之前她把弓和箭袋背在那里，"我们也失去了所有的幻境技能。"

终于有时间可以停下来想一想了，亚瑟觉得又冷又空虚。他在脑海里搜寻，牛顿的知识喷泉已经消失了。他这才意识到，自己是多么喜欢它。他把防水夹克的袖子抻了一下，差点摔了一跤。"我们只剩下 27 分钟了。"

任的双腿开始发抖，塞西莉捂着嘴，好像生病了。

没必要再问下一步要做什么了，因为亚瑟已经知道答案了：什么都不用做，他们已经回天无力。小云脖子上的那个时间秘钥是坏的（但蒂伯龙还不知道），米勒最后做好的那个也找不到了，唯一能用的那个却挂在一个疯子的脖子上，而那个疯子手下还有一支庞大的仿生人军队。

"这就是说……"任的眉毛凝成了一个结，挣扎着想要说出他们内心的想法。

"我们的时间已经用光了，"塞西莉严肃地说，"就这样吧，我们就要死了。"她后背抵着墙，滑倒在地面上，把头靠在了墙砖上，眼睛里闪烁着泪光。

第二十六章 绝地反击

小云呜咽着,用头抵着塞西莉的膝盖。塞西莉把它抱了上来。任则瘫倒在她的旁边。

亚瑟的心也是一片冰凉。"我不知道该说些什么。"说完,他也和她们一起倒在了地面上。他把膝盖抬到胸前,紧紧地抱着自己。他们做了这么多,却还是摆脱不了死亡。这真的是太不公平了。蒂伯龙赢了。他会不断地从历史中窃取英雄,强迫他们为他工作。他还会继续为所欲为、我行我素地扰乱时间。

他们沉默了好一会儿。亚瑟的思绪又飘到了爸爸身上,这让他心里更加难受,喉咙开始肿胀,嘴唇不停地颤抖。他记得后花园里那块斑驳的草坪,还有那间小屋;他记得去年夏天踢足球时他打碎了一扇玻璃窗;还有妈妈绣了字的那条毯子,就铺在前屋的沙发上。更重要的是,他希望自己现在就在家中,而不是在四百年后某条阴暗的下水道里。

"我不想变成原生质,"任绷着脸说道,"我这辈子还什么都没干过呢,至少没做过什么大事儿。"

亚瑟开始回顾,从呱呱落地到现在,他在地球上已经待了十三年了,可他都干了什么。一开始他学会了走路和说话,这相当重要,但从那以后呢,他就……长大了。

可他还有那么多的事情想做呢,他还有更多的事情可以做。他想到自己在米勒总部看到的那张名单,上面列着英雄们的名字。每个人都曾有过和他一样的年纪,看看他们取得了多大的成就。亚瑟有成为一个发明家、科学家、世界冠军、探险家的潜力——无穷无尽的人生可能。

不过，现在他没机会了。

他用下巴抵住膝盖，呆呆地坐在那儿发愣。突然，他看到对面的一条隧道里有灯光闪了几下，浑身一凛。"你俩看到了吗？"

他站了起来，任紧跟着也从旁边站起来。"一定是蒂伯龙发现我们了。"她冷冷地说道。

"那就让他们来吧，我还想在挂掉之前痛快地打一架呢。"塞西莉站起来，擦擦鼻子说，"即便我们要变成一摊鼻涕，我也希望能溅到这些T型人身上，弄坏他们的电路，让他们动弹不得！"小云抖了抖毛发上的水滴，汪汪地叫了几声，似乎在说：好啊！好啊！

绝地反击，人生最后一场演出，亚瑟这样想。旺加里·马塔伊会同意的。

他们慢慢地朝着隧道入口爬去，全身的神经绷得紧紧的。对面的几个黑影越来越近了……

亚瑟抡起他的背包，准备用他的数学课本，给第一个冲上来的T型人狠狠地来上一下子。任翻了翻身上的口袋，拿出了她的多功能钥匙圈，打开螺丝刀当武器。塞西莉蹲下来调整小云的项圈。"要龙还是要虎？"她低声问道。

亚瑟眯起眼睛，想要估算一下他们要对付多少个仿生人。

第二十六章　绝地反击

突然，他发现了什么。"等一下，"他喊了一嗓子，拽住了塞西莉的肩膀，"或许我看错了，但我觉得其中一个T型人竟然穿着……"

任也瞪大了眼睛。

"独角兽拖鞋！"

艾萨克·牛顿教授穿着那身舰长制服，脚上穿着闪闪发光的独角兽拖鞋——当然现在已经湿透了——急匆匆地冲出了隧道。亚瑟高兴得浑身轻飘飘的。"一接到消息，我就第一时间离开了那艘船，都没来得及换鞋。"牛顿解释道，然后闪到一旁，露出了身后的旺加里·马塔伊。

"亚瑟！任！塞西莉！"她冲了上来，和他们一一拥抱，把身上的衬衫弄得又脏又湿。

接下来出场的是阿玛罗斯·巴，手里拿着一把长长的大马士革弯刀。他把利刃举向空中，嘴里大喊着什么。亚瑟猜那是他本土星球的方言，但是没有幻境斗篷做翻译，他一点都听不懂。"您能说英语吗？"他恳求道，觉得自己就像一个尴尬的游客。

阿玛罗斯立刻换成了英语。"我之前告诉过你们，一个真正的冒险家永远不知道在下一个拐角处会发生什么！"

"除非他有一张地图。"托马斯·爱迪生从阿玛罗斯的肩膀上探出头来，纠正道。他的白发有些蓬乱，领结也有些歪。"我的通信设备有些小故障，"他说，"不得不校正了两次，最后才把消息发出去。我告诉名单上的每个人，尽快赶去第 18 王国。"

最后一个人像影子一样沉默，大步流星地走在后面。她穿着破破烂烂且五颜六色的盔甲，脸上增加了几道抓痕。那是巴御前，正对着他们微笑。

亚瑟的心如小鹿乱蹦："太好了，您没事！"

塞西莉向前冲去，用双臂搂住了这位传奇的武士。巴御前用日语咕哝着什么。

"她说：'我也很高兴见到你们。'"任告诉亚瑟。

牛顿从他的齐腰外套中拿出金怀表。"我不喜欢做一个……那个词怎么说来着？……煞风景的家伙，但我们只有 20 分钟时间了，再不抓紧，这三个孩子就变成原生质了。"

看到巴御前和其他英雄，亚瑟原本松了一口气，但牛顿的话又让他紧张起来。"没用的，"他摇着头说道，"只有一把钥匙能用，还挂在蒂伯龙·诺克斯的脖子上呢。"

"他就在下水道的某个地方，"塞西莉严肃地补充道，"但他身边有一群 T 型人，手里拿着武器。"

旺加里·马塔伊把手放在臀部。"怎么，你们就打算这样放弃？"她摇了摇头，"不，不，不。即使在最困难的时刻也会有机会，你得抓住它们。"

听到她的话，亚瑟心中又燃起了希望。"好吧，蒂伯龙就在那边。"他指着来时的那条路说道。

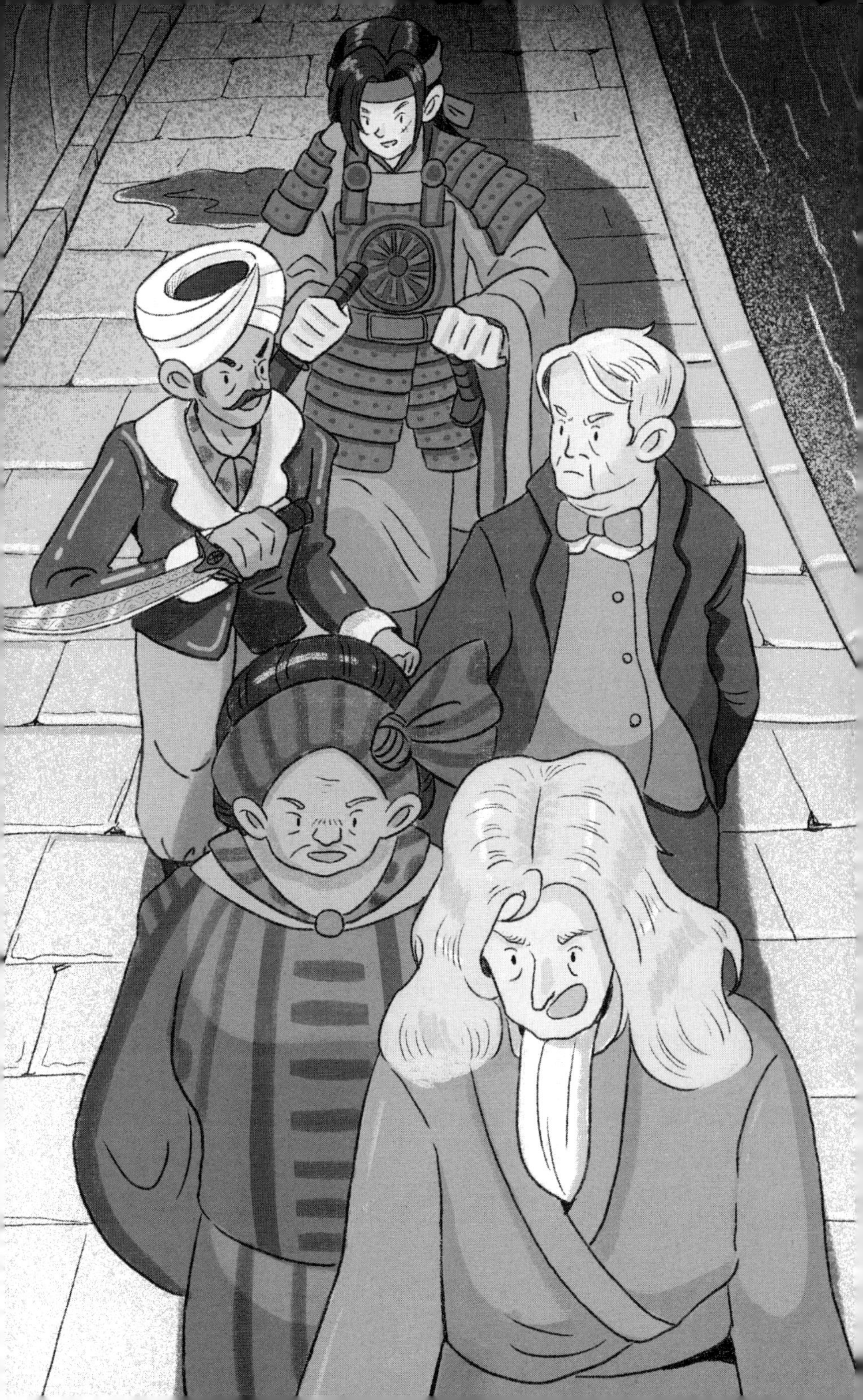

"开足马力前进！"阿玛罗斯一马当先冲了出去。

亚瑟觉得，当你和这五位人类历史上最伟大的英雄并肩前行时，一切都变好了很多，哪怕要穿过一条臭气熏天的下水道，哪怕横在自己面前的，是无法避免的悲惨结局。

"如果有合适的原材料，我能发明出一些有用的东西来。"爱迪生嘀咕道，还和艾萨克·牛顿讨论着不同方案的优劣势。巴御前则跟在阿玛罗斯旁边，讨论各种战术策略。亚瑟不知道他们在说什么，但讨论看起来很激烈。在前面的旺加里·马塔伊突然举起拳头，示意大家安静下来。她蹑手蹑脚地走到一个拱门的边上，向门里望去。随着她的脚步声消失，亚瑟听到了门里的吵闹声。"是蒂伯龙，"旺加里·马塔伊悄声说，"他不是一个人。"

亚瑟和其他人尽可能安静地靠在旁边的墙上。巴御前搭上了一支箭。阿玛罗斯举起手中的弯刀。牛顿扯开了海军蓝外套，露出一堆印有化学标签的棕色小瓶子。"我离开之前，装了很多化学原料，"他一脸阴谋得逞的样子，"只要把它们正确地混在一起，咱们就能做出烟幕弹和臭气弹。"

爱迪生拍拍他的肩膀："干得好，爵士。"

塞西莉把小云揽在怀里，开始调整它的项圈。任拿出了她的多功能钥匙圈："我准备好了。"

亚瑟把一本卷角的数学课本拿在手里，咽了口唾沫，从墙角往另一边窥视。旺加里·马塔伊说蒂伯龙不是一个人，

第二十六章 绝地反击

但没说有多少个仿生人和他在一起。亚瑟数了起来,他的心沉了下去。十个、二十个、三十个、四十个……这些仿生人排着整齐的队形,在门那边和旁边的通道里盘旋。他们都顶着和蒂伯龙·诺克斯一样的脸——就像在这个地方竖了很多镜子,把他的形象映得到处都是。

蒂伯龙·诺克斯站在一堆仿生人中间,看起来志得意满。他在一个格栅的下方走来走去,那把时间秘钥就挂在他的脖子上,闪闪发光。"我知道你们就躲在这儿,小屁孩!"他高喊道,口气里带着戏谑的味道,他知道自己占了上风。"我只想要那只小狗戴着的时间秘钥,把它给我,你们就可以自由离开。"

亚瑟绷紧了下巴。他不能让蒂伯龙赢,但——即便有英雄们站在他们这边,这也不太可能。他希望还能有别的办法。

他转过身,背靠着墙,突然看到了任的钥匙圈上挂着的激光笔,想起米勒曾告诉他们的一些事情。"上面的激光笔还能用吗?"他压低声音问道。

任按下那个小按钮,一个绿点投射到地面上。亚瑟紧张起来。他想出一个主意,但不确定能否有效。"我想咱们可以用这个激光笔当武器,"他又快又急地小声说,"米勒说过,蒂伯龙的时间秘钥也是一个原型,会对红外辐射做出反应,而这正是激光发出来的。如果你让激光束击中蒂伯龙的时间秘钥,它会触发一股能量引发爆炸,就像我们在 27 号小屋经历的那样。"

牛顿小心翼翼地走了过来。"这个办法是可行的。你们三个出现在'原则号'上时，我正在做一个红外辐射的实验——小云的时间秘钥应该是在船长舱里被辐射了。"他皱了皱眉，"但是如果你们弄坏了蒂伯龙的时间秘钥，就不能用它回家了。"

亚瑟满怀歉意地望向任和塞西莉。他身体的一部分想要彻底忘掉刚才那个主意，但另一部分告诉他应该这样做。他想起了在历史中这些英雄为了实现自己的理想努力奋斗，甚至做出了莫大的牺牲。从他们的故事中，他学到了一点：不管前面有多少困难，正确的事情都值得全力以赴。

"牛顿说的是对的，弄坏了那个钥匙咱们肯定回不了家。"他告诉任和塞西莉，"但是，如果蒂伯龙拿着那把时间秘钥，他就可以为所欲为，不仅会伤害到25世纪的人，也会来到咱们这个时代进行破坏。在这个世界上，没有人有权干涉历史。"他咽了一口唾沫，又悲凉地补充道，"再说了，我们只有不到半个小时的时间了，在这么短的时间里击败那些仿生人，概率为零。"

塞西莉和任凑到拐角处张望一番，又匆忙退了回来，两颊通红。"如果我们这样做，"塞西莉慢慢地低声说，"蒂伯龙就没法再威胁那些英雄了。他们可以按自己的想法自由地度过自己的第二人生。"

第二十六章 绝地反击

"在变成原生质之前,我们也算是干了件惊天动地的大事吧。"任说道,"这是值得的。"

亚瑟点点头,不假思索地把手伸到她们中间。塞西莉把她的手放在上面,任也笑着把手放了上去。"好吧,"任坚定地说道,"咱们一起来吧。"没等英雄们阻拦,她紧握着那个钥匙圈,走到中央的空地。她启动了激光,对准了蒂伯龙的胸前。

第二十七章

最后的十二分钟

亚瑟醒了过来,鼻孔里满是污水的恶臭。在昏暗的灯光下,他不停地眨着眼睛。周围一片狼藉。他的胸口一阵剧痛,耳朵里不停地嗡嗡,嘴巴里一股血的腥味儿。他身上落了一层厚厚的砖红色灰尘,让他觉得自己就像一只沾满了辣椒粉的大鸡腿。

他慢慢地爬起来,半跪着。"塞西莉,你还好吗?"他晃着她的肩膀问道。她和小云都湿透了。

"呃——"塞西莉呻吟着,揉了揉自己的下巴问道,"发生了什么事?"

任靠在湿淋淋的下水道墙壁上,距离他们一米开外,脸上布满了血迹。"亚瑟的点子起作用了。"她沙哑地说道。

想起他们就要变成黏液了,亚瑟看了看手表——还有12分钟的时间。

在他们身后,英雄们激动不已。牛顿大声地咳嗽着,站

第二十七章　最后的十二分钟

了起来；爱迪生早就站起来了，正在擦拭着外套上的脏污。尽管他们的衣服又湿又脏，但人看起来没事儿。亚瑟猜测，仿生人的身体应该比人类的更能扛得住爆炸吧。

在巴御前的帮助下，旺加里站了起来。"嘘，你们听到什么动静了吗？"

阿玛罗斯把溅满泥巴的头巾拉直，从水坑里捡起他的弯刀："怎么了？"

"没什么，"旺加里回答，"里面一片安静。"

他们摇摇晃晃地走进大厅，亚瑟屏住了呼吸。蒂伯龙·诺克斯四肢伸开躺在一池热气腾腾的热水里，时间秘钥就挂在他胸前的链子上。他的T型仿生人大军瘫在了地板上，摆出各种造型，就像他们在瑜伽课上扮起了音乐雕像，之前盘旋在气垫轮上的那层半透明薄雾也消失不见了。

爱迪生分析道："一定是爆炸造成的，让他们的引擎失灵了。"

牛顿扫了一眼现场，摩挲着下巴。"我觉得是墙壁受到了爆炸的冲击，又把相当大比例的力反射回来，作用到大厅里了。对此你怎么看？"他向爱迪生问道，"目前的证据表明，这里受到的冲击比我们待的地方大得多。"

爱迪生点点头，看向亚瑟："你真够聪明的，孩子。真的！"

亚瑟谨慎地笑了一下，接受了这位大人物的赞美，尽管他没听懂俩人说的是什么意思。

旺加里对着蒂伯龙的身体俯下身去，用两根手指搭在他的脖颈上，探了探他的脉搏。"他还活着，"她说，"只是昏过去了。"然后，她把时间秘钥从蒂伯龙脖子上的链子里解了下来。

阿玛罗斯·巴大步走到这些仿生人中间，用他的刀轻轻地触碰他们，看看他们是否还能动弹。就在这时，一只手搭到亚瑟的肩上。他扭过头来，发现巴御前正把他、任和塞西莉拢在一起。她用日语说了句什么，乌黑的眼睛闪闪发光。

"她在说什么呢？"塞西莉动动嘴角，小声问道。

任脸红了："她说的是'谢谢你们。你们是我的英雄！'"

小云发出胜利的叫声，"汪汪"声在下水道的墙壁上回荡，好像在说：我早就知道他们是英雄！

亚瑟觉得喉咙被堵住了。这一切发生得太快了，他根本不知道该如何回应。阻止蒂伯龙的计划取得了圆满胜利，而他们自己的命运却无可挽回——他们注定要死在这里了。

"来吧，孩子们，"旺加里·马塔伊严肃地说道，"你们三个救了我们的命，我不会让你们把人生的最后时光浪费在这个下水道里。"

他们步履蹒跚地向下水道入口处走去。亚瑟觉得全身都麻木了，他想知道自己会变成怎样的原生质，中间会很痛吗？变化是一点点完成的，让他能体会到这个过程，还是突

第二十七章　最后的十二分钟

然发生，就像脑子里有盏灯，一下子就熄灭了？

他们回到了解剖剧场，这里也是湿漉漉的，到处都是玻璃碎片。屋顶碎了。雨水顺着天花板的窟窿滴落到实验室的地板上，那里布满了黑色的焦痕，好像小鬼儿们用本生灯玩起了惊险游戏，差点把地板给烧着了。瓦莱丽娅和她的V型人都不见了，米勒·赫兹坐在一张长凳的边上。

看到他们进来，米勒瞪大了眼睛。"你们竟然还活着？"他跳起来朝他们冲了过来。他的手臂上、脸上到处都是烧伤，亚瑟猜测他在下水道里和T型仿生人展开了生死搏斗。

"发生了什么事？蒂伯龙去哪儿了？"米勒一张张脸看过去，关心他们有没有受伤。

"我们只有几分钟了。"任伤心地喃喃道。

"对的，"米勒兴奋地说道，"那是当然了。"他冲向幻境通道，开始在底部的键盘上敲击下数字。

亚瑟不明白他这是怎么了，直到看见玛丽·雪莱拖着沉重的脚步穿过房间，向他们走来。她那病态的黄绿色皮肤，此时一片红润，但脖子上那条带着硕大红宝石的项链不见了。亚瑟清楚地记得，蒂伯龙他们刚刚来到这里，她就转身抛弃了他们，但他已经没精力生气了。

"是那些小鬼儿干的好事，"玛丽·雪莱气喘吁吁地说道，把手伸进衣服口袋里，"它们一直藏着这把密钥。米勒提到没人能隔着盒子拿走它，我才意识到——人不行，小鬼儿可以。"

亚瑟不敢相信地眨眨眼睛。玛丽·雪莱从兜里掏出了一把黑曜石的时间秘钥,递给了米勒。亚瑟困惑地瞥了一眼小云,那把坏了的时间秘钥正好好地挂在它的项圈上呢。而蒂伯龙·诺克斯的那把,亚瑟刚刚看到旺加里·马塔伊取了下来。这只能意味着一件事……

"这就是第三把密钥?"他大声喊道,舌头有些发苦,"你怎么拿到的?"

玛丽·雪莱向她空荡荡的脖颈做了个手势,亚瑟这才意识到发生了什么:她把项链给了那些小鬼儿,换来了这把密钥。

第二十八章

回家

"用小云那里的数据,我已经编好了程序,可以把你们送回之前离开的那个时刻,"米勒站在幻境通道旁急促地说道,"只有几分钟了,好好地道个别吧。"

亚瑟凝视着那团蓝色烟雾搅起的旋涡。几分钟后就可以回家了,他的内心百感交集,既因为任务结束而轻松,同时也有些茫然,不知道下一步会发生什么。就在几分钟前,他还觉得自己一定会挂掉呢……

因为释放出的能量,那扇门发出嗡嗡的声音,吹得他胳膊上的汗毛倒立起来,这个情形和他们从27号小屋第一次进入幻境通道时一模一样。他不敢相信那一幕就发生在三天之前,总觉得那是很久很久以前的故事了。

旺加里·马塔伊把亚瑟、任和塞西莉一起拥在怀里。她身上带着森林的味道,有潮湿的泥土气息,还夹杂着金银花的清香。"答应我,你们三个要互相照顾。"

"我答应你。"亚瑟低声回答道。

爱迪生、牛顿和亚瑟、任、塞西莉一一握手,祝他们好运。巴御前鞠了个躬,用日语说着什么。"我的朋友说,真希望能和你们多待段时间,"阿玛罗斯带着轻松的笑容翻译道,"我也是。我们可以一起去做伟大的探险。"

"接着。"米勒把小云从地板上抄起来,递给塞西莉。亚瑟看到小云身上湿漉漉的,小爪子上沾满了沙子,忍不住皱皱眉头,这个小东西需要好好地洗个澡。

塞西莉把它抱得紧紧的,用鼻尖蹭着它头顶的毛儿。"我会想念你的,小云。"小云摇着它的小尾巴。

"我也是,小绒球。"任拍着小狗的头说道。她抿着嘴唇,好像在忍着不哭。亚瑟的嘴角也向下弯了下去。他已经喜欢上小云了,舍不得和它分开。

"其实你们不用和它说再见。"米勒伸出手,挠挠小云的下巴,"该说再见的人是我。"

塞西莉的脸一下子亮了起来。"小云也和我们一起走?"

米勒点点头,"发生在你们身上的这一切,不能在另一个人身上重演。你们回去后,有时候会觉得很难保守住这个秘密,有时候又会觉得现实生活很难,尤其是你们知道自己在未来做了什么。这时候小云就会帮助你们,它会一直陪伴在你们身边。"

小云使劲叫了一声,好像在说:没错儿!

第二十八章 回家

阿玛罗斯对着他们眨眨眼,"而且,我们也需要在过去安插一个潜伏特工。你们知道——万一哪天未来又需要拯救呢?"

"你和《幻境》中的其他英雄会怎样?"亚瑟问道。

"他们会自己做出选择,"米勒庄重地回答道,"他们可以作为仿生人留在25世纪,自由地探索已知宇宙,我也可以回到过去,取消蒂伯龙为了制造他们而做的一切,不让这一切发生。"

亚瑟不知道他们会做出怎样的选择。他希望这些遇到的英雄会选择留在2473,宇宙总是需要像他们这样的人。

"那你的哥哥和姐姐呢?"任问道,"他们又会去哪儿?"

"我会用M-73神经处理器里存储的证据,向当局解释他们的所作所为,"米勒说道,"蒂伯龙要为他的犯罪行为负责。至于瓦莱丽娅,我不知道。或许当局也会调查她——如果他们能找到她的话。"

亚瑟又看向弗兰肯斯坦实验室的残骸。薄雾笼罩在几处泄漏化学品的表面,到处都是摔得粉碎的玻璃器皿和摔坏了的实验设备,这场激烈的战斗还毁掉了所有的透明管道。奇怪的是,他觉得自己会怀念这种美妙的混乱。是的,《幻境》差点置他于死地,但也让他增长了经验。在今后的余生中,他会记住这次经历,以及那两位特别的朋友——对此他充满了感激之情。

米勒深吸了一口气："时候到了。"

蓝色的烟雾模糊了亚瑟的视线，他走过那条通道，出现在了 27 号小屋的二楼露台上。大脑慢慢地开始恢复工作，他审视着上世纪 70 年代的花哨装饰，内心感慨不已。这个地方他以前可能只见过一次，但它是 21 世纪的和平点庄园。这是他的家。

任笑着说："我们回来了。我们回来了！"

在他们之后，小云蹦蹦跳跳地穿过幻境通道，塞西莉紧跟其后。当把鞋尖压到蓬松的鳄梨绿地毯上时，泪水顺着她的脸颊流了下来。"我从没想过还能看到这一切，我真高兴。"她晕乎乎地说。

亚瑟笑了笑，靠着栏杆站稳了身子。喜悦、轻松混合在了一起，充盈着他的全身，让他亢奋不已。透过一扇破碎的窗户，他瞥见了淡黄色的晨曦。他想起来小矮人雕像爆炸后，天空正是那样的颜色。好像时间一点都没有过去。

塞西莉用袖子擦擦脸，然后说道："走吧，我们还得去学校。我们不能引起任何人的怀疑。"

亚瑟最想见到的人就是爸爸，但他知道塞西莉是对的。他们必须表现得很正常，好像从没有去过未来，至少在其他人面前要如此。

等到放学后，他会第一时间跑回家，给爸爸一个大大的拥抱。但在那之前，他必须要耐心。

第二十八章 回家

"就穿成这样?"任伸出胳膊,展示那身湿漉漉的二手服装。"我整整三天没洗过澡了,而且只能用我的手指头刷牙。人们会注意到的。还有个问题,我们的校服呢?"

亚瑟嗅嗅腋下的味道,一脸嫌弃地皱起了眉头。"任说得对,如果咱们以现在这个样子出现,肯定会引起怀疑的。我们要回家洗漱一下,换身干净的衣服。我没有备用的校服,还得编个故事出来。"

他们急匆匆地来到街道上,这时,不远处传来了警笛声。"我在几分钟前给警署打过电话,"塞西莉咬着嘴唇说道,"等他们来的时候,我们不能留在这儿。我得让他们相信,因为被爆炸吓坏了,我回姨妈家去了。"

"好吧,但谁把小云带走呢?"任说,"我妈妈对狗过敏,她是不会让我留下它的。"

小云被塞西莉抱了起来,伸出舌头舔她的脸,把她弄笑了。"我已经想好了。我会告诉爸爸妈妈,如果他们还是经常出差的话,我需要一只小狗陪我。问题就这样解决了。"

她说的是那么肯定,亚瑟毫不怀疑这一点。

他们跑向马路。"我们肯定会迟到的,"任说,"我猜咱们三个放学后都会被留下,到时见!"她挥挥手,拐上回家的小路。

亚瑟和塞西莉继续朝着同一个方向往前走。"住在我姨妈家有个好处,至少我不用去镇子的那头洗澡了。"塞西莉说道。

亚瑟扬扬眉毛："只是一个好处吗？你忘了我和任也住在这里？"

他在想，事情发生了多大的变化啊。如果他需要帮助，如果他想找人聊聊，他就可以去找任和塞西莉。她俩不会在乎他有没有钱，也不会在乎他住在哪儿，她们是他真正的朋友。她们喜欢他，只是因为他是他自己。

塞西莉憋着笑，假装无所谓地耸耸肩。"我想以后我会和你经常见面的。嘿，或许我们这个周末可以一起去看电影，《弗兰肯斯坦》？"

亚瑟想起了爸爸书架上就有这本书。"好啊，不过我想先看完原著再去。说实话，我准备阅读关于这次遇到的所有英雄的书。"

"我也是，"她附和道，"当然，除了阿玛罗斯·巴。"

在他们分手的时候，她看起来有些忧郁。"奇怪的是，即使我们穿越去了未来，我们也还是对自己的明天一无所知。"

"我们的明天充满了无限可能，"亚瑟轻松地说道，"一直都会如此。"